悪女の手帖

大下英治
Ohshita Eiji

文芸社文庫

目次

貢ぐ女

1

西井俊雄は、真っ白いライトバンを止めた。栄間信託銀行高槻《たかつき》家族寮横の桃の花の咲き誇っている広場であった。

助手席に乗せている結城秋子の家から、歩いて三分の距離にある。

昭和五十六年三月三日、肌寒さの残る雛祭《ひなまつ》りの夜であった。

西井は、真っ赤なブレザーに百九十センチ近い長身を包んでいる。

エンジンを切りながら、彫りの深い浅黒い顔をゆがめ、舌打ちした。

本来なら、ほとんどの者がうらやましげに振り返る濃紺のキャデラック・コンバーチブルか、真っ赤なリンカーン・コンチネンタルを颯爽《さっそう》と乗り回しているはずであった。

真っ赤で人眼《ひとめ》をひくリンカーン・コンチネンタルは、日本でも数台しかないオープンカーだ。

毎年夏におこなわれる大阪府茨木《いばらき》市の「茨木フェスティバル」のパレードには、茨木青年会議所の会員として無償で提供し、彼自身が運転手も務めていた。

市長、商工会議所会頭、ミス茨木を乗せ、パレードの先頭を走るときの恍惚《こうこつ》とした気分は最高であった。

西井俊雄ここにあり、という誇りの象徴であり、命ともいうべきものであった。ナンバーも、はじめを241、つまりニシイとしていたほどに大切にしていた。

しかし、いまやみすぼらしいライトバンでデートだ。借金に追われ、二台とも差し押さえられていた。

ライトを消した。

結城秋子の家の近所の者に、ふたりがいるところを目撃されてはまずい。のちに重大な証言をされかねない。

「なぁ、秋子、銀行から、金持ち出されへんのか。長い間銀行にいるんやから、何かうまい方法あるやろ」

秋子は五光銀行茨木支店で、オンライン端末機の操作を担当している。

気でも狂ったのではないか、というようなきつい眼で、秋子は西井を見た。

彼女は、金の話を持ち出したときは、決まってきつい眼をする。

「冗談、いわんといてほしいわ」

「冗談やない。真剣なんや。どこかの口座に、振り込みの方法で架空に金を打ち込んで、すぐに出すということは、できへんのか」

「為替係でないと、そんなことできしません」

秋子は、頑強に断わった。

西井は、苛立《いらだ》ちながら、腕時計をのぞいた。

純金と宝石とに輝く五百万円もするピアジェの腕時計であった。

腕時計にせよ、ブレスレットにせよ、身につけるものは超一流と決めていた。

外見さえぱりっと決めておけば、たいていのことはうまくゆく。

化けの皮が剝《は》げるには、三、四年はかかる。

それまで、こっちの思いどおりにことを進めておけば、こちらの勝ちや――それが西井の哲学であった。

時間は、夜の十時をまわっていた。

これまでは、結城秋子とドライブしたりラブホテルへ入って遊んでも、かならず十時近くには自宅に帰っていた。

外ではいかにも豪放にふるまっていたが、妻の美那子《みなこ》には頭が上がらない事情があった。しかし、今夜は、いつものように時間どおりに帰るわけにはいかない。

西井は、ブレザーのポケットから、デュポンのライターを取り出した。

煙草に火を点《つ》け、苦い思いで喫《す》った。

秋子にもまだ打ち明けていなかったが、昭和五十年の十一月にマニラ市と茨木市に設立した旅行代理店「ＡＣトラベラーズ」の経営が思わしくなく、一週間前に倒産していた。

　開業当時は月に三百人を超えるフィリピン行き観光客を扱っていた。ほとんどが買春目当ての客であった。浜の真砂は尽きるとも、世に好色男の種は尽きまじ……とほくそ笑んでいた。

　ところが、日本人の買春観光が問題化したため、急速に営業成績が悪化、ついに倒産してしまったのである。

　このため、三千万円を超える借金がフィリピンのバス会社、日本の金融業者にできていた。

　おまけに、西井個人の負債が、サラ金業者二社から千二百万円、銀行二行から九百十万円、それに妻の実家からの二千五百万円、計四千六百十万円もあった。

　サラ金と銀行の金利だけで、月百五十万円を超え、台所は火の車であった。金を手に入れるためには、いまなら、人殺しだって……と思うほどに切羽詰まっていた。

「秋子、そんな冷たいこといわんと……。何かええ方法があるやろ。考えてみてくれ」

　彼女の白いうなじが、暗闇《くらやみ》の中に浮かび上がっている。

　三十二歳の熟れた女のなまめかしさが匂《にお》う。

〈この話は、やっぱり、秋子を抱いているとき、持ち出すべきやったな〉

　これまで、秋子に金を借りる話を持ち出すときには、かならずベッドの中であった。

それも秋子がうっとりとし、のぼりつめる寸前にわざとじらして動きを止め、決まって耳の中に熱い息を吹きこむようにしてささやいた。

「秋子、頼む。金貸してくれへんか」

「いやや、これ以上」

「秋子、おまえは、おれにとって、この世でたったひとり、ほんまに頼れる女なんや……」

そうささやきながら、より激しく攻める。

人一倍感度の激しい秋子は、冷静さを、完全に失ってくる。

「百万円、欲しいんや。何とかしてえな」

「ええわ。あんたの好きなようにして」

結局秋子は、要求を呑《の》むのが常だった。というより呑ませた。抱いて狂わせているときに切り出しさえすれば、という西井の経験からくる自信があった。

この二年間、そのようにして秋子から借りた。というより、返す意志がなく引き出した金は、小刻みだったが、いつの間にか七百五十万円に達していた。

この二、三日は、秋子からこれ以上金が引き出せないなら、秋子を遊び好きの仲間に紹介し、その斡旋《あっせん》料として仲間から金を借りようか、とさえ考えた。

秋子は、美人だ。しかも銀行員とくれば、遊び好きの仲間で金のある奴《やつ》なら、飛びつくに決まっている。

一千万円だって、貸してくれるかもしれない。

しかし、誇り高いところのある秋子のことだ。猛然と食ってかかるに決まっている。

そんなことで秋子と切れるのは、もったいない。

それより、秋子を利用して、銀行から億単位の金を引き出す方が得策や――そう肚《はら》を決め、話を持ち出したのである。

「どや。何かええ方法があるやろ」

首筋に手をのばした。

断髪気味の秋子の髪の毛に指を入れ、まさぐるように愛撫《あいぶ》をはじめた。

敏感な秋子の、もっとも弱い部分である。

秋子は、気持ちよさそうにからだをくねらせた。

「当座預金の代受けの方法でなら、出せんこともないけど……」

「どういうことや」

「どこかの支店に当座預金の口座さえあれば、そこへ、茨木支店から入金して、そのあとお金を出すんよ」

「もっとくわしういうてみてくれ」

「架空入金するんよ。当座の場合は、預金通帳がない。そのため、コンピュータの端末機の伝票口に、入金伝票だけ挟むの。あとは店番、口座番号、金額、現金か振替かの種別さえ打ちこめば、それで万事うまいことといくわ」

「引き出すのは、どうするんや」

「小切手を持って行き、店頭払いを請求すれば、すぐに現金が出るわ」

「打ち込むのに、どれくらいかかるのや」

「一分もかかれへん」

「そんなに簡単にできるんやったら、おまえ、それ、やってくれ」

「そんなことしたら、三時の閉店後の勘定合わせのとき、すぐに見つかって捕まってしまう」

「心配いらん。振り込んだあと、すぐ金を引き出し、海外へ逃げるんや。そんなら、捕まらんですむがな」

「そんな……」

秋子を、胸の中に抱きこむようにした。

秋子の燃えた肌の感触が、ワンピースの布地をとおして伝わってくる。

もし秋子の家の近くでなければ、いつものように秋子を抱きながら口説くんやけどな……と思った。

「秋子、おまえは、おれのものや。おれだけのものなんや。わかってくれ」

これまでこの女から金を引き出すのは成功したが、いざ犯罪の片棒を担がせるとなると、容易ではなかろう。

クラブの女ならまだしも、なんといってもお嬢さんだ。踏み切るまでが大変だ。

〈なんとか、なだめすかして、崖《がけ》っ縁を飛び越えさせねばならん〉

2

支店長室に呼ばれて行きますと、神崎洋支店長が、笑顔でいいました。

「結城クン、この四月にまた新入社員が入って来るが、女子行員に関しては、今年もきみに指導を任せるよ」

わたしは、銀行では信頼され、新入社員教育という重要な仕事を三年前から任されていました。

後輩たちからは、「結城先輩の指導は、きつい」という声も聞かれました。が、わたしは仕事に甘える人間は、たとえ女性であろうと大嫌いでした。

そのようなわたしの仕事への厳しさは、認められていました。

わたしが四年前に仕事の疲れから肝臓を悪くして休んだときも、課長をはじめあらゆるセクションの方たちがお見舞いに来て下さり、口々にいって下さった。

「結城クンに、一日も早く銀行へ出てもらわんことには、仕事になりません」

わたしは、あらためて仕事への張り合いを持ったものです。

「承知しました。ありがとうございます」

そう返事すると、いつものように一階の窓口の女性の背後にあるコンピュータの端末機の前に座った。

当座預金の係ですから、交換に回ってきた手形、小切手の枚数を数えて金銭を確認したり、得意先からくる残高照会について電話応対も合わせてし始めました。

ところが昨夜、西井さんからささやかれた言葉が、耳の底に焼きついて離れません。わたしが、いますぐにでも、犯罪を犯そうとしている悪い女のように思われてきます。

〈どのような方法であれ、架空の入金をして取り出せば、わたしが端末機を操作してやったということは、銀行にはすぐにばれてしまう。西井さんは、海外へ逃げれば大丈夫だ、というけれど、逃げなければいけないのは、西井さんではない。わたしなのだ。わたしにとっては、大変なことだ……できない……〉

自問自答しているところに、西井さんから電話が入りました。

「秋子、ええな。きのういうたこと、やるんやで」

西井さんの声が、一階の店内中に響いているような錯覚にとらわれました。

「いやです」

まわりの者に聞こえないように、声を低くして、きっぱりと断わりました。

「なにいうてんのや」

西井さんの声が、苛立ってきます。

「きのうの話は、もう裏の人間にいうてしまったからな。いまさら取消すことはでけへん。やってもらわんと困る」

西井さんは、昨夜から、しきりに〝裏の人間〟ということを口に出します。

〈裏の人間って、どんな人やろか〉

おそらく、表を歩けないような人のことをいうのでしょう。

気味悪い刺青をしたヤクザのような人かもしれない。

電話を切ったあとも、恐ろしい裏の人間のことが、いつまでも頭の底にこびりついて離れませんでした。

西井さんからは、それからも連日のように銀行に電話が入った。

「裏の人間が本格的に動きはじめた」と繰り返します。

塞《ふさ》いだ気持ちを吹き飛ばすため銀行のユニホームを華やいだピンクのアンゴラのワンピースに着替え、更衣室から廊下に出た。そのとき、背後から声がかかりました。

「結城クン、相変わらずいい香りの香水をつけてるね。仕事中も、ふと変な気持ちになるよ。今夜、いっしょに食事でもどうだい」

声をかけてきたのは、上司の有栖川高信課長でした。

たしかに、わたしはいい香水を使ってました。

パリ・オートクチュール界の名門であるニナ・リッチのファルーシュでした。内気で野性的な香りがするといわれるファルーシュは、三十ミリリットルで七万円もしました。が、無理しても香水や下着は高いものを買うことにしていました。

女子行員の後輩も増えた。あまりみっともない洋服や化粧品を使っていますと、ハイミスである自分がみじめでした。

後輩たちとはちがうんだ、というところを見せるためにも、昔のようにスーパーで買うものは、決して身につけないことにしていました。

「ありがとうございます」

相手は一応は上司なのでさりげなくかわしましたが、心の中では、相変わらず嫌な奴と侮蔑《ぶべつ》していました。

前々から、この上司には、妙な眼で見られていたのです。

一度、社員旅行のとき、それとなく誘われたことがあります。

むろん、断わりました。

しかし、上司は、あきらめませんでした。

三十歳を過ぎてから、特に粘っこい視線で見られるようになりました。

三十歳を過ぎたため、この女、このままオールドミスで終わるのだろう。それなら……となめてきたのでしょう。

三十二歳のわたしは、いつの間にか、女子行員のうちで三番目の古株になっていたのです。ほとんどの女子行員は二十二、三歳で結婚し、退社して行きます。

銀行で開かれた去年のクリスマスパーティーのあとも、有栖川課長は、露骨に誘ってきました。

「結城クン、今夜いっしょに、どうだい？」

なにアホなことといってんの。相手を間違ごうとんちがう、というようにツンとし、課長の前を離れました。

〈本気で口説いて、恋人にする度胸もないくせに……〉

と心から軽蔑しきっていました。

課長だけではありません。銀行員はすべて大嫌いでした。保身術にばかり長《た》けていて、小心で、ケチで、小さいことをウジウジいうタイプの人ばかり。

その夜以来、課長は口をきかなくなりました。

のちにおこなわれた監査の前日、書類がなくなったことがあります。仕事は真面目にやり、少しでも休むと「結城クンがいないと、仕事にならん」と課長に見舞いにこられるほどでしたので気になり、うろたえました。

その夜は、眠れませんでした。

ところが、翌朝銀行に行くと、課長が、

「結城クン、きみの捜していた書類が、ここにあったよ」

と昨日捜しつづけていた書類を机の上に出してくるのです。

課長が意地悪く、わざわざ書類を隠していたのでしょう。

このときほど、ハイミスの悲しみを感じたことはありません。

もし美人でなかったら、このように意地悪されることもないんや……と、自分を慰めてみます。

でも、やはり、悲しいことには変わりはありません。

その上司が、ふたたび声をかけてきたのです。

少しでも隙《すき》を見せると、またネチネチといい寄られます。そのまま振り向かず、背後から追いかけてくる執拗な視線を振り払うように、暮れかけている店の外に向かい急ぎ足で出ました。

「アキちゃん、このころ元気がないな。悩みがあるんなら、正直に母さんにいうて」

母親は、家の近くの墓場のそばを通りながら、心配そうに訊《き》きました。

西井さんに送ってもらう以外、夜遅くなるとかならず阪急西日向駅から母親に電話を入れ、迎えに来てもらいました。途中墓場があるので、恐くて夜はひとりで通ることができないのです。

家に帰ると、花園大学や龍谷《りゆうこく》大学で英語の教師をしている父と、幼い頃《ころ》小児麻痺《まひ》にかかって体の悪い一番上の姉は、すでに寝《やす》んでいました。

子供の頃は家の中も華やぎ明るいことがありましたが、上の兄と二番目、三番目の姉がそれぞれ結婚して出て行ってからは、家の中は灯の消えたような寂しさがつづいていました。

父は七十四歳、書道や生花を教えている母は六十九歳、わたしは、五人兄姉の末っ子で、あまりに年齢がかけ離れていて、対話などほとんどありませんでした。

銀行の雰囲気も嫌いでしたけど、家庭の暗い雰囲気も嫌いでした。西井さんにも、一度だってわたしの家庭について正直に話したことはありません。

母さんとなるべく眼を合わさないようにし、浴室に向かいました。

〈もしわたしが犯罪を犯して海外へ逃げると、母さん悲しむやろな……〉

ストッキングを脱ぎながら、あらためて思いました。

家族の悲しむことを考えると、いくら愛している西井さんの要求とはいえ、やはり断わるべきだ。

湯船につかって、考えるのは西井さんのことばかりでした。

〈西井さんが、わからなくなった……〉

一時間ばかり前まで西井さんに抱かれていた火照りの残ったからだを自分で抱きしめるようにしながら、さらに思いました。

〈西井さんがお金のことさえいわなければ、素敵な人なのに〉

西井さんは、昭和五十年頃から茨木支店に顔を出していた。「茨木霊苑《れいえん》」の経理部長という肩書きでした。

ところが、五十三年に入り、西井さんの個人当座預金の残高不足が目立つようになりました。

当座預金係の主任だったわたしが、催促することが多くなりました。

閉店後に入金にきた西井さんから現金を受取ることもあり、少しずつ親しくなっていきました。

西井さんは、いつも濃紺のキャデラック・コンバーチブルに乗り、颯爽と銀行に現われました。

外車は、大きすぎて駐車場に入りません。銀行の玄関に乗りつけるため、よけいに目立ちます。

服装も、真っ赤なブレザーだったり、真っ白いブレザーだったりで、まるでタレントのようでした。

顔も彫りが深く、フランス人を想《おも》わせる。

百九十センチ近い大柄で、肩幅も広くたくましい。

腕にもブレスレットをしている。

西井さんが銀行に足を踏み入れると、あたりが華やかになる。圧倒されました。

そのため、当座の入金こそ遅れていましたが、およそお金に不自由している人とは思われませんでした。

昭和五十三年の秋、入行してまもない女子行員が、西井さんに誘われ、大阪中之島《なかのしま》公園にあるロイヤルホテルで豪華な食事を御馳走《ごちそう》になり、二万円もするエルメスのスカーフまでプレゼントしてもらった。そういう噂《うわさ》を聞き、その若い女子行員に、激しい嫉妬《しっと》の炎を燃やしたものです。

〈西井さんも、若いとみれば眼の色を変える、並の男や……〉

ところが、五十四年の二月、今度はわたしが、西井さんから食事に誘われたのです。夢かと思いました。

西井さんは、キャデラックでわたしを迎えに来ました。

千里ニュータウンの千里セルシーというビルの屋上のレストランで食事をとりました。

レストランは広く、とてもOLでは来られない高級なお店でした。

西井さんは、そのような高級なレストランにふさわしい華やかさを漂わせていました。

「おれは、『茨木霊苑』ばかりやなく、マニラで『ACトラベラーズ』いう旅行代理店もやってんのや。香港にも事務所がある。まあ、香港なんて、おれにとってみれば庭みたいなもんやな。それに、仙台へ帰ったら、親父が土建業をやっとる。金はありあまるほどあるのや。おれがあとを継いだときには、金はいくらでも自由に使える。東北出身の自民党の長岡武代議士、知ってるか。おれは、彼の甥《おい》にもあたるんや」

まぶしいほど素敵でした。わたしのようなハイミスと貴重な時間をついやしていて、迷惑ではないのか、と悪い思いがしたほどでした。

なにからなにまで、それまで交際した男性とは違っていました。ただただ圧倒されるばかりでした。

わたしは、中学卒業記念のクラスの文集に、つぎのように書いたことをおぼえております。

《「長所――他人に対して親切、短所――短気、よく気が変わる」「将来なりたい職業――ホテル経営者か推理作家」「理想の男性――背が高く、女性に対して親切で、目は星のように澄んで美しく、まじめでハンサムで大金持ち（この世ニャ絶対イナイ）」》

理想の男性の条件の中でも、背が高いことは絶対条件でした。背の低い男性は、どんなに他の条件がよくても、まったくセックスアピールを感じないのです。

背が高く、女性に親切でハンサムな西井さんは、わたしにとって理想に近い男性に思われたのです。

わたしは、幼い頃から臆病《おくびょう》な性格でした。ですから、置かれた環境から自分で脱け出すことはできません。

王子様のような誰《だれ》かがわたしを迎えに来てくれる。

わたしを陰湿な銀行や暗い家庭からいきいきとした幸福な世界へ連れ出してくれる。

そのことを、待ち望んでいたのです。西井さんこそ、待ちに待った、本当の王子様だ。わたしは胸を熱くしました。

西井さんにはじめて食事に誘われて二カ月後の四月中旬、大阪空港近くのモーテルで、西井さんに抱かれました。

西井さんは、褐色の胸も厚く筋肉質で、雄のかたまりでした。

じつに男性的でした。

雄の匂いにむせるようでした。

雄々しく突き上げてくる。

すさまじい突き上げに、わたしのからだはとろけそうでした。

しかも、荒々しい闘牛のような攻めだけでなく、耳の穴に熱い息を吹き込み、長い舌で耳の穴をくすぐる。

テクニックもまた、初めて味わうものでした。

抱かれながら、銀行の若い後輩たちに自慢したい気持ちでした。

〈見てごらん、わたしはこんなに素敵な人に抱かれているの。結婚だけが人生ではないんよ……〉

それほど西井さんと出会えたことをよろこんでいた。

〈それなのに、それなのに……〉

わたしは、西井さんのあまりの変貌《へんぼう》ぶりが悲しくなりました。

3

西井俊雄は、結城秋子をライトバンに乗せ、淀川《よどがわ》堤防へ向けて走らせた。

高槻側の堤防で止めた。

三月七日は土曜日で、銀行は三時に終了していた。

堤防の西側に、燃えつきた夕陽《ゆうひ》が、ゆっくりと落ちていく。

〈もっと早う陽が落ち、あたりが真っ暗になってくれ……〉

じれったく思った。

銀行から本格的に億単位の金を取ることに決めてから、特に注意深くすることにしていた。秋子とふたりで会っているところは、絶対に人に見られたくなかった。そのために、あえて人目につかぬこの堤防を選んだのだった。

「西井さん、やっぱり、やりとうない。恐い」

秋子は、閉めきった車の中で、脅えた。

西井は、おどしめいた口調になった。

「昨夜、裏の人間と連絡を取ったんやけど、やめるのなら、落し前を三千万円よこせ、いわれた。落し前をちゃんとつけないと、おれは殺されるんや」

秋子の顔色が、みるみる蒼《あお》ざめていった。

「それに、おまえも嫌がらせをされて、銀行におれんようになるかもしれん。おまえがやれんというなら、落し前の金を、誰かから借りてくれ」

「そんな……三千万円もの金、貸してくれる人いてへんわ」

「そんなら、やるしかないやないか。頼む、やってくれ。おまえの面倒は、一生おれが見てやる。あとのことは、心配せんでもええ」

秋子は、脅えきっている。

「なあ、秋子、おまえがやってくれんと、おれは殺されるんや。おまえ、おれが殺されてもええんか」

西井は、殺される、ということを執拗《しつよう》に繰り返した。

西井の頬は、げっそりとそげ落ちていた。めずらしく、不精髭《ぶしょうひげ》もはえていた。眼つきも、ますます険しくなっていた。


三月八日、日曜日、わたしは朝の十時に、自宅を出ようとしました。じつは、阪急高槻駅前で十一時に、ある男性と待ち合わせをしていたのです。

西井さんには内緒でしたけど、じつは、その男性と、二十歳のときからつき合っていたのです。

彼の名は、大内武晴。

大内さんとは、わたしの勤める銀行に近いボウリング場で知り合いました。銀行に勤めて、二年目の昭和四十三年の夏のことでした。

大内さんは、そのボウリング場の企画部長として勤めていて、ボウリングしている姿が、とても素敵でした。

身長は百七十八センチ、わたし好みの西井さんほどではありませんでしたけど、背は高く、肩幅も広く、たくましい肉体をしていました。

それでいて、顔は、やさしさにあふれていました。

わたしの理想の男性が眼の前に現われた——そのときも思ったのです。彼は五歳年上の二十四歳でした。

どちらかというと頼りがいのある大人の男性に憧《あこが》れていたわたしは、願ってもない相手のように思われました。

知り合ってしばらくしてから、ドライブの帰り、京都伏見のラブホテルで、彼に抱かれました。うまれてはじめてのことでしたけど、抵抗はありませんでした。

大内さんは、わたしのブラウスのボタンを外しながら訊きました。

「これまで、男は何人知っているんだ」

「初めてよ」

「まさか……」

「ほんとうやわ」

大内さんは、ブラジャーもやさしく外し、スカートも脱がせてくれました。

純白のパンティに手をかけるとき、念を押しました。

「いいのかい」

わたしは、うなずきました。

男性を、初めて受け入れました。

「痛い」

そう思いましたけど、大内さんがよろこぶのなら、と耐えました。

でも、大内さんと深くなれたことが、うれしくてならなかった。

なぜか、涙があふれていました。

大内さんは、その涙をやさしくすすってくれました。

ところが、そのあとになって、彼が妻帯者であることを打ち明けられました。

狡《ずる》い、と思いました。が、どうすることもできません。

大内さんは、わたしに誓いました。

「アキちゃん、いまに女房と別れて、きみといっしょになる」

わたしは、大内さんが好きでした。結婚を期待する気持ちも働きました。

しかし、大内さんはいつまで経《た》っても、離婚しようとはしませんでした。

そのうち、大内さんの子供を身籠《みご》もりました。

交際をはじめて二年目のことです。

大内さんに打ち明けると、あわてていいました。

「いま産んでもろうても、困る。そのうち、女房とは正式に離婚する。そのときに、みんなに祝福される子供を産もう。な、アキちゃん」

大内さんは病院にまでついてきてくれましたが、結局は堕《お》ろしました。

何か、裏切られた気持ちもしました。

が、永い交際がつづいていたので、そのままずるずると同じような関係がつづきました。

しばらくして、また大内さんの子供を身籠もり、同じように堕ろしました。

それなのに、彼の奥さんには、同じ時期に子供を産ませていたのです。

大内さんは、卑怯《ひきよう》で狡い、と不信感にさいなまれました。が、会ったときは、わたしには大変やさしく、大事にしてくれました。わたしが悩みを打ち明けるたびに、慰めてくれました。

そのようなことがあったため、いくつもの結婚申し込みがあったけど、すべて断りました。

結婚しても大内さんとのつき合いが完全に絶てる自信がなかったのです。貞淑な妻として、やっていけるかどうかに、自信がなかったのです。

このようにやさしいけど優柔不断な、狡い大内さんとの交際がつづいているとき、西井さんと知り合ったのです。

大内さんがいながら西井さんに魅かれていった気持ちの底には、西井さんがはじめてのデートのときから、

「女房、子供がいるけど、それを承知でつき合うてくれ」

と包み隠さず打ち明けたことを、好ましく感じたのです。

「いまに女房と別れてきみと結婚する」といいながらも、いつまでも騙《だま》しつづけていた大内さんと比べ、はるかに男らしい、と思ったからです。

どこかに、大内さんに復讐《ふくしゅう》してやりたい、という黒い炎のようなものが心の底に渦巻いていたことも事実です。

西井さんのたくましい太い腕に抱かれる度に心の底で、大内さんに向かって叫びました。

〈大内さんだけが、男やない。大内さんは、わたしがつき合っているのは大内さんだけやと思っているけど、わたしは、こうして……。大内さんだけが、男やない！〉

そのうえ、西井さんとつき合ってみますと、自分の思うことは何でもやってしまう行動的な男性だ、ということがわかりました。

大内さんの持つやさしさこそありませんでしたけど、わたしをグイグイ引っぱってゆく。

その強さに圧倒され、引きずられるようになってしまったのです。

西井さんがいつかわたしを、素敵な別天地に引き出してくれる――と、西井さんに夢を賭《か》けていたのです。

もし大内さんとの長い交際がなかったら、西井さんにこのように魅かれ、夢を託すこともなかったかもしれません。

大内さんは九州の実家へ奥さんともども引きあげていましたが、わたしとの共通の友人の病気見舞いを口実に九州から出てきて、わたしと会おう、と昨日銀行へ電話をよこし、約束していたのです。

ところが、いざ家を出ようとしたとき、電話がけたたましく鳴りました。

西井さんからの電話でした。

昨日の場所で待っているからすぐにでも出てこい、とのことでした。

わたしは、結局、大内さんの待つ高槻駅前でなく、強引な西井さんの待つ場所に向かってしまいました。

淀川堤防のライトバンの中で、西井さんは、凄《すご》みました。

「やると、ハッキリいわんか」

わたしは、それ以上嫌だといいつづけるのにも疲れてきました。

五十四年以来、西井さんとのつき合いの中で、結局は西井さんのいうとおりのことをしてきていました。

これ以上嫌だといい張れば、見捨てられてしまうように思いました。

西井さんに見捨てられることを考えると、不安で寂しく、眼の前が暗く翳《かげ》ってゆくようでした。

西井さんに、これまで同様かわいがってもらうためにも、と覚悟を決めました。

「やります」

ついに承知してしまいました。


西井は、阪急南茨木駅前で結城秋子と会い、ライトバンに乗せて、大阪空港近くのモーテルに直行した。

もし誰かに顔を見られても、五光銀行茨木支店と結びつけて考えられないように、なるべく遠くのモーテルを選んだのであった。三月九日の夜だった。

西井は、モーテルの部屋に入ると、秋子を強く抱きしめ、厚めの唇を秋子の唇にあてた。

秋子は、西井の舌を迎え入れるため、唇をひらいた。

西井は、濡《ぬ》れた舌を、突き入れた。

秋子は、西井の舌にやわらかい濡れた舌をねっとりとからませてきた。

「どこまでも、西井さんにはついていくわ。離れない……」

秋子の舌は、そう語っているように思われた。

西井の舌に、いっそう舌をからませてくる。

西井も、秋子の舌にザラザラとした舌をからませた。

「秋子、おまえを、離しはしないさ……」

舌で、そう語った。

「うれしい……」

秋子の舌が、そういってよろこんでいるかのようにいっそう妖《あや》しくからんでくる。

ふたりの舌が、ねっとりとからみにからむ。

西井は、秋子の断髪気味の髪の毛に右手の五本の指を突っ込み、かきまわすようにしながら舌をからませあう。

やがて、秋子の舌を強く吸い込んだ。

秋子の舌の裏を、ざらざらした舌でくすぐる。

そのくすぐりに合わせて、秋子の髪の毛に突っ込んだ指を荒々しく動かす。

秋子の舌の吸いを少し休み、より強く吸う。

秋子は、西井の口から舌を抜いた。

「秋子、クラクラして……たおれそう……もう、ふらふらよ……」

西井は、にやりとすると、太いたくましい腕で、秋子を抱えあげた。

「秋子は、おれのものだ。どうしようと、おれの勝手や」

「そうよ、秋子、西井さんのものよ。西井さんの好きなようにして。どこまでも、ついていくわ」

西井は、大きなダブルベッドの上に、秋子を投げ出した。
フリルのついた緑のスカートが、ふんわりとひろがる。
西井は、そのスカートをまくった。
黒いパンティストッキングと、その奥のパンティがのぞく。
西井は、パンティストッキングを、パンティといっしょにはぎとった。
あらわになった花弁に、喰《く》らいついた。
「あぁ……西井さん……」
秋子は、たまらなそうな声をあげる。
西井は、秋子の花弁を、そっくり口のなかにふくんだ。
やわらかい、とろけそうな花弁であった。
濡れに濡れている。
西井は、花弁の奥から溢《あふ》れ出る愛液を吸いに吸った。
「あぁ……」
秋子は、うっとりとした声をあげ、もだえる。
「そこも、西井さんだけのものよ。かわいがって……」
西井は、花弁の奥から溢れ出る愛液を吸いに吸った。
秋子はよろこぶ。

「あぁぁ……たまらない。吸って、吸って……。秋子の溢れを、すべて吸い取って……」

ふしぎなものだ。西井は、吸いに吸うが、いくら吸っても溢れ出てくる。

いや、吸えば吸うほど、よけいに溢れ出てくるように思われてくる。

秋子は、西井の髪の毛に手を入れ、たまらなそうにまさぐる。

西井は、秋子のクリットをざらざらした舌でなめあげはじめた。

「あぁ……西井さん……」

西井は、やさしくやさしくなめあげる。

秋子は、西井の髪の毛をまさぐりながらうっとりともだえる。

西井は、舌の動きを少し早くしてゆく。

「あぁ……秋子、頭クラクラよ、クラクラ……」

西井は、さらに舌の動きを早くする。

秋子は、全身をくねらせもだえる。

西井には、秋子がエクスタシーに達しそうになっているのがわかる。

より舌を妖しくそよがせた。

「西井さん、秋子、もう駄目、もう、もう……」

西井は、いよいよ秋子をエクスタシーに達せさせにかかった。

「あッ！」
秋子は、両足を突っ張らせて、のぼりつめた。
しばらく、エクスタシーの勢いにまかせているようであった。
やがて、秋子の手が西井のズボンのふくらみをまさぐった。
「ね、西井さん……」
ほしいの、とせかしている。
西井は、素早く全裸になった。
秋子は、あらためて西井の褐色の肉体を惚《ほ》れ惚《ぼ》れと見つめる。
西井は、秋子のスカートからのぞく両足首をにぎりしめた。
赤ん坊のオムツを替える母親のように、両足首を前に倒した。
ゆたかな白い尻《しり》が、浮かびあがってくる。
その間の花弁も浮き上がる。
濡れに濡れて、あざやかなピンクの色に燃えている。
西井は、右手でいきり立つそれの根元をにぎりしめ、花弁に突き入れた。
「あぁ……」
秋子は、尻をくねらせ、たくましいそれが突き入ったことをよろこぶ。
濡れに濡れた肉ひだが、西井の青筋を立てたそれを包みこむ。

西井は、猛々《たけだけ》しく突いた。

「あぁ……」

秋子は、唇をわななかせてよろこぶ。

西井は、突きに突いた。

「あン……」

突くたびによろこびの声をあげる。

「あン……」

秋子は、頭をふりながら西井の突きをよろこぶ。

西井は、突きに突いたあと、そっと引き抜こうとした。

秋子の濡れに濡れた肉ひだは、引き抜く西井のそれにからみつき、引き止めようとする。

西井は、わざと早く引き抜いた。

「あン……西井さんの意地悪。早く……」

入れてくれ……とせがむのだ。

西井は、にやりとして、そっと雁首《かりくび》だけをしのばせる。

秋子の肉ひだが、雁首を包みこみ、引き込もうとする。

西井は、にんまりした。

「秋子は、貪欲《どんよく》やな……」

「そうやないの。さみしいの。不安なの。西井さんをくわえてないと、ひとりぼっちで取り残されそうで……」

西井は、秋子の両足首をより強く押したおした。

秋子の尻が、よりいっそう浮きあがる。

濡れた花弁に、グイと突き入れた。

奥の奥まで突き入る。

「秋子、安心してろ。おれは、おまえをひとりにはせえへん。こうして、かわいがりつづけるがな」

西井は、奥の奥をズンと突いた。

「あン……子宮、とろけそうやわ」

「秋子、離しはせえへん」

「西井さん……かわいがってね。かわいがってね……」

西井は、突きに突いた。

秋子は、ついにのぼりつめそうになった。

「西井さん、秋子……」

「おれもや……」

西井は、ほとばしった。

秋子も、全身をくねらせエクスタシーに達した。

秋子は、うっとりとしながら、いま一度懇願した。

「西井さん、秋子、離さないでね。秋子、西井さんのためなら、なんでもするから……」

西井は、結城秋子を抱き終わったあと、秋子のゆたかな尻から太腿《ふともも》にかけて執拗《しつよう》に撫《な》でつづけながら、あらためて思った。

〈秋子のような女が、一番ひっかけやすいんや〉

婚期に遅れているから、いまさら若い女たちが手堅く結婚相手に選ぶような男は選びたくない。

何のためにこれまで独身できたのか、というやっかいな誇りがある。

後輩たちからみても、さすが……と思うようなプラスアルファを身につけた男を探している。

そのような女こそ、じつはカモなのだ。

はったりに次ぐはったりをかませ、そんじょそこらの男とは違う、というところを強烈にアピールしておくことや。

かってに夢をふくらませてくれる……。

「秋子、次に休めるのは、いつや」

飛行機の離着陸の音が、かすかながら響いてくる。

「三月十三日の金曜日が、代休になっているさかい、休めるわ」

「よし、その日、おれといっしょに東京へ行こう」

いよいよ本格的に行動開始だ。

西井は、おのれにいいきかせるようにいった。

「当座預金の口座を使ってやる方法は、裏の人間と組んでやらないかん。が、そしたら、四億円くらい取ったかて、裏の人間の方に金がいってしまう。おれたちには、少ししか金が入ってけえへん。そやから、ふたりで組んでやろ」

じつは、しきりに裏の人間、という言葉を口に出していたが、秋子を脅し、決断させるための嘘《うそ》っぱちにすぎなかった。

裏の人間なんて、はじめからからんでいやしなかった。

「ええな。おれたちだけでやるためには、普通預金の口座をいろんな支店に四つか五つ作っておいて、そこに入金して取ったらええのんと違うか。その口座を、大阪と東京で作ろや」

秋子から、普通預金では、億という単位の大金は通常置かない、と聞いていた。

そのため、ひとつの普通預金口座にまとめて振り込むのではなく、いくつかの支店に口座を設け、分けて振り込むことを考えたのであった。

「二億円は、欲しいな……」

二億円懐に転がりこむことを考えると、西井は胸の底からよろこびが込みあげてきた。

〈その金で借金を返すんや。差し押さえられているリンカーン・コンチネンタルと、キャデラック・コンバーチブルを、再び乗り回し、すれ違う連中を振り向かせることだってできる。「ACトラベラーズ」にかわる新しい事業を、香港あたりで派手に展開することだってできる〉

西井が成功の夢に酔っていると、秋子が、不安そうに口にした。

「西井さん、普通預金の場合でも、閉店後、残高照合する時点で、当座預金の口座同様銀行内で見つかることは、ハッキリしてるんよ。その日のうちに捕まってしまう。やっぱり、恐い……」

西井は、秋子の髪の毛を摑《つか》んで、頭を揺するようにしていった。

「なに、怖がっとんのや。取ったあと、すぐ国外へ逃げさえすれば、大丈夫や。そのためにも口座を設ける支店は、大阪空港や羽田空港に行くのに交通の便利なところを選べばええ」

西井は、この二、三日練りつづけた計画を、一気にしゃべった。

「なあ、秋子。おまえが茨木支店で打ち込んで、そのあと、大阪空港に行く間の支店に口座をつくっておいて、そこへ架空入金した通帳を持って行って出す。飛行機で羽田へ行き、羽田から便利な支店でおなじようなことをしたあと、羽田から国外へ逃げれば簡単や」

西井は、あまりしゃべりすぎたので喉《のど》が渇いた。

「おい、秋子。冷蔵庫からビールを持ってきてんか」

秋子は、バスタオルを熟れたからだに巻き、ビールを運んできた。

「秋子、おまえは素直なええ子や」

西井はそういって秋子の頭をまるで少女の頭を撫でるようにさすり、満足そうにビールを飲んだ。

「秋子、現金の最も動く日は、いつや」

「二十五日と月末。そやけど月末は、当座の係は忙しうて、わたしが席を立つことはでけへん」

「よし、三月二十五日や。その日に決行しよう」

西井は、決行日が決まると安心し、猛然と腹が空いてきた。

「手形の決済資金や、東京へ行く費用がいる。百三十万円、金の都合をつけてくれや。うち三十万円は、茨木支店のおれの当座に入れておいてくれ。おまえに金の無心をするのも、これがさいごや。二億円が、すぐに転がりこんでくるんや」

「百三十万円いうても、ウチの預金、全部西井さんに貸してしもうて、一銭もあらへんわ」

「家から借りたらええやないか」

西井はそういうと、帰り仕度をはじめた。

「秋子、つけ麵《めん》大王に行こ」

秋子とはじめてデートしたときに、彼女にステーキを振舞ったころとちがい、最近のふたりの食事は、ほとんどがラーメンと焼き肉であった。

秋子には、「ラーメンが命から二番目に好きで、一日一回ラーメンを食べんと、生きてる心地せえへんのや」といっておいた。

が、ラーメンなど別に好きではなかった。

釣った魚に餌《えさ》など与えられるものか、という考えと、借金で台所が火の車だったから、安あがりのラーメンばかり食べていたのであった。


「あんなぁ、お母さん……」

寝る前に、母に頼みました。

「お客さんを怒らせて、大口の定期を解約されてしもうたんや。かわりに、お母さんの預金を百五十万円ほど、茨木支店に定期にして入れて」

そう嘘をいい、両親の五光銀行日向町支店の通帳を預かりました。

入行してから十四年間、二十日の給料日には、かならず母の通帳に二千円入れていたので、母はわたしを疑おうともしませんでした。

4

三月十二日——。

一週間早く上京していた西井は、東京紀尾井町に聳《そび》え立つホテル・ニューオータニのツインの部屋で、代休を取り上京してきた秋子を迎えた。

西井は、部屋に入ってきた秋子の背後からうなじに唇を這《は》わせた。

「西井さん、くすぐったい……」

秋子は、うっとりとしている。

西井は、ねっとりと舌を這わせつづける。

秋子の首筋は、特に弱い。

西井は、秋子の耳たぶをやさしく噛《か》んだ。

「ああ、西井さん……」

西井は、ささやいた。

「秋子、五光銀行の手帳を持ってるやろ」

秋子は、ハンドバッグから、五光銀行の手帳を取り出した。

西井は、秋子から手渡された手帳に眼を走らせた。

そこには、五光銀行の全国の支店が載っていた。

「東京と大阪と五支店ずつ選ぼう」

「東京のことは、わたし、何も知らん。西井さんに任せます」

「東京は、新橋、虎ノ門、日比谷にしよう。大阪は、どこがええんや」

「堂島、梅田、中之島の支店が大きいけど、それぞれの店に知り合いがいるから、あかん」

「そうか。ほな、豊中、吹田にしよう。よし、全部で五支店や。明日、お前が行って、口座をつくり、通帳をもらってきてくれ。おれは、背も高いし、目立つ。人におぼえられやすい。店のカメラに写ったら、あとですぐおれとわかる。外で待っている」

西井は、用心してもしすぎることはない、と思っていた。

「茨木で入金を打ち込んだら、吹田、豊中と支店をまわり、大阪空港から羽田空港に来る。それから新橋、虎ノ門、日比谷支店とまわる。そのあと羽田空港から午後四時四十分頃発の中華航空で、台北経由で香港に逃げたらええ。羽田空港からは、誰かをつきそわせて送らせる。どこへ逃げたかわからんようにするには、いろんな国をまわる方がええ。おまえがマニラに落ちついたら、おれもマニラに行く。あちらで日本料理屋でもやって、ふたりでのんびり暮らそや」

じつは、フィリピンの首都マニラには、すでに西井の現地妻がいた。

スペイン系のエベリン・ホラードで、二十七歳であった。

小柄だが、日本人にはない乳房と尻の盛りあがりをみせている。

面食いの西井の満足するエキゾチックな容貌をしていた。

「シュー・マート」という百貨店に勤めていた女だ。

ネクタイを買いに行ったときに惚れ込んだ。

「ACトラベラーズ」の役員に入れ、手当てを払ってやっていた。

「いつか、おまえと結婚する」

会うたびに、そうささやいていた。

が、まったくその気はなかった。

妻は妻でも、あくまで現地妻でよかった。

二年前西井の子供を産んでから、わずらわしいので一度しか顔を出していなかった。

が、結城秋子をマニラに逃亡させれば、秋子だけでなく、エベリン・ホラードにも会うため、マニラに顔を出してもいいな……とは思っていた。

西井は、ベッドの上に秋子といっしょに寝転がった。

秋子のスカートに手を入れ、むっちりした太腿《ふともも》を撫でにかかった。

「子供がかわいそうやから、離婚はでけへん。そやけど、家を処分して、女房、子供は実家に帰す。子供はかわいいが、女房の方は、新婚当時だけで、いまでは愛してへんのや。おれには、おまえだけや。な、頼む。おれのいうとおりにやってくれ」

女房に愛を感じなくなった、というのはまったくの嘘であった。

西井は、昭和四十五年に立正大学の経済学部を出て、北急観光に就職した。

それからまもなくして、ジャパン航空の国際線のスチュワーデスであった美那子とパリで知り合い、結婚した。

父親が茨木市で大きな寺の住職をしていて、土地も山林もある、ということも魅力であった。

が、なにより気に入ったのは、美那子がとびきりの美人であることであった。

スチュワーデスの制服もよく似合ったが、和服もよく似合う、ほっそりとした、日本型美人であった。

美那子は、秋子より、一歳下であった。

五十年に、会社でおもしろくないことがあったので、茨木市に都落ちし、いわゆる美那子の家の婿養子のような形になった。

そこで、美那子の父親の設立した「茨木霊苑」の経営にあたった。

野心の強い西井は、それだけではおさまらなかった。

「ひと旗揚げよう」として、マニラ市と茨木市に旅行代理店「ACトラベラーズ」を設立したのであった。

その資金は、すべてを美那子の父親からあおいでいた。

妻には頭が上がらなかった。

妻とふたりでいっしょに外を歩くと、男も女も振り返って見る者が多かった。

「ファッションモデル同士が結婚したみたい」とささやかれたこともある。

西井には、誇らしかった。

キャデラックやリンカーン同様、西井の世間への自慢の種だった。

三人の子供も、すくすくと育っている。

家庭は、うまくいっている。

まったくといっていいほど外泊しないで、それも夜の十時までには家に帰るのも、妻や子供たちを悲しませたくないためであった。

三月十三日――。
ホテル・ニューオータニで朝食をすませたあと、九時過ぎに西井さんといっしょに新橋駅まで行きました。

新橋、虎ノ門、日比谷と五光銀行の各支店をまわるために、印鑑がいる。

駅近くの文具店へふたりで行き、三文判をふたつ買いました。

店へ行くまでに、

「どんな名前にしようかしら」

というと、西井さんはいった。

「鈴木とか佐々木とか、ありきたりの名前でええやろ」

西井さんは、判をふたつ、三文判のケースから取り出して買った。

ところが、西井さんは鈴木の判を買うのに、間違って鈴本の判を買いました。相当あわてていたようです。あとでわかってうろたえる姿を見て、わたしは、おかしくて、声を立てないでクスッと笑いました。銀行に使われた判が鈴本と佐々木になっているのは、そのためです。

西井さんは、新橋支店の近くにあるアマンドという喫茶店で待っていた。

わたしが、店に入ったのは、九時半頃だった。

窓口へ行って、普通預金の新規申込用紙に、

《東京都港区新橋二―二鈴本吉男》

とでたらめな住所と名前を書いた。入金千円と鈴本印を、いっしょに出した。

新規口座を開設したときには、口座開設の礼状用の葉書が出されることを、わたしは知っています。架空の名前、住所なので、その葉書が嘘の住所と名前のところに出されて、該当者はありません、と舞い戻っては犯罪が発覚してしまう。わたしは、「通知不要です」と窓口の人に釘《くぎ》を刺しておきました。

しばらく待って通帳と印鑑をもらい、西井さんの待つアマンドに行き、彼に通帳を見せた。

西井さんは、わたしがケースから取り出した通帳に眼を走らせた。

西井さんの眼は、恐ろしいほどぎらぎらと燃えていました。

「わかった。これ、おまえが持っとけ。指紋がつくから、おれはやめとく」

わたしは、通帳をバッグに入れながら思いました。

〈この人、いつもおれは男や、と大見栄を切っているけど、意外に臆病な人かもしれない……〉

次は、地下鉄で虎ノ門支店へむかいました。

西井さんは、いっそう警戒心を強め、地下鉄を降りると、ささやきました。

「おれは、東京に知り合いが多い。ふたりで歩いているところを見られると、都合が悪い。離れて歩く。虎ノ門支店近くの本屋で待ってるからな」

そういって、数メートル離れて行動しました。

虎ノ門支店でおなじようにして通帳をつくった。

つぎは、日比谷支店にも向かった。

日比谷支店では、電話番号を書いてくれ、といわれ、思いつくままの数字を記入した。

東京での通帳づくりを終えると、西井さんといっしょに羽田空港にタクシーを飛ばし、午後零時過ぎの大阪へ向かう日航機に乗った。

ならんだ席だったので、西井さんがいいました。

「ちょっと、例のもん見せてくれ」

バッグを開けた。虎ノ門と日比谷支店の通帳を、ケースに入ったまま見せた。西井さんは、安心した顔をしていました。

わたしは、飛行機が飛び立つと、眼を閉じました。

〈結局、十四年間かけて貯《た》めた預金も、わたし自身も、みんな西井さんに……〉

わたしは、入行したときから、毎月かならず預金をしていました。西井さんとつき合うようになった五十四年には、千三百万円はありました。

月十三万円の給料のうち、二千円を母に渡し、小遣いは三万。わたしの預金は増えるばかりでした。

母さんは「アキちゃんは、銀行員になるために生まれてきたような人や」と、感心していたほどです。

まわりの仲間たちがつぎつぎに結婚していっても、これだけ預金がある、と思えば、心の支えになっていました。

ところが、西井さんは「ちょっと金貸してくれ。すぐ返すから」といってはお金を出させ、ついに二十回近くで九百万円も貸してしまっていたのです。

このまま西井さんとつき合っていると、いつか一銭も預金がなくなる。もうつき合いをやめよう……と何度思ったかしれません。

でも、心の片隅でいつも思っていた。

〈つき合いをやめれば、お金も返してもらえなくなる。愛も、お金も、一度になくしてしまう……〉

そのため、つい深みに嵌《は》まりこんでいったのです。

わたしは、わたしなりに一応細かく人生の計算は立てるのです。でも、あるところまでは計算どおりに行きますけど、そのあとが、いつも崩れてしまう。小学校のころから小説好きで夢想家でしたから、どこか現実離れしたものに憧れ、結局は計算を狂わせてしまうのでしょうか……。

三月十六日の夜——。

西井は、秋子をライトバンに乗せ、箕面《みのお》の宅地造成地へ連れていった。

車一台通らぬ静かなところであった。

人に見られる心配もなかった。

あたりは鬱蒼《うっそう》とした林である。

細い道が、横に一本走っているだけだ。

秋子が、この数日、再び「恐い……」と尻込みしはじめたので、何とか説得しなおす必要があった。

車を止めると、西井は凄んだ。

「いつまでも、そんなガキみたいなことをいうな」

秋子は、脅えきっている。顔色も青い。ノイローゼ気味になっている。

「いやや、捕まるんやったら、その前に、死にたい」

涙声で訴える。

「そんなこと、考えるな。おまえが死ぬんやったら、おれもいっしょに死んでやる」

秋子に拒否されては、計画は不可能だ。秋子がいるからこそ、可能なのだ。

本当は頬《ほお》にびんたでも張っていうことをきかせたい気持ちであったが、まかりまちがってつむじを曲げられても困る。

「秋子、おまえ、これから、どうやって生きていくつもりや。いつまでも銀行に勤めるわけにもいかんやろ」

どうやら、この一言が効いたようだった。

いつまでも銀行に勤めるわけにはいかんやろ……と西井さんにいわれ、やはり、やらなければ仕方ない、と思いました。

日本を捨て、一生を海外で過ごすと思うと、不安と恐怖で眠れません。が、かといって現実を見まわすと、たしかに暗いのです。

日頃から、わたし自身、いつまでも銀行にいるわけにはいかない、と思っておりました。

あとから入ってきた人が、つぎつぎに結婚してやめていく。やはり、取り残されていくような気持ちがしておりました。

適当な時期が来たら、銀行をやめて、小さな喫茶店でもいいから自分で開きたいな、と頭の中で考えることもあったのです。

それに、妻子ある人と長い間つき合ってもいましたので、もうわたしは結婚できないかもしれないな……と数年前から思っていました。

将来のこととなると、わたし自身、ひとつも見通しが開けていなかったのです。

これから、どのように生きたらいいのか……不安でいっぱいでした。

マニラに行って、どのような生活をするということまでは頭に浮かんできませんでした。が、西井さんのいうとおりにやり、とにかくマニラに行ってしまえば、何か新しい生活がはじまる。案外、想像できないようなすばらしい世界が拓《ひら》けてくるかもしれない。

一瞬、まばゆい南国の太陽に輝くマニラの姿が眼の前に浮かび、妙なときめきさえ感じました。

西井さんは、わたしの頰をたくましい両手で挟みこみ、いいました。

「太く、短く生きよう」

わたしも、

「うん、やる」

と答えました。

5

決行直前の十七日頃でしたでしょうか。大内武晴さんから突然、電話がありました。

「大阪へ用があって出てきてるんや。会いたい」

いつもだと、もう会いたくない、と答える。が、ふいに大内さんに会い、一瞬でいい、大内さんの胸で憩いたい、休みたい、と思いました。

あるいは、日本を去り、永久に会えなくなる、やはりさいごに抱かれておきたい、そういう気持ちがあったのかもしれません。

なんといっても、わたしがはじめて抱かれ、十三年間もつき合いつづけた人なのです。

「ええわ」

つい、会う約束をしてしまいました。


大内武晴は、結城秋子と食事を終えると、車を京都まで走らせ、伏見区のラブホテルにむかった。

〈それにしても、この娘は、何を考えているのかわからん。不思議な娘やった……〉

大内は、車を運転しながら、結城秋子との十三年間を振り返った。

四十七年の春であったか、秋子の勤める五光銀行茨木支店の幹部ふたりが、大内の自宅にやってきた。

大内の妻に、いきなり秋子のことを告げた。

「ウチに勤める結城秋子と、おたくの御主人が交際している。あなたは、御主人と別れた方がいい」

銀行というところは、社の保身のためには信じられないような越権行為をするもんやな、と大内はあきれた。

秋子が銀行を嫌う気持ちがよくわかる、と思った。

銀行幹部の告げ口がもとで、妻との間に冷たいものが流れはじめた。別れ話さえ出た。

しかし、大内は妻と別れて秋子といっしょになる気はなかった。

妻は、別にこれといって欠点のない、屈託のない、ひまわりのように明るい女であった。

子供もいる。世間体もある。秋子が家庭に怒鳴りこんできて、「奥さんと別れて、わたしと結婚して下さい」と迫っていれば、あるいは家庭を壊し、秋子といっしょになることも、万が一ありえたかもしれない。

しかし、何故か秋子にはそのような狂おしい情熱はなかった。

あるいは、秋子の心の底にそのような情熱の炎が燃えていたのかもしれない。が、少なくとも大内の前では、そのような態度は、そぶりにも見せなかった。

大内もまた、それ以上秋子の心の中をのぞこうともしなかった。

大内は、やがてボウリング場の上司と折り合いが悪くなり、ひとまず妻や子と別居し、別府の実家に引きこもった。

農業をやりはじめたのであった。

しかし、九州へ下っても、秋子と切れようとはしなかった。大内は、自分と秋子との関係が行内に知れ渡っていたので「森本」という名で秋子に電話を入れた。「九州へ遊びに来いよ」と誘った。秋子は、何度か有給休暇を取って別府へやってきた。


伏見区のラブホテルに到着すると、大内は、秋子にいった。

「アキちゃん、このホテル、おぼえているか」

「うん」

秋子は、恥ずかしそうにうなずいた。

十三年前、はじめて秋子を抱いたラブホテルであった。

部屋に入っても、秋子は、どことなく浮かぬ顔をしていた。少し窶《やつ》れ青ざめた顔色をしている。

「気のせいかもわからんが、アキちゃん、この前以上に、何や疲れてるみたいやな。なんか、悩みでもあるんとちがうか……」

秋子は、あえて打ち消すように首を横に振った。

「それならええけど、もしつらいことがあったら、これまでどおり、打ち明けるんやで……」

「うん。今夜は、大内さんに会えただけでも、うれしいんや」

秋子は、そういうと、甘えるように大内の胸にからだをすりつけてきた。

この一年、秋子から昔のように甘えられたことがなかったので、大内はとまどった。うれしかった。

「アキちゃん、相変わらず、かわいい子やなあ……」

大内は、秋子の緑色のスーツのボタンをひとつずつもどかしそうに外していった。

「大内さん……今夜はいつまでも抱いとって……」

秋子は、胸に顔をこすりつけてきた。恋人にというより、父親に甘えるように甘えた。

「アキちゃんは、ええ娘や……」

大内は、十三年前に比べ、お腹や尻にむっちりと肉のついてきた秋子の抜けるように色の白いからだを、むさぼりはじめた。

大内は、秋子の上に乗り、やさしく腰を使いつづけた。

秋子の手が、大内の首筋にまわされた。

「大内さん……」

これまで、秋子の方から大内を抱きしめてくることはなかった。

それに、これまでより秋子の花弁に濡れも激しくなっているように思われた。

大内は、右にまわすようにして腰を使いつづけた。

「あぁ……」

大内の首にまわした秋子の手に、力がこもる。

大内の動きを深く味わっている。

大内は、秋子の短い髪の毛をやさしくなでる。

〈初めて秋子を抱いたときのうぶさから考えると、すっかり女になったなぁ〉

大内の動きに合わせ、秋子も腰を使ってくる。

より深く味わっている。

大内は、秋子の耳の穴の中に息を吐き込むようにしてささやいた。

「アキちゃん……いろいろすまんかったなあ……」

「ええのや……今夜は黙って、抱いとって……」

秋子は、大内の愛撫に応《こた》えながら、からだを震わせた。大内の胸が、濡れた。

「アキちゃん……泣いてるんとちがうか……」

「ううん……ちがうの……何も訊かんといて……このまま、抱いとって……」

大内はあらためて心の中でつぶやいていた。

〈この娘は、ほんま不思議な娘や……〉

6

三月二十五日、いよいよ決行の日——。

わたしは朝の九時半ごろ銀行の更衣室に行った。

セカンドバッグから五光銀行の吹田、豊中、新橋、虎ノ門支店の通帳を出し、ポケットに入れ、一階の自分の席まで降りました。

日比谷の通帳は、おそらくお金を取りに行く余裕がないだろうと思い、持って降りませんでした。

十時頃には、この日がいろいろな会社の給料日であることから、まわりの人の仕事が忙しくなってきました。

忙しければ忙しいほど、まわりの人たちがわたしに注意をむけることはない。忙しくなるのを待っていたのです。

振込電話通知先一覧表と口座登録表を持ち、コンピュータの端末機七七号機のところに行きました。

七七号機は、ちょうど柱の陰にあります。他の行員からは見えにくい。この機械は、予備的に利用されている。誰でもが使っていておかしくないものだったので、その点も考えて利用することにしました。
わたしは、正規の作業をしているようなふりをし、みんなに気づかれないように架空入金していきました。あまりの緊張に、さすがに手が震えました。
吹田支店　鈴本啓一　三千万円
豊中支店　佐々木健一　三千万円
新橋支店　鈴本吉男　六千万円
虎ノ門支店　佐々木武雄　六千万円
合計一億八千万円もの大金を打ち込みました。
架空入金を終えると、どの店にどれだけ入金したかがわからないようにするため、入金票をポケットに入れました。
その日の七七号機の一切の取引きが記録されるレシート用紙に似たジャーナルも、七七号機から席を立つとき、破り捨て、ポケットに入れました。
〈こうしておけば、わたしのやった具体的な内容が発覚する時間が先にのびる〉
十時半頃、同僚や後席の支店長代理に、
「歯医者へ行ってきます」
と告げ、二階更衣室へ上がりました。
セカンドバッグに、通帳、ジャーナル、伝票を入れた。

そのセカンドバッグだけを持ち、地下一階のコインロッカーへ行きました。出社前に用意しておいた黒ビニール袋から、レインコートとスカーフを取り出し、身につけた。

外に出ました。小雨が降っていました。タクシーを拾おうと思いましたが、近くのタクシーは、客を待っているところだといって乗せてくれません。

小走りに駈《か》け、国鉄茨木駅まで行きました。約一キロもありました。が、架空入金するときあまりに緊張していたから、しんどいとも思いませんでした。

そこから、電車に乗った。

国鉄吹田駅に十一時十五分頃到着しました。

駅のトイレに入った。

銀行のユニホームを脱ぎ、紙袋に入れ、ビニール袋から着替えの服を取り出して、着ました。その上から、レインコートを着ました。

紙袋は、トイレ内のごみ箱に捨てました。

ビニール袋から、大内さんにかつてプレゼントしてもらったヴィトンのバッグを取り出した。

それとビニール袋を持った姿で、駅を出ました。

雨は、大粒に変わりかけていました。

駅のすぐ近くにある五光銀行吹田支店に入ったのは、十一時二十分頃でした。

当座普通預金係の窓口に、鈴本啓一の通帳と、準備してきていた鈴本名義の二千五百万円の偽造の払戻請求書を出し、勇気を出していいました。

「お願いします」

「全部現金ですか。一部小切手でお願い出来ませんか」

「主人が、全部現金でもらってこい、といっています。現金でお願いします。マンションの支払いに使うのです」

うまくごまかすことができました。

係の人は、奥に行き、上役とひそひそと相談をはじめました。

やがて、もどってきていいました。

「現金でお渡ししますから」

しかし、それからも待たされました。

十分ほどでしたけど、三十分か四十分くらいの長さに感じられました。

ようやく銀行の紙袋に入った現金二千五百万円を取り、銀行を出ました。

時計を見ると、十一時四十分になっていました。

雨は、どしゃぶりになってきました。

すぐにタクシーに乗った。運転手に、五光銀行豊中支店までのおよその時間を訊きました。

「三十分かかる」

そういわれました。

豊中支店に立ち寄っていては、午後零時三十分の飛行機に間に合いません。

残念だが、豊中支店で金を取ることは断念した。

大阪空港へは、零時二十分頃、着きました。

西井さんの友人谷村さんから、二階のナショナルパナカラーの看板のある前で、搭乗券をもらいました。

「すぐお乗りください」

と案内があった。急いで日航機に乗りました。

ところが、雨のため、十分程遅れて飛び立つことになりました。

午後一時四十分頃、羽田へ着きました。

東京も、大阪ほどどしゃ降りではありませんけど、小雨が降っていました。

予定通りモノレールで浜松町へ出た。

国電に乗り換え、二時頃、新橋駅に着いた。

この時刻に、新橋駅で西井さんと待ち合わせていました。が、どうしたことか、姿が見えない。

待っていては、銀行の閉まる三時が近づく。

すぐに、新橋支店へむかった。

いつの間にか、度胸が据わっていました。元来が臆病《おくびょう》な性格ですが、何にでも熱中するタイプでもあるのです。仕事の関係でも、男性関係でもおなじことがいえます。そして、一度こうやろうと決めてしまうと、あとへ引き返せないタイプなのです。

通帳をもって茨木支店を出たあとは、もう決められたレールの上を走っているだけでした。どうやって確実にお金を取るか、だけに集中していたのです。他のことは、まったく頭に浮かびませんでした。

新橋支店では、五千三百万円請求した。が、

「現金は、すぐには五百万円しか用意できません」

といわれ、粘りましたが時間がない。仕方なく、残りの四千八百万円を小切手にした。

ところが、窓口が混んでいて、すぐにはお金が出ない。

そのうち、午後三時の閉店時間が、どんどん近づいてきた。

〈虎ノ門支店へは、あらかじめ電話しておいた方がいいわ〉

表の公衆電話に急いで駈け込み、虎ノ門支店へ電話を入れた。

「三時を過ぎておうかがいすることになりますが、現金で二千万円用意しておいて下さい」

　虎ノ門の払戻請求書は、五千二百万円でした。が、新橋支店の状況からみて、現金は二千万円が限度ととっさに判断し、そう申し込んだのでした。

　新橋支店を出たときは、三時近くなっていた。

　新橋駅に行くと、今度は西井さんがいました。

7

　西井は、あたりを警戒するように、新橋駅構内の柱の陰にいた。結城秋子は、西井の用意していた折りたたみ式の鞄《かばん》に、吹田支店の現金二千五百万円と新橋支店の現金五百万円をルイ・ヴィトンのバッグから取り出して入れた。

「西井さん、どうして約束の時間に待っててくれへんかったの」

　秋子は、唇をとがらせていった。

「ごちゃごちゃいうな。虎ノ門支店は、どうする。もう時間がのうなってしもた」

「虎ノ門支店には、三時過ぎに行くと、前もってちゃんと電話を入れてあります。これから行っても、間に合うんです」

西井は、秋子のきつい顔を見ながら、この女、思っていたより度胸の据わったやっちゃな……と内心、舌を巻いた。

〈どちらが主犯か、わかりはしない〉

つい苦笑いしていた。

西井が待ち合わせ時間に遅れたのは、アリバイづくりに奔走していたためである。衆議院第一議員会館へわざわざ顔を出し、みんなに叔父だと吹聴している東北地方選出の長岡代議士に面接するため、受付票に記入した。

代議士は留守であったが、もし代議士がいれば、一、二時間暇を潰《つぶ》して、アリバイをつくるつもりであった。

議員会館裏の日枝神社へも顔を出し、そこでアリバイ工作のためお祓《はら》い帳に住所氏名を記入しておいた。

秋子が大胆になってゆくのと逆に、西井は慎重を通り越し臆病になっていた。

三時四十分頃、虎ノ門支店近くの書店で待っている西井のところに、秋子がやってきた。

顔が強張《こわば》り、少し青ざめていた。

西井は、秋子といっしょにいるところを目撃されたくなかった。

書店を、すぐに出た。

小雨の中を虎ノ門支店とは反対の方向に歩き、最初の横丁を左に入った。

立ち止まらないで歩きながら、秋子から現金と小切手を受け取った。

なお歩きながら、声を荒らげた。

「おい、新橋は、五百万円しか、ないやないか」

「そないなこというたかて、現金がないといわれれば、しゃあないわ。虎ノ門支店では、現金は二千万円出してもろた。新橋と虎ノ門支店では、あとは小切手でもらったんやけど。小切手はどないしよか」

「全部、ここに入れろ」

西井は、折りたたみのバッグを開けながら、心の中でほくそ笑んでいた。

〈現金五千万円、小切手八千万円、計一億三千万円、悪くはない〉

西井は、いった。

「うしろから、眼鏡をかけた、肥えた男がくる。その男から、ボストンバッグを受け取れ。羽田空港での飛行機の乗り方も、その男に教えてもろたらええ。ボストンバッグの中に、五百万円入れてある」

秋子には、前もっていいふくめてあった。

「五千万円も、海外へ持ち出すと、税関に怪しまれる。五百万円だけ持って、出ろ。それだけあれば、当分の生活はできる。あとの金は、おれが持っていて、いずれ闇のルートを使い、香港経由で持っていく」

わたしは、西井さんの背後で、まわりに聞こえるような大きな声を出しました。

「西井さん、いっしょに羽田まで行ってくれるのやないの」

「おれがいっしょに行ったら、目についてばれるやないか」

わたしは、心のなかで西井さんをののしりました。

〈羽田くらい、なんやの。わたしは西井さんに賭《か》けたのに、臆病者！〉

つい、怒りに震える声になり、聞きました。

「いつ、マニラへ来てくれはるの」

「五月の連休明けには、金持って行く。一カ月の辛抱や。我慢して、待っててくれ」

西井さんはそういうと振り返ろうともしない。

次の角を左に曲がると、急ぎ足で去って行きました。

〈まるで、逃げるようやわ……〉

西井さんに去られ、心細くてたまりませんでした。

レインコートは着ていましたけど、傘はさしていません。髪の毛はびしょ濡《ぬ》れになったままです。

その直後、西井さんのいっていたように、背後から、眼鏡をかけた太った男性がやってきた。ささやくようにいいました。

「ここから、タクシーで羽田の国際線に行って下さい。航空券は、日本アジア航空のカウンターに行けば、すぐ売ってくれます。そこで中華航空の四時四十五分発台北経由香港行きの飛行機に乗って下さい。早く行った方がいい。気をつけて下さい」

その男性は、ボストンバッグを渡してくれました。

わたしは、すぐにタクシーを止め、羽田にむかいました。

車の中で、渡されたボストンバッグを開けて見た。

帯封のついた百万円の束が、五つ入っていた。

航空券を買う必要があるし、一束だけくずした。

二十万円を茶色の二つ折財布に入れ、八十万円をセカンドバッグに入れた。

残り四百万円は、ボストンバッグの底に入れた。ちょっと見た目には、わからないようにしたのです。

その金が見つかると、すぐにでも捕まるような気がして仕方がありませんでした。

〈いくら人目があるとはいえ、どうして羽田まで送ってきてくれなかったのか……、西井さんの、臆病者〉

わたしは、あらためて西井さんを恨めしく思い、血の出るほど唇を噛《か》みました。

四時二十五分、羽田に着いた。

もうカウンターは閉まっていたのをなんとか拝み倒して、航空券を買った。搭乗手続を取らせてもらった。

指定された席に座《すわ》ったとき、いままで張りつめていた力が抜けていくようでした。思わず涙がこぼれてしまいました。

四時五十分、飛行機は羽田を飛び立った。

飛行機が浮いたとき、あらためて下界を見下ろした。

雨にけぶる東京は、すでにネオンに燃えはじめていました。これが日本の見おさめかもしれない、そう思うと、見えなくなるまでいつまでも下界をのぞいていました。

〈さようなら……〉

寒いわけではありませんでした。でも、少し震えがきました。

〈これから台北経由で向かう香港の空港には、警察が待ち受けているのではないかしら……〉

わたしの眼《め》には、すでに日本から手配がまわって待ち受けている大勢の警官の姿が、くっきりと浮びました。

8

「マニラミッドタウン・ラマダホテル」は、マニラの中心部、エルミタ地区のアドリアチコ通りにある。二十二階建てで、フィリピン最大の敷地を擁する高級ホテルだ。赤嶺剛《あかみねつよし》は、その一室で結城秋子を西井の友人だという山田正から紹介された。そのとき、刺青を入れた眉《まゆ》をぴくつかせた。

三月二十六日の夜だった。

「結城さんというのは、女だったのか……」

西井から電話はもらっていた。

「近いうち、一人そちらに送るから、めんどうを見てやって欲しい」

日本からそのようにして送られてくるのは、たいていはヤクザ者か、危ないヤマを踏んで日本にいることのできなくなった犯罪者と決まっている。今回も、てっきり荒くれ男が送られてくるものと思いこんでいたのだ。

結城秋子は、馬鹿にされたと思ったのか、肉感的な唇をとがらし、ぷいと横を向いた。

「西井から、人間をひとりよこすから、アパートを借りてやってくれ、といわれていた。が、いつくるのか、男なのか女なのか、それも聞いてなかったんでね」

赤嶺は、椅子《いす》が余分にないのでベッドの端に座っている秋子を、あらためて頭の上から爪先《つまさき》までじろじろと舐《な》めるように見た。

〈どんなヤマを踏んできた女かはわからないが、なかなか、男好きのする顔をしてい

るじゃねえか〉

秋子は、クーラーが効いていてもなお暑いためか、アロハシャツにジーパン姿だった。

しかし、アロハを通して胸のあたりのゆたかなふくらみはわかった。尻《しり》や太腿《ふともも》のむっちりした感じは、ジーパンの上からでも十分にわかる。

そのうえ、日本に居られなくなった女にしては、お嬢さんらしい品のよさがある。

赤嶺は、昭和五十年にそれまで属していた組織暴力団青竜組の内部抗争に嫌気がさし、日本を捨て、このマニラに新天地を求めてやってきていた。秋子のようなシロウト女性と親しく口をきくのは、久しぶりであった。

「アパートだったら、二、三心当りがあったんだ。が、男ならともかく、女の人ならどこでもというわけにはいかない。もう一度、探してみてやる」


マニラでの第一夜――。

ベッドにつっ伏し、心細さに涙があふれて止まりませんでした。

〈これで、日本に帰ることができなくなってしまった……銀行では、わたしのしたことを見つけて、蜂《はち》の巣をつついたような騒ぎになっているはずだ。十四年間もお世話になった銀行に、顔向けのできないことをしてしまった……〉

忘年会のときなど、ダミ声を出し、元総理大臣の田中角栄の声色をやって笑わせてくれた支店長が、いまごろは顔を引きつらせ青ざめているだろう。そう思うと、いつまでも寝つかれません。

二十五日、羽田を飛び立ったあとは、六時五十分に台北に着きました。それから九時に台北発香港行きの飛行機に乗り、十時四十分に啓徳空港に着いた。

西井さんの友人の山田さんの案内でホテルに一泊しました。

「一分でも早く、マニラへ行きたい」

というわたしの要求で、今日の二時過ぎにマニラへ着いたのでした。

親切に案内してくれた山田さんも、明日は香港に帰っていく……。

あとは、赤嶺さんに頼るしかない。しかし、西井さんは、赤嶺さんにわたしのことを十分に伝えているとは思えない。アパートだって、すでに用意されているのかと思っていたが、まったくその形跡はありません。

〈赤嶺さんも、どういう人なのか、まったくわからない……〉

赤嶺さんが元ヤクザだ、ということは、西井さんから聞いていました。

アロハシャツの袖口《そでぐち》あたりを、包帯で巻いている。眉に刺青をしているところからして、おそらく包帯の下には刺青が隠されているにちがいない。恐ろしくてハッキリは見ませんでしたけど、左の小指の第一関節から下も、切断されていた。

西井さんが、〝裏の人間〟といっていたのは、日本にいる赤嶺さんの仲間たちかも知れない、と思ったりしました。

赤嶺さんは、

「これからもちょくちょく、おれの事務所にも来てもらうことがあるかも知れないから」

と、彼の車でラマダホテルから十分くらいのところにある赤嶺事務所に案内してくれた。

十階建ての古いアパートの五階にある事務所には、男の子がふたり、女の子が三人いた。ギターを弾いたり、歌を歌ったりしていた。芸能プロダクションを経営していることはわかりました。

夜、日本料理店で食事をとったあと、ナイトクラブに連れて行ってもらいました。このとき、彼が、「ロイ赤嶺」という名で、フィリピン映画にも出演していることがわかった。

角刈り頭で、パッと両肌脱ぎになり、背中のカラフルな刺青を見せ、刀を振ってバッサリと人を斬《き》る役が十八番だということでした。

得体の知れない、不思議な人にこれから頼っていかねばならないことを考えると、あまりの不安に、一睡もできませんでした。

9

マニラでの新しい生活がはじまった。赤嶺さんが、キリノアベニューに面したホセファ・アパートの二〇二号室を借りてくれた。マニラの繁華街に近い、青みがかった八階建てのきれいなビルでした。

一階にはホテルと見間違うようなロビーがあり、セキュリティ・ガードマンが、二十四時間体制で警備していた。

赤嶺さんには、「事情があって、本名は使えないの。ヤマダマユミということにしておいて下さい」といっておきましたので、ヤマダマユミという偽名で通すことにしました。家賃は、電気代別で、月四千ペソ（十四万円）でした。

赤嶺さんの車に乗せてもらい、ハリソンプラザという高級スーパーに連れて行ってもらった。

現地の人たちが買物をしている店は、食物に蝿《はえ》がたかっていて、耐えきれなかったのです。

赤嶺さんにいわれ、停電が多いためロウソク、年中ゴキブリやヤモリがいるから殺虫剤などまで買った。顔を隠すためにサングラスも買った。

西井さんがやってくる日のために、洗面用具やタオル、西井さんの足に合う大き目の高級なスリッパも、買い揃《そろ》えた。

〈西井さん、早く来て……〉

見知らぬ国に放り出されているのですから、よけいに西井さんへのいとおしさがつのりました。

見知らぬ土地が恐いのと、警察につかまるかもしれないという脅えで、一週間も二週間も一歩も部屋から出ない日がつづきます。

部屋のドアがノックされる度に、西井さんが来たのではないか……と期待しながらドアを開けます。が、ボーイか、赤嶺さんだったりして、寂しい思いをしました。

夕方になると、アパートの屋上へ上がり、マニラ湾に落ちる夕陽《ゆうひ》を眺めるのが、唯一の楽しみでした。

日本では見られない、大きな真紅の夕陽が、ゆっくりと沈んでゆく。

西井さんと、いつか淀川堤防に行ったときちらと目に入った夕陽を思い浮かべた。

〈西井さんも、いまわたしの見ているように、どこかで夕陽を見ているのやろうか……〉

つい感傷的な気持ちになりました。

ひとりで買物に出かけたとき、得体の知れない男の人がジロジロとわたしのからだを舐めるように見たり、なかにはあとをつけてくる男もいる。とても気持ちが悪い。

そのようなとき、西井さんに心の中で叫びました。

〈西井さん、早くきて……恐い〉

しかし、西井さんからは電話すら入りません。いったい、事件はどうなってしまったのか。

日本の新聞も、朝刊はその日の夕方にはついている。毎日買って、むさぼるように読みました。

しかし、あの事件のことは、まったく出ていません。

〈きっと、五光銀行が、信用を重んじるあまり、内部で調査するだけで、まだ警察に届けてないんやわ……〉

そう決めこんでしまいました。


赤嶺剛は、サングラスの奥の眼を細め、結城秋子のからだを、食い入るように見つめていた。

彼女は、水着姿であった。抜けるように白い腕や太腿が、太陽の焼けるような陽にさらされている。

乳房も、黒い水着からはみ出しそうだ。

マニラ湾を目の前にのぞむデラックスホテル「フィリピン・プラザ」屋上のプールサイドである。

彼女は、プールから上がり、プールサイドを楽しそうに歩いている。

四月十日の午後であった。

プールサイドのビーチ・パラソルつきのテーブルに坐った赤嶺は、フィリピン銘柄のビール、サンミゲールをぐいと飲んだ。口のまわりについたビールの泡をゆっくり舐めながら、あらためていいきかせていた。

〈はじめて会ったとき、にらんだとおり、すばらしいからだをしている。肌も、おれ好みのむっちりした白さだ。西井の野郎、どうして手に入れたのかわからねえが、こんな熟れ頃の女がひとり寝してるなんて、もったいねぇ……〉

秋子は、プールサイドの端まで歩き、くるりとこちらを振り返るのだ。赤嶺に手を振った。なまめかしい脇《わき》の下があらわになる。

赤嶺は、あらためて突き上げるような欲情をおぼえた。

〈おそらく、西井は、マニラへは来やしない。マニラに借金があって、顔出しすると、殺されるかもわからない……すると、この娘は、かわいそうに捨てられるわけだ。煮て食おうと、焼いて食おうと、いずれはおれの勝手というわけか〉

しかし、相手は、おれが日本人観光客に売春を斡旋してやっているナイトクラブの女とは、わけがちがう。焦ることはない。じっくり時間をかけ、落ちてくるのを楽しんだあと、たっぷり味わわせてもらおう。

赤嶺は、サンミゲールを味わいながら、あらためてにんまりした。

その夜、赤嶺は秋子をナイトクラブに案内した。

そのあと、アパートに送り、部屋に入った。

いきなり、背後から秋子を抱きしめた。

熟れきった肉の感触が、アロハシャツを通して気持ちよく伝わってくる。

「よして！」

秋子は、赤嶺のたくましい腕を振り払った。

「上品ぶるんじゃねえ！」

赤嶺は、凄《すご》んだ。元ヤクザだった男である。恐ろしい眼つきになった。

「そやかて……西井さんを、死ぬほど愛しているんです！」

秋子は、半分泣き顔になった。

赤嶺は、今夜のところはこれくらいでいいだろう、と思った。

「ほう、西井は果報者だな。しかし、西井があんたのことをどう思っているかは、別だぜ」

10

　その日、四月二十一日は、目を覚ましたときから、久し振りに浮き浮きしていました。マニラに春雨のようなビーフンを売りに来て、わたしのアパートに泊まっていた山田さんから昨夜、聞かされていたのです。

「明日あたり、西井から電話があるかもしれない」

　アパートの電話番号は、赤嶺さんが教えていたようです。

　正午頃、待っていた西井さんから、電話が入りました。

「秋子か。おれや、元気にしてるか」

　声を聞いただけで、涙が込みあげてきました。うれしくてたまりませんでした。

　西井さんとの連絡のない日々が過ぎるにつれ、わたしは、しだいに荒《すさ》んだ気持ちになりはじめていたのです。

　アパートの屋上に上がり、西井さんのことを思いながら毎日美しい日没を眺める日課も、いつの間にか止《や》めてしまいました。

　毎夜二時、三時までビールやブランデーを飲みつづける日々がつづいていたのです。

「新聞には、あの件は、まだ出とらん。大丈夫や。金は、まだあるのか」

「はい」

「赤嶺は、親切にしてくれるか」

「ええ……」

複雑な思いで答えました。

「それより、いつ来てくれるの」

「五月の連休明けには、金を持って、かならずそちらへ行く」

「小切手を換金するなら、早うした方がええわ」

つい心配になっていいました。

「まだ、換金しとらん。へたにやると、足がつくからな。気をつけなあかん。心配せんでもええ」

約一カ月振りに西井さんと話せたよろこびに、目まいをおぼえそうでした。

もっともっと話したいことがありました。が、どうしたことか、いつも大声の西井さんの声が、今日に限って小さいのです。

「電話を盗聴されてるかもしれんのや。あまり長いこと話せん。お前の電話番号はわかっている。これからは、日に一回はかける。ホームシックにかからんよう、元気でいてくれ」

「ほんまに、五月の連休明けには、かならず来てくれるんやね」

「ああ。待っとれ」

西井さんは、ハッキリと約束して、電話を切りました。

西井さんの声が聞け、しかも五月の連休明けには、かならずわたしに会いにマニラへ来てくれる。そう約束してくれたことで、マニラでひとり待つ勇気が湧《わ》いてきました。

〈やはり、西井さんは、わたしのことを、愛してくれてたんやわ……〉


五月の連休が終わっても、西井俊雄がマニラに来る様子はなかった。

赤嶺剛が秋子の部屋を訪ねると、秋子は白黒テレビを見ていた。大統領選挙が近づいたため、マルコス大統領の政見演説の放映中だった。

秋子は、不安そうに訴えた。

「西井さんが、とうとう来てくれへんかった。どないしたんやろか……」

「西井なんて、待たなくていいじゃないか。野郎は、どうせ来やしないさ。それより、おれの女房になれ」

「奥さん、いてはるくせに」

赤嶺には、現地人の妻がいた。

「あんなの、関係ねえよ」

赤嶺は、秋子の肉感的な唇を吸おうとした。

秋子は、横を向き、避けた。

「いやや。西井さん、何か手違いがあって、来られへんかったんや。そのうち、きっと来てくれるはずやわ」

赤嶺は、にたにた笑うと、吐き捨てるようにいった。

「相変わらず、純情なことというなあ。ま、西井の野郎が来ると思うなら、いつまでも待ちつづけるんだな」

赤嶺は、ドアを激しい音をたてて閉めると、憤然と出て行った。

11

西井俊雄は、紙吹雪の舞う中を、真っ赤なリンカーン・コンチネンタルに乗り、恍《こう》惚《こつ》とした気分で走らせていた。

後部座席には、昭和五十六年度ミス茨木が水着姿で乗り、道の両側で手を振る人たちに笑顔を振りまいていた。

「五十六年度茨木フェスティバル」のパレードの先頭を切っていたのだ。

結城秋子が銀行から詐取した金で、差し押さえを食っていたリンカーン・コンチネンタルもキャデラック・コンバーチブルも取り返すことができたのだ。

うれしかった。〝フェスティバル野郎〟と青年会議所の仲間からいわれているほど祭り好きの西井にとって、今年はあきらめかけていた「茨木フェスティバル」の先導役を演ずることができたのだ。

〈秋子よ、ありがとよ……〉

西井は、マニラにいる結城秋子に、投げキスでもしたい心境であった。

秋子を利用しての犯罪は、思いどおりに運んだ。一億三千万円のうち、五千万円しか現金で取れなかったことは、やや不満であったが、欲をいえば際限がない。

秋子に渡した五百万円の残り四千五百万円は、友人の山田とこの八月に香港に新しく設立する生花会社「香港時花市場会社」に八百万円をつぎ込んでいた。残りは香港の銀行に手堅く預金していた。

派手に金を動かすと怪しまれる。サラ金業者や銀行にも一括返済はしていなかった。毎月、これまでと変わらず金利の百五十万ずつ払いつづけていた。

マニラにいる秋子に電話をかけたのも、東京からだった。自宅から国際電話をかけ、のちのち証拠として残るとヤバイ、と考えたのだ。

五月の連休前にマニラにいる秋子に電話を入れたとき、秋子から「小切手の換金は早くした方がええよ」といわれていた。二通で額面八千万円の小切手は、六月に入って山田にスイスまでの旅費を渡し、換金を頼んだ。

日本での換金は危険だが、スイスの銀行なら秘密を固く守ってくれるはずであった。

ところが、スイス銀行での換金は失敗に終わった。甘くはなかった。

しかし、山田がスイスに行っている間、西井は、スイスを除くヨーロッパ各国を「ユニファースト」のアルバイト添乗員として旅行し、アリバイをつくっておいた。

万が一スイス銀行での換金から足がついた場合を恐れたのだ。用心しすぎるにこしたことはなかった。

このまま、迷宮入り事件となるはずだ。西井はそう信じきっていた。

〈秋子さえ捕まらなければ、絶対におれに警察の手がのびることはない。完全犯罪のようなものだ〉

秋子も、マニラでなんとかうまくやっていくだろう。

香港での事業が軌道にのり、事件も忘れられた頃にマニラに顔が出せれば出そう。

〈秋子は、男好きのするあれだけの容貌《ようぼう》とからだをもっている。男どもが、放ってはおくまい。たとえ金がつきたって、からだを張りさえすれば、生きのびてはいける。一途《いちず》で根の暗いところはあるが、女のことだ、生き抜くためには、どうとでも変わっていくだろう……〉

パレードは、市役所の前に差しかかった。

拍手の音が、いっそう高くなった。それまで坐っていたミス茨木が立ち上がり、市役所に向けて手を振りはじめたのだ。

西井は、割れんばかりの拍手の中で、うっとりと酔っていた。

赤嶺さんは、キスを拒んだことで怒ったようでした。あの夜から二週間、まったく連絡がありませんでした。

それまでは、用事のあるなしにかかわらず、五日に一回くらいは、かならず電話がありました。さすがに心細くなってきました。

マニラも六月に近づき、いよいよ雨季に入ってきた。

マニラに逃げてきた三月末からこの二、三日前までは乾季で、日中の気温が連日三十七、八度になり、毎日猛烈な暑さがつづいていた。日本なら時に夕立ちもありますが、マニラは一滴の雨も降りません。

ところがこの二、三日、いよいよ雨季に入ってきたようで、激しい雨が降りはじめた。想像していた以上の激しさで、十メートル先もぼんやりとしか見ることができないほどです。

水しぶきを上げて走る車は、ハンドルをとられ、スリップしながら走っていました。

水はけが悪いのか、すぐに二十センチ近くの水が溜《た》まり、途中でエンコしている車もあります。

でも子供たちはとっても元気で、上半身裸になり、裸足で水溜まりの中を走り回ったりしています。男の人たちは、傘もささずに平気でそのまま歩いています。

西井さんからは、まったく連絡がありません。

ある夜、たまりかねて、わたしの方から国際電話を申し込んだことがありました。

しかし、西井さんの家の電話番号をいいかけて、よしました。

五月の連休前に西井さんから電話があったとき、西井さんは、たしか「盗聴されてるかもわからん」といっていた。

電話がきっかけとなって、わたしの居場所がばれてしまうかもしれない。

「ひょっとしたら、西井さんに捨てられたのかもしれへん。西井さんは、わたしやなく、お金だけが必要やったんか……」

わたしは、恐くて言葉にしたくないことを、はじめて口に出してみました。

〈もしそうなら、わたしは、取り返しのつかぬ愚かなことをしてしまったことになる〉

西井さんに捨てられ、赤嶺さんからも電話がぷっつりと切れてしまった。マニラには、赤嶺さん以外に、頼る人はいません。

眼の前が暗く翳《かげ》ってゆくような気持ちになってしまいました……。

ところが五月二十六日、赤嶺さんから久し振りに電話がありました。

「今夜、そちらへ行く」

まるでわたしの心を見透かしているような電話でした。

〈来て欲しい……〉

ハッキリとそう思いました。

しかし、三十分ばかりして、ふたたび赤嶺さんから電話が入りました。

「急に用ができた。行かれなくなった」

わたしは、心待ちにしていただけに、寂しさがつのりました。

夜の七時過ぎ、たまりかねて、わたしの方から赤嶺事務所に電話を入れました。

「どうしても、来てくれへんの」

赤嶺さんに見捨てられたら、マニラで生きていけなくなる。お金のために、身を売るようなことにだってなるかもしれない。赤嶺さんに、すがりつくような気持ちがあったのです。

西井さんが来ないとあきらめかけた心の奥底に、赤嶺さんを男として求める炎も、いつしか燃えはじめていたのです。

秋子の部屋を訪れた赤嶺は、アロハシャツを勢いよく脱いだ。

左の肩から胸と腕にかけ、目も綾《あや》な緋牡丹《ひぼたん》の刺青が彫りこんである。若い頃は筋彫で竜を入れていたが、気に入らなくて全部つぶし、色あざやかな緋牡丹を咲かせていた。

今夜は近くで火事があり、停電になっていた。部屋の隅にロウソクが燃え、その炎に、緋牡丹も妖《あや》しく燃えていた。

「おまえが燃えてくるのを、この二カ月、待っていた……」

赤嶺は、すがりついてくる結城秋子を、たくましい腕にしっかりと抱いた。

秋子のしなやかな白い腕が、青銅色に光る赤嶺の背に回る。

「赤嶺さん……」

秋子の手が、赤嶺の刺青の上を撫《な》で回す。

「刺青、恐いか」

「ううん。はじめて見たときは、正直、怖かった。でも、いまは、赤嶺さんの一部やと思うと、きれいで、セクシーやわ」

秋子は、緋牡丹の咲いている左腕から肩にかけて、唇を這《は》わせはじめた。

赤嶺は、秋子の耳元でささやいた。

「西井のことは、忘れろ。金のことは、心配するな。おれが、なんとかしてやる。一生マニラにいろ。この国も、住めば都だ」

秋子は、赤嶺の背に爪《つめ》を食いこませながら、よろこびに震える声でいった。

「わたし、あなたから、このまま離れられんようになりそう……恐い……」

赤嶺は、乱暴に命じるようにいった。

「ズボンを、脱がせろ」

秋子は、赤嶺のバンドを外し、ズボンを脱がせた。

ブリーフも脱がせた。

凶々しい感じのペニスがあらわになった。

赤嶺は、秋子の髪の毛を荒々しく摑《つか》んだ。

「こいつが、欲しいのか。こいつが欲しくて、おれに電話をかけてきたのか」

秋子は、ほほえんだ。

「そう。欲しかったの。赤嶺さんのこれが、欲しかったの……」

秋子は、赤嶺の青筋の立ったそれを、右手でそっとやさしく包みこむようにしてにぎった。

赤嶺は、くるりと秋子の方をふりむいた。

秋子を、半回転させた。

秋子のスカートを、まくりあげた。

パンティを、膝《ひざ》までずらせた。

むき出たゆたかな尻の谷間を割るようにして、その間にはずかしそうにのぞく花弁に、一気に突き入れた。

「あぁ……赤嶺さん……」

秋子は、尻をくねらせ、うっとりとする。

花弁は、すでに濡れに濡れていた。

「おれを待ちわびて、濡れていたのか」

赤嶺さんの緋牡丹の入れ墨に見惚《みと》れているうち、なぜか、濡れていたの……」

赤嶺は、秋子の髪の毛を乱暴につかみ、ゆするようにした。

「そんなことで濡れていると、おれと離れられなくなるぜ」

赤嶺は、雄々しく突いた。

秋子は、赤嶺の突きを突きかえすように、尻を突き出し、うっとりと突きかえした。

「ふふ。いいの。赤嶺さんから離れなくたって……」

赤嶺は、つかんだ秋子の髪の毛をより荒々しくゆすった。

「秋子、おれは、おまえを離しはしないさ。西井とはちがう」

秋子は、尻を自分から妖しく突き出し、はずんだ声を出した。

「うれしいわ。赤嶺さん、わたしを捨てないでね。かわいがってね。わたし、ひとりぼっちになるの、怖くてたまらないの……」

八月のはじめ、赤嶺さんがアパートの五〇六号室に、いたずらっぽい顔をして入ってきました。

六月三十日から、それまでいた二〇二号室を引き払い、五階の五〇六号室に移っていた。

二ルームから、あえて一ルームの部屋に移ったのは、四千ペソより二千六百ペソの方が経済的に助かることもあったが、二〇二号室のルームボーイが、寂しくはないかと執拗《しつよう》にいい寄ってきていたからです。

階ごとに、ルームボーイは代わります。

赤嶺さんは、左手になにやら持ち、その上に風呂敷《ふろしき》をかぶせている。

「秋子サン、コノ中ニ、何アルカ、当テルト、差シアゲルアルヨ」

中国の手品使いの真似《まね》をし、おどけてみせる。

さっぱり、見当もつきません。

「サァー、何アルカ、当テナサイ」

「そうねぇ……マンゴーかしら?」

「チガイマシタ。古里ノ味アルヨ。ハーイ」

赤嶺さんは、パッと風呂敷を取った。

茶碗《ちゃわん》に入った赤飯でした。

「まぁ……」

うれしかった。

「わざわざ、ありがとう……」

この前赤嶺さんに会ったとき、打ちあけていたのです。

「日本にいるときは、いわゆるおふくろの味という昔からの日本料理が嫌いやった。母親がつくっても食べなかった。そのなのに、ふたたび日本へ帰ることはないだろうと思うと、日本料理が無性に食べたくなったわ」

赤嶺さんは、そのことをおぼえていてくれたのです。赤飯を食べ終わったあと、赤嶺さんについ甘える気になり、とんでもないことを訴えました。

「赤嶺さん、この通帳を見て」

赤嶺さんに手渡した通帳は、犯行のとき、豊中支店から引き出そうとして、三千万円の入金を打ち込んだ佐々木健一名義の偽通帳でした。

犯行の日、大阪空港で飛行機に乗る時間に間にあわないため、引き出せなかったものです。

「日本から来る友だちがいらっしゃったら、これを引き出して欲しいの」

赤嶺さんは、ちらと通帳を見て、驚いた顔をした。

「えらく残高が多いな。顔に似合わず、えらいことをやらかしたもんだな」

「できたら、引き出して欲しいの」

通帳だけでなく、佐々木の印もあずけました。

「いいだろう。友だちに頼んでみる」

金銭的にも、切羽詰まってきていました。

七月二十五日、ハリソンプラザへ買物に行きました。

マニラに慣れてきたので、ひとりで出かけました。

外に出るときにはいつもかけていたサングラスも外しました。しだいに大胆になってきたのです。

ところが、セカンドバッグを、浮浪者風の男に引ったくられたのです。

中には、アメリカドル三千ドル（六十万円）と、四千ペソ（十四万円）とで百万円近くも入っていました。

アパートに置いておけば盗まれる心配があったので、一部は冷蔵庫に隠し、あとの金を持ち歩いていたのです。

赤嶺さんに相談し、つい「警察に訴えましょうか」と口走りました。

赤嶺さんは、「おまえ、サツに顔を出せる人間か！」とあきれられました。

「引ったくりは、マニラではしょっちゅうだ。届け出たって無駄だ」と苦笑いされました。

そのため、手もとに残ったのは、冷蔵庫に置いてあった百万円と、一千ペソくらいになっていたのです。

西井さんからの連絡は、まったくありません。心細くて仕方なくなっていました。

おそらく、わたしの犯行は、五光銀行が警察に届けを出している。

万が一届け出ていないまでも、銀行にはわかっている。

赤嶺さんに渡した通帳を豊中支店に持って行っても銀行が払い戻しに応じるはずがありません。

それなのに、マニラにひとりで放り出され、手持ちのお金が少なくなっていき悩み苦しんでいたので、

〈ひょっとして、うまく引き出せるかもしれない〉

まるで魔がさしたように、妙な感覚にとらわれてしまったのです。

払いもどしに行った人が逮捕され、わたしがマニラにいることがばれてしまうかもしれない……そういう脅えを持ちながらも、万が一の可能性に賭けてみたのです。それほど追いつめられた気持ちだったのです。

12

赤嶺剛は、結城秋子のいるアパートに電話を入れながら、怒り狂っていた。

〈あの女……世間知らずのお嬢さんのような顔をしやがって、とんでもねえ食わせもんだ〉

秋子が電話に出ると、怒鳴った。

「えらいことになっちまったじゃねえか!」

ヤクザだっただけあり、つい昔の癖が出て凄んでしまった。

「この前あずかった通帳は、偽物だったじゃねえか。日本にいる仲間に、豊中支店に持って行かせると、サツに引っぱられた。いま事情を聞かれているんだ」

「申しわけありません……」

秋子の泣き出しそうな声が、伝わってくる。

赤嶺が所属していた暴力団青竜組の元組長秋原正五が、秋子が赤嶺に渡した通帳を持って五光銀行豊中支店を訪ねた。三千万円を引き出そうとしたところ、逮捕されてしまったのだ。

「今日は一応釈放されたらしいが、また呼び出されるらしい。おれも、ナイトクラブのオープンが、八月三十日になっている。その知りあいがマニラに来られなくなったら、どうするんだ。奴に開店資金を持ってきてもらうことになっているんだ」

そのとき、激しい雷が鳴ったので、話を中断した。

いままで晴れていた空がにわかにかき曇り、大粒の雨が降りはじめた。マニラ特有の雨の降り方だ。

「秋子、阿呆《あほ》なことをするから、おまえがマニラにいることは、これでばれてしまったぞ。いまいるホセファ・アパートの付近には、日本人観光客がよく来る。目につかないアパートに移れ」

赤嶺は、秋子が新しく移ったビラ・アパートの一〇八号室に強張った顔で入って行った。

「秋子、これを見ろ」

秋子に、新聞を見せた。九月六日付の朝刊であった。

秋子は、食い入るように新聞を見ていた。日本から半日の違いで送られてくる朝刊には、

《オンライン悪用して詐取、女子行員が一億三千万円》

という派手な見出しが躍っていた。

結城秋子の名前だけでなく、父親のことまで出ていた。

隣家の奥さんの、驚きの談話まで載っていた。

「銀行の制服が、最近庭に干してないので、不思議には思っていたが、こんなことをするお嬢さんにはまったく見えませんでしたが……」

しかし、西井のことは一行も載っていなかった。

次の瞬間、結城秋子の口から、赤嶺の想像もしていなかった言葉が出た。

「殺して！　西井を殺してぇ。赤嶺さん、お願い……」

赤嶺は、秋子の顔を見た。

秋子の顔は青ざめ、引きつっている。

目が、熱に浮かされたようにぎらぎらと燃えている。

一瞬、発狂したのか、と赤嶺は錯覚した。

秋子は、赤嶺に飛びついてきた。胸に抱きすがり、泣きながら、ふたたび訴えた。

「殺して……西井を殺して……」

「秋子、落ちつけ……」

秋子とすれば、彼女だけでなく親までさらし者にしておいて、西井がその陰で名前も出ないでぬくぬくとしていることが、許せなかったのか。

新聞に出て、あらためて罪の大きさがわかり、半狂乱になったのかもしれない。

「秋子、とにかくマニラを脱出するんだ。まだ、どの新聞にも、おまえの顔写真は出ていやしない。安心しろ。おれがうまく逃がしてやる」

13

魂が、抜けたようでした……犯罪者としての烙印《らくいん》を捺《お》され、これからどう生きたらいいのか……両親のいる日本には、恥ずかしくて二度と帰れません。異国を逃げのび、彷徨《さまよ》いつづけるしかありません。もちろん、生きていることができるならばのことですが……。

赤嶺《かくま》さんは、約束どおり、ビラ・アパートから、モンテンルパ郊外にむけ、わたしを匿うためにジープを走らせてくれました。

モンテンルパは、かつて日本軍の捕虜収容所のあった場所だそうです。いまは、その収容所跡も修築され、小ぎれいなフィリピン囚人収容所となっていました。

中央のまばゆいほどに白いスマートなビルを中心に、囚人用の農園が、それを取り囲むように広がっていました。

もし逮捕されるようなことになれば、わたしもこのように囚人生活を送らねばならない。そう思うと、思わず背筋が寒くなってきました。

南国の太陽の下で緑色や紅色に色づいている田畑をしばらく進み、雑木林を抜けた。

少し開けたところに、旧日本軍の基地跡や記念碑がありました。

赤嶺さんが、指差しながらいいました。

「秋子、あそこにひっそりと一本杉が立っているだろう。マンゴーの木だ。あの木で、かつてのルソン島方面の最高指揮官でマレーの虎と謳《うた》われた山下奉文《ともゆき》大将が、絞首刑にされたんだよ」

「やめて……」

思わず、目を閉じました。

逃げつづけるしかないいまのわたしには、まるで自分自身が絞首刑に遭うような妄想が浮び、恐ろしくてたまりませんでした。

モンテンルパを抜け、郊外へ出た。

とうもろこし畑に囲まれた小さな、貧しそうな村落がありました。ちょうど夕陽に染まり、まるで村全体が火事で燃えているように映りました。

なぜか、犬の多い村でした。

その村の中の一軒の古びた家の前で、赤嶺さんのジープは止まりました。

フィリピン人の老婆《ろうば》が、笑顔で迎えてくれました。

「秋子、この家は、昔のおれの女の実家だ。遠慮することはない。ゆっくり休め。ここなら、絶対安全だ」

「いつまで、ここにいるの」

「今夜一晩だ。明日は、迎えに来る。ミンダナオ島へ渡る。あそこには、おれの知り合いのチャイニーズが大勢いる。おれが頼めば、よろこんで引き受けてくれる。心配するな。中華街へもぐりこんでしまえば、見つけようはないさ」

どんどん寂しい場所に追い込まれてゆくようで、心細くてたまりませんでした。

「チャイニーズは、口が固い。信義を重んじる。当局に洩《も》れることはないさ」

「ずっとそこに、ひとりでいるの。赤嶺さん、いっしょに来てくれへんの」

「いっしょには行けない。明日船を見つけ、誰かに運んでもらうさ」

「明日のことやないの。これから先のこと」

「時々は、顔を出すさ。かわいい秋子を、放ってはおけないじゃないか」

「嘘《うそ》やないのね」

うれしかった。いまや、誰からも見捨てられ頼れるのは赤嶺さんだけなのです。

マニラへやって来て約半年の間は、赤嶺さんをはじめ、まわりに日本人がいました。ところが、ミンダナオ島のチャイニーズの中に放り出され、もし赤嶺さんが来ないとなれば、まわりの人たちはすべて外国人です。言葉だって通じません。このうえなく恐ろしい。

どんなことをされても、誰にも訴えることができません。殺されることだってあります。地獄が待ち受けているのかもしれない。

「赤嶺さん。かならず通って来て下さるのね」

赤嶺さんは、わたしをたくましい腕で強く抱きしめた。服の中に右手を突っ込み、右の乳房を妖しくもみながら、耳元でささやくようにいいました。

「かならず、おまえをかわいがりに行く」

「待ってます……」

いまではいとおしくさえなってきた赤嶺さんの腕の緋牡丹の刺青に、そっと口づけをしました。

赤嶺さんは、ジープに乗り、群れをなして吠《ほ》えつく犬たちに追われるようにして去って行きました。

その夜、一睡もしませんでした。

〈この先、どうなるのか……〉

考えはじめると、不安と恐怖で寝つかれません。

犬たちの不気味な遠吠えが、間断なく聞こえてきます。

〈いつから……道を間違うてしもたんやろか……〉

大内さんのやさしさを装った顔が浮かんできました。

西井さんの、苦み走った顔も浮かんできました。

〈みんな、狡《ずる》い！〉

とことんやさしく包んでくれ、つらい現実からすばらしい世界に脱出させてくれる男なんて、ついにいなかった。

いつの間にか、するりと抜けてしもうて……彼らをすばらしいと思ったのは、みんな、わたしの勝手に描いた夢にすぎなかったのです。

かえって、ヤクザ者の赤嶺さんの方が、情があります。

「秋子、かならず、おまえをかわいがりに行く」

赤嶺さんのささやいてくれた言葉をあらためて心の中で反芻《はんすう》しながら、明け方に、少しうとうとしました。

14

結城秋子をモンテンルパ郊外に送り、マニラの自宅に赤嶺剛が引きあげたのは、朝方近くであった。

どっと疲れが出てきた。泥のように眠った。

ところが、早朝、眠りを破られた。

「赤嶺、大変なことが起きた。きみに、インターポールから、国際手配書が出た。罪名は、犯人隠匿罪だ。心当たりがあるだろう。結城秋子のことだ」

自宅の二階の寝室にまで押しかけてきたのは、フィリピンの入国管理事務所、イミグレーションのダニー・ロペスであった。

四人の仲間を従えていた。ダニーは赤嶺の親友である。

眠気は、吹き飛んでいた。インターポールというのは、国際刑事警察機構、ICPOのことである。

「結城秋子と、これ以上関《かか》わりつづけると、きみがフィリピンにいられなくなる。どこに匿《かく》しているか、案内してくれ。もし案内してくれるなら、きみのことはうまく処理してやるから」

結城秋子――どこか得体の知れないところがあったが、かわいい女だった。今頃は、おれを信じてすやすやと眠っていることだろう。

しかし、おれはマニラで生きつづけていかねばならぬ。

「いいだろう。結城秋子の居場所を、教えよう」

赤嶺は、そばにあるメモ用紙に、結城秋子を匿している場所の地図を描いた。

ダニーに渡した。

ダニーたちは、色めき立ち、階下に降りて行った。

赤嶺は二階の寝室から、朝陽に輝く道路をのぞいた。

ダニーたちの乗った黒い車が、あわただしく滑り出した。

赤嶺は、結城秋子のいるモンテンルパ郊外の方向に眼を放った。

そのとき、天が割れるような大きな音が響き渡った。雷であった。

晴れ上がっていた空がにわかにどす黒い雲に包まれ、マニラ特有の大粒の雨が叩《たた》きつけるように降りはじめた。

黒い炎の女

1

諏訪佳子《すわよしこ》は、久村繁雄の右腕をワイシャツの上から強く摑《つか》み、執拗《しつよう》に迫った。

「先生、わたしといっしょに、東京に行って！」

佳子は、久村が現在の岐阜県立岐阜西工業高校に美術教師として赴任する二つ前の学校、岐阜県立郡上北高校時代の教え子であった。

一カ月前の昭和六十一年九月十六日までは、久村に金を貢ぐために、久村に勧められ、三重県津市の和風ソープランド「徳川」で男たちにもてあそばれてきた。

佳子は、久村にすがりついて、なおせがんだ。

「わたし、東京でも吉原のソープで働いて、先生には、いまよりもっといい生活をさせてあげるから……」

久村は、佳子の決意の固いことをあらためて知り、心に決めた。

〈明日の日曜日に、佳子を殺そう……〉

十月十一日、土曜日の午後七時過ぎであった。

久村は、翌朝までに犯行の準備を整えねばならなかった。

そのためにも、今夜は彼女を暴れさせないで、眠らせておかねばならない。

彼女に二錠の薬を渡しながら、つとめて優しい口調でいった。

「これは痩《や》せる薬だ。きみのために、わざわざ手に入れたものだ。すぐにでも、飲んでごらん……」

じつは、その薬は、「サイレース」という睡眠薬であった。

彼女は、久村を信じきっていた。ソープ嬢としてはじめて店に出ていた頃、東海地区の風俗紹介誌「プレイマガジン」に、

「小麦色のボディには余分な脂肪分など皆無なのです」

と紹介された自慢のプロポーションの体も、最近太り気味になっていたのを気にしていた。

まったく疑うことなく、久村の心遣いに感謝しながら、台所に立った。

水道の水をグラスに注《つ》ぎ、その薬を飲んだ。

しかし、彼女は、興奮しているせいか、三十分たっても、いっこうに睡眠薬の効果はあらわれない。久村に、さらに迫った。

「あさって十三日の月曜日から、先生もこの部屋に来て、引っ越しの整理を手伝って。そのまま、いっしょに東京に行きましょう」

久村は、いつものやさしい垂れ目の甘い顔にうんざりとした色をあらわにし、拒絶した。

「そんなこと、無理だよ……」

彼女は、いきり立った。久村を、脅迫にかかった。

「わたしは、先生によって、底辺に落とされた女や。月曜日に来なければ、学校に行ってやる。学校の校長さんに、先生とわたしの関係を、すべてぶちまけてやる。奥さんのところにも行って、みんな話してやる」

彼女の、ラテン系の女性のような大きな黒い瞳《ひとみ》は、殺気じみた光を放っていた。

久村は、彼女に哀願した。

「これまで使ったきみの金は、全部返す。頼む。な、おれの教師としての地位と、家庭だけは、壊さないでくれ……」

彼女は、ふいに夢遊病者のように立ち上がった。

名古屋市東区東桜二丁目の東カン名古屋ビル五階の五〇一号室の窓を、開けた。

外は、雨が降っている。激しい雨の音が、部屋に流れこんで来た。

彼女は、手摺《てす》りを摑むとさけんだ。

「死んでやる！」

雨の中に身を躍らせ、本当に飛び降りようとしている。

「おい、佳子、よせ！」

もしそのまま飛び降りられれば、彼女と自分との関係が、世間に露見してしまう。

久村は、あわてて立ち上がった。

彼女を背後から抱き締めた。

室内に引き倒した。

彼女のトレーナーが上にめくれ上がった。チェックのスカートが脱げそうになった。

ブラジャーをしていないひときわ大きな乳房が、はみ出た。

彼女は、ポニーテールにした長い髪を振り乱して、叫んだ。

「死んでやる！　先生を、困らせてやる！」

久村は、このとき、計画の日時を変更することに決めた。

〈今夜中に、この女を殺すしかない〉

久村は、殺人鬼と化した心を隠さなければいけなかった。ふたたび優しい口調になって、彼女を誘った。

「佳子、深夜ドライブでもして、気を落ちつけよう」

久村は、彼女を連れ、五〇一号室を出た。

じつは、このマンションの一〇四六号室には、羽田明美を、三日前から住まわせていた。諏訪と同じ郡上北高校での教え子で、つい最近まで病院の看護婦をしていた。

殺人を手伝わせるためである。

久村は、金蔓《かねづる》である諏訪を殺したあと、代わりに羽田をソープランド嬢として働かせ、貢がせることを決めていた。

　ふたりがマンションから出たのは、午後九時五十分過ぎであった。

　雨は、少し小降りになったとはいえ、依然降りつづいている。

　久村は、シルバーメタリックのベンツに彼女を乗せた。雨の中を、そこから五百メートルしか離れていないライオンズマンション高岳に向かった。

　そのマンションの三〇一号室に、久村は、妻と三人の娘といっしょに住んでいた。

　久村は、ぬけぬけと、妻のいるマンションの駐車場に、諏訪を乗せたベンツを乗り入れた。

　カーマニアの久村は、駐車場に、四輪駆動車のランドクルーザー、いわゆるランクルを置いていた。

　じつは、このランクルの代金百四十五万円も、大半はソープランドで稼いだ諏訪の預金から出させていた。

　久村は、諏訪をランクルの助手席に座らせた。

　運転席の背後の荷台には、黒塗りの木箱が積まれていた。

　一九二〇年代のイギリス製のもので、縦一メートル、横五十七センチ、深さ六十センチであった。

　体をすぼめれば、人ひとり入ることができる。まるで、黒い柩《ひつぎ》のようであった。

久村は、彼女に厳しい口調でいった。

「おまえは、女房に顔を知られている。目立たないように、しばらく木箱の中に隠れていろ」

彼女は、ようやく睡眠薬も効いてきたのか、おとなしく助手席から荷台に移った。木箱の蓋《ふた》を開け、おとなしく自分からなかに入った。

久村は、おもわずにんまりした。

〈計画どおりだ〉

彼女は、箱の中で、前かがみとなった。

窮屈そうに、まるで胎児のように体を折り曲げた。

そのとたん、ランクルの外に立っていた久村は、助手席シートを倒した。助手席ドアから車内に上がりこんだ。

助手席と運転席の間に前もって隠していたハンマーを取り出した。

美術教師である久村が、授業のとき、キャンバスを貼《は》り、鋲《びょう》を止めるときに使用するハンマーである。

久村は、ハンマーを右手に持ち、振りかざし、彼女に襲いかかった。いよいよ狼《おおかみ》としての貌《かお》をあらわにしたのだ。

久村は、ポニーテールにした彼女の後頭部に、ハンマーで思いきり殴りかかった。

「先生、何するの！」
彼女は、睡眠薬で朦朧《もうろう》となった意識の中で、叫んだ。
久村のハンマーを握る右手に、手応《てごた》えがあった。
さらに後頭部を殴った。
肉の陥没した鈍い音がした。
さらにもう一回、二回、三回と後頭部を殴りつづけた。
彼女の後頭部だけでなく、右顔面もハンマーで殴った。
骨の挫《くじ》けた音がし、彼女の顔が、血で染まった。
彼女の血みどろの顔を見て、さすがにうろたえた。
それ以上ハンマーで殴りつづけて殺すことはできなかった。
今度は、紐《ひも》を取り出した。
ハンマーと同様、あらかじめランクル内に隠していた。
ランクルのシートカバーの裾《すそ》を止める布製の紐を引き抜いたもので、幅広で薄い。
久村は、彼女の背後から、彼女の首に紐をまわした。
背後からだと、彼女の血みどろの顔を見なくてすむ。
久村は、彼女の首のうしろで交差させ、絞めにかかった。
しかし、右手が滑った。

うまくいかない。緊張して手に汗をかいていたのか。それとも、どこかで罪の意識が働いたのか。

彼女は、木箱の中から髪の毛を振り乱し、死にもの狂いで立ち上がってきた。

久村は、彼女の力に振りきられそうになった。

絞殺も無理と判断した。

彼女の体を上から強引に押さえつけた。木箱の中に押しこんだ。

その上から蓋《ふた》を閉めた。

フック式錠二個で施錠し、彼女を箱の中に閉じこめた。

外から、さらに鍵《かぎ》をかけた。

久村は、今度こそ確信した。

〈これで、窒息死する〉

彼女は、箱の中から、久村に哀願した。

「先生は、わたしのお金も、夢も、全部摘み取ったじゃないの。せめて命だけは、取らないで……」

久村は、彼女の声を振り切るように、ランクルを走らせた。

そして、こともあろうに、自分の教えている岐阜西工業高校に向かった。

〈こんな女のために、おれは破滅したくはない……〉

2

久村繁雄と諏訪佳子が知り合ったのは、昭和五十四年四月、岐阜県郡上郡白鳥町の郡上北高校であった。

久村三十一歳、佳子十六歳のときであった。

久村は、昭和四十六年三月に日大芸術学部を卒業後、岐阜県下で美術教師見習をし、その後正式に美術教師として岐阜県立益田高校に八年間勤務した。

が、女生徒や女教師に手をつけたり、犯罪めいたことを繰り返し、たらい回しされるようにして郡上北高校へやって来たのである。

そのような過去を知らない高校一年生の佳子は、たちまち久村に魅きつけられた。

なにしろ、久村は、他の堅苦しい教師たちとは、まったく雰囲気がちがっていた。

服装からして、まわりの教師とはちがっていた。

他の教師のように、ネクタイに背広姿ということは、滅多になかった。

ミッキーマウスの絵入りのポロシャツを着て来ることもある。

工員がよく着る、上着とズボンのくっついたジーンズのオーバーオールを身につけて授業をすることもあった。

かと思うと、肘《ひじ》につぎ当てのある茶色の革ジャンパーなどを着こんで来ることもある。

しかも、ローラースケートに乗って、廊下を軽やかに疾走したりする。

久村の授業態度も、変わっていた。

出席などは、あまりとらない。自分の事を、「小生は……」と呼び、チョークを小器用に指でくるくる回し、冗談をまじえながら楽しい話をした。

諏訪たち女生徒が、美術室で、文化祭に出す似顔絵を描いているときのことである。

久村が酒気をおびて現われ、彼女たちの描いた似顔絵の一枚を取り上げた。

堅物の中年の先生で、久村とは正反対のタイプの先生の似顔絵であった。

頭に、アデランスをつけているということで有名だった。

久村は、

「おぅ、アデランス君、いたか」

といい、白いマジックを取り出し、似顔絵の頭の部分に嬉々《きき》として塗りつけはじめた。

「ここにも、禿《は》げがある。おや、あっちにも禿げがある」

黒い髪の部分を、つぎつぎに白く塗りつぶしていった。

ついには、まったく白く塗りつぶし、完全な禿げ頭にしてしまった。

そういう茶目っ気があるので、「憎めない先生」として、生徒たちに人気があった。が、感情の起伏が激しく、自分の話を聞かない生徒を、いきなり殴りつけた。絵具を削りとるパレットナイフを、男子生徒に向けて投げつけたこともあった。反面、他の教師が相手にしない、落ちこぼれや、不良じみた生徒の話を、親身になって聞くところがあった。

諏訪佳子も、

〈久村先生なら、どんな話も聞いてくれる〉

という親近感をおぼえていた。

落ちこぼれの生徒たちも、よく久村に相談しに行っていた。

久村は、校長、教頭の顔色をうかがう小心翼々たる他の教師たちとは、およそ異なったタイプであった。

久村は、女生徒にとくに人気があった。女生徒の間には、久村のグルーピーまで存在していた。

諏訪も、いつの間にかグルーピーのひとりになった。

久村も、ひそかに諏訪をものにすることを狙《ねら》っていた。

諏訪は、瞳の大きい、小麦色の野性的な肌をしたエキゾチックな顔をしていた。

女生徒の中でも、彼女の美しさは、ひときわ目立った。

久村は、二年生の夏休みをひかえた日の夕方、美術準備室にひとりで顔を出していた諏訪の唇に、わざと冗談めいて接吻《せっぷん》した。

透明なリップクリームをつけているらしく、かすかにミントの味がした。

諏訪は、拒むどころか、大きな瞳を閉じ、二度目の接吻を待った。

久村は、美術準備室に人の入って来る気配のないことを確かめた。

諏訪の背に手を回し、彼女のぽってりした唇を割って舌をしのばせた。

彼女の舌は、ふるえていた。

久村は、ふるえる舌に、自分の舌を妖《あや》しくからませた。

彼女の舌の裏をくすぐるようになめた。

やがて、彼女の舌を自分の口に吸いこんだ。

なんともいえないやわらかい舌であった。

強く吸いこんだ。

抱きしめていた彼女の体から、力が抜けた。あまりの刺激に頭がクラクラしたのか。

彼女が倒れそうになったので、久村は体を支えた。

その日以来、諏訪は、美術部員でもないのに、一日に一回は、久村に会うため、かならず美術室に出入りしはじめた。

久村は、諏訪をフォルクスワーゲンのカブリオレに乗せ、ドライブした。

久村は、大学時代からカーマニアで、ホンダN360を持っていた。教師になってからも、ホンダ1300クーペ、フォルクスワーゲン1000と買い、この当時は、フォルクスワーゲンのカブリオレを乗り回していた。

久村は、車だけでは飽きたらず、バイクも三台持っていた。そのうちのモンキーと呼ぶ小さなモーターバイクは、こともあろうに、自分の美術室に飾っていた。

諏訪が、助手席で感心したようにいった。

「先生って、本当にいい車を持ってらっしゃるのね」

久村は、うそぶいた。

「ぼくの叔父が、自動車販売店を経営しているから、安く手に入るんだ」

久村は、さらに大法螺《おおぼら》を吹いた。

「大垣の銀行は、ぼくの親戚《しんせき》だ。いざというときには、金はいくらでも用立てできる」

「一週間前、ぼくの実家が、数億円の詐欺にあってね」

久村の口から出まかせであった。

久村に、教師の給料以外に入る金はなかった。久村は、じつは、遊ぶ金を捻出《ねんしゅつ》するため、裏でひそかに悪いことをしていたのである。

諏訪は、久村を信頼しきり、これまで誰《だれ》にも打ち明けたことのない自分の不幸な過去について打ち明けた。

「先生、わたしの実の父は、大野郡白川村にある御母衣《みほろ》ダム建設のとき、現場で働いていた羽谷組の労働者だったんです。お母さんは、白鳥駅前の一膳飯屋《いちぜん》『兵九郎』を、若いながらも切り盛りしていたんです。そこでなじみになったのが、わたしの父だったんです」

まもなく、ふたりは結婚した。ふたりの女の子が生まれた。

長女が、諏訪佳子であった。昭和三十九年三月七日生まれである。

ところが、佳子が七歳のとき、母親に新しい男が出来た。

三角関係になり、町中にその噂《うわさ》が広まった。相当揉《も》めたが、結局夫婦別れになり、佳子の父親が、家を出て行った。

その後の父親の行方《ゆくえ》は、わからない。

養父にとって、ふたりの娘は、他人の子だ。冷たく当たった。

こうした家庭環境で、佳子はひねくれざるをえなかった。

それでも中学時代は、剽軽《ひょうきん》で明るい性格であった。

が、高校に入ると、がらりと変わった。

いわゆるスケ番になった。

組織の長ではなく、一匹狼的存在であった。

友人は少ない。はみ出し者であった。

そのような諏訪にとって、久村は、遠慮なく自分の胸の内を打ち明けられる唯一の人生の先輩であった。

久村は、諏訪の話を聞き終わると、諏訪の肩に手をかけ、やさしくいった。

「苦労してきたんだな。しかし、これからは、先生が親身になってきみのためになってやる。どんなことでも、相談しなさい」

諏訪は、涙ぐんで答えた。

「先生、ありがとう……」

3

単身赴任で教職員住宅に住んでいる久村は、深夜、ひそかに諏訪を自分の部屋に呼び、初めて抱いた。

久村は、セーラー服を着せたまま、ソファーの上に仰向《あおむ》けに寝かせ、彼女をしだいに乱していった。

セーラー服を脱がせてしまえば、ふつうの成熟した女と変わらない。セーラー服を着せたまま可愛《かわい》がってこそ、教え子との情事を楽しむ妙味があった。

セーラー服の胸から剝《む》き出した彼女の乳房は、ひときわゆたかに張りつめていた。

肌は、小麦色で、野性味に満ちている。
乳首は、紅色に燃えていた。
乳輪も大きく、乳首の紅味より濃く色づいている。
久村は、スカートの中に手をしのばせ、パンティに手をかけた。
「いいね」
彼女は、眼を閉じたまま、うなずいた。
「佳子も、先生に抱いてほしかったんです……」
久村は、パンティを脱がせた。
「先生……」
さすがに顔を恥じらいの色に染めた。
花弁があらわになった。
濃い茂みにおおわれた花弁に右の人差し指をしのばせた。
せばまりはきつかった。
が、あふれは、激しかった。
するすると奥にまで達した。
しばらく一本の指でもてあそんだ。
やがて彼女の太腿《ふともも》をひらかせた。

彼女の花弁に、まず雁首《かりくび》をそっとしのばせた。

「先生……」

彼女は、ぽってりした厚い唇を震わせた。

つっぱり男たちとも仲がいいと聞いていたので、性の経験は豊かかもしれないと思っていたが、ほとんど処女と変わりなかった。

久村は、ゆっくりと奥にしのばせた。

ゆっくりやさしく、腰を使った。

諏訪は、

「ああ……」

とせつなさそうな声を上げ、いった。

「先生、先生をどうしたらよろこばせられるのか、佳子に教えて。先生のいうとおりに習って、うんと先生をよろこばせてあげたいの」

「そうか。勉強といっしょで、少しずつ教えていくからな」

久村は、成熟した女教師とも遊んでいた。別に性技に長《た》けた女を欲してはいなかった。むしろ、未発達な教え子を、徐々に教えこんでいくのが楽しみであった。

久村は、いよいよのぼりつめようとした。そのとき、部屋のドアが荒々しく叩《たた》かれた。

久村は、全身から血の気が引いた。もし同じ教職員住宅に住んでいる同僚に見つかれば、社会的に抹殺されかねない。

久村は、あわててズボンを穿いた。

諏訪も顔を強張《こわば》らせ、ソファーの傍に落ちているパンティを手に取り、はきはじめた。

久村は、入口まで行き、声をかけた。

「どなたですか……」

「わたしよ！」

久村の顔が、ゆがんだ。

別れて住んでいる妻の真由美であった。

よりにもよって、どうしてこのような夜に来るのか。

久村が、すぐにドアを開けようとしないので、真由美は、中に女性がいることを察したらしい。

まわりにも聞こえるような大きな声を出した。

「何をグズグズしているの。早く開けなさい！」

久村は、背後を振り返った。

諏訪佳子は、セーラー服の胸の乱れも直し、髪の乱れを、懸命に直しているところであった。

諏訪を別の出口から逃がすことができれば、願ってもない。

が、そのような出口はなかった。

真由美は、ヒステリックな声をあげた。

「開けられない事情が、あるのね！」

真由美は、日大時代の油絵専攻の同級生であった。

日大の卒業パーティーで、ふたりは急速に親密になった。卒業してまもなく、結婚した。

真由美は、小肥りで、眼《め》のぱっちりとした美人であった。

頭の回転が速く、都会的センスにあふれた女であった。

絵は、彼女のほうがうまかった。生徒たちが家に訪ねて来たときも、生徒たちの前で、

「あんた、才能ないわよ」

とずけずけ口にしていた。

しかし、久村が益田高校に赴任して四年目あたりから、夫婦の間には喧嘩《けんか》が絶えなくなった。久村の浮気が原因だった。

久村は、教室の掃除を全然しないので、久村に気に入られた女生徒たちが、「久村

先生のために……」と、入れ代わり立ち代わり部屋の掃除をしていた。

久村はそうした女生徒たちを、放課後、かわるがわるフォルクスワーゲンをはじめとする車に乗せて、ドライブに連れ出した。

女生徒たちといっしょにいるところを、何度か妻に見つかった。

久村は、そのたびに、

「生徒の相談に乗っている……」

と弁解し、巧みに逃げた。

が、あまりに目撃回数が増えるので、その常套《じょうとう》手段も通用しなくなった。

久村は、卒業したばかりの教え子の女性と萩原町内を肩を組んで歩いていたところも、町の者に見つかった。

久村は、彼女に、

「女房と別れて、きみと結婚する」

といっていた。

久村は、妻に、給料もほとんど渡さなくなっていった。

自分の稼いだ金は、すべて女生徒たちや、女教師たちとのドライブのための車を買うことと、趣味のために費やした。

真由美は、久村に愛想を尽かした。まわりの者にまでいいはじめた。

「わたし、久村と出会うのが、早すぎたわ。もう少し人を見る眼が出来てから会っていれば、あんな人と結婚しなかった」

久村が昭和五十四年四月、八年間いた益田高校から郡上北高校へ転勤したときには、真由美は夫について来ようとはしなかった。

とても夫に頼りつづけることはできない。そう決心し、名古屋の中区錦三丁目のタケガビル四階に、彼女の名をとって全身美容院「エステティック真由美」を開いた。

ただし、その百万円の契約金をはじめ資金は、久村が出したものではない。「中綿商事」取締役の久村の父親が出していた。

それ以来、ふたりは別居状態にあった。

久村は、まさかこんな深夜、妻が訪ねて来るとは思いもしなかったのである。

久村は、ついに入口の鍵を開けた。

真由美は、部屋の中にセーラー服の女生徒がいるのを見つけた。大きな眼を吊《つ》り上げ、怒り狂った。

「あなた……あいかわらず女生徒を連れ込んでは、甘いことといってもてあそんでいるのね！」

久村は、懸命に弁解した。

「いや、就職の相談に乗っていただけだ」

「そんないい訳は、耳にタコができるほど聞いてきたわ」

「そんなに人を疑っては、諏訪さんにも悪い」

真由美は、髪の毛の乱れを気にしてついうなじに手をやる佳子を、きっとにらみつけた。

「あなたも、こんな深夜、こんなとこに来るべきじゃないでしょう」

佳子は、さすがに恐れをなした。逃げるように部屋から出て行った。

佳子が出ると、真由美は、久村に摑みかかって来た。

「羊の皮をかぶった狼のような真似《まね》は、いいかげんに止《よ》したらどうなの！」

「うるせえ……」

久村は、とたんに狂暴になった。

負けん気の強い真由美は、それでも食ってかかった。

「いつか、罰を受けるわよ！」

久村は、真由美の髪の毛を摑んで振りまわした。叫んだ。

「それ以上いうと、殺すぞ。帰れ！」

真由美は、久村の残忍な性格を知りぬいている。恐れをなして逃げ出して行った。

久村は、日大準付属大垣高校時代から、自分の感情をコントロールできない凶暴性を持っていた。

久村は、美術部の部長であった。
が、黙々と絵に打ち込むタイプの副部長と絶えず対立していた。
部の打ち合わせで、久村と副部長が意見の対立を見せた。
そのとき、後輩が、副部長の肩を持ち、「久村さん、そんなの駄目ですよ」といった。
久村は、血相を変え、その後輩に飛びかかり、殴りつけたことがある。
同じ頃、美術部の部員全員で、石膏細工《せっこう》をつくったことがあった。
その石膏細工を、部員のひとりが、間違って壊した。
久村は、その部員を、ぶん殴らんばかりの見幕で怒鳴りまくった。
まわりの部員は、あきれはてたように、
「たかが、これくらいのことで、なんでこんなに怒るんだろう……」
といい合っていた。
が、久村には、自分の感情がコントロールできなかったのである。

4

昭和五十七年三月一日、諏訪佳子の同級生たちは、そろって卒業した。
しかし、彼女は、休みがちで出席日数不足のため、卒業できなくなった。

ところが、久村は、諏訪を励ました。

「ぼくがついている。レポートを書きなさい。あとは、ぼくが他の教師にも根回しをし、卒業できるようにしてあげる」

久村の約束は、嘘《うそ》ではなかった。

彼女ひとりだけ、三月二十六日に、遅れて卒業証書を手渡された。

校長室には、校長以下、教頭、教務主任、担任などがずらりと並び、彼女ひとりのために卒業式をした。

久村は、わざとその席は外していた。

校長が、諏訪を激励した。

「よくがんばりましたね。社会に出ても、がんばってください」

諏訪は、胸に熱いものがこみ上げて来た。つい泣き出した。

〈これも、すべて、久村先生のおかげなんだ。久村先生、ありがとう……〉

久村は、進路未定のまま卒業した諏訪の就職先の世話までしてくれた。

諏訪を名古屋市千種区の「トップファッション・モデルクラブ」に紹介してくれた。

諏訪の母親も、このため、

「佳子、一生、久村先生の恩を忘れてはいけないよ……」

と、久村を恩人として信頼しきっていた。

こうして、諏訪は、久村の紹介で「トップファッション・モデルクラブ」のモデルとして働きはじめた。

佳子は、夢みていた。

〈山口小夜子のような、日本一のファッションモデルになってみせるわ〉

が、先輩たちに意地悪された。三カ月後、嫌気がさしてそこを辞めてしまった。

昭和五十八年三月から、同じ千種区の池下にある化粧品販売会社「関西マックス販売会社」に勤めた。

美容指導員として、市内のスーパーをまわった。

しかし、その年の十一月、諏訪は、久村に連絡を入れて高級ホテルのレストランで会い、大きな瞳を輝かせて相談した。

「先生、わたし、もう一度モデルを目指したいんです」

久村は、食事を終えたあと、前もって予約しておいたそのホテルの部屋に諏訪を連れて入った。

諏訪は、シャワーを浴びると、いっそうなまめかしく熟れてきた小麦色の野性的な体を白いバスタオルで包み、ダブルベッドに腹這《はらば》いになった。

久村も全裸になった。ダブルベッドに上がった。

久村は、バスタオルからのぞく太腿《ふともも》を下から撫《な》で上げた。バスタオルを上にたくしあげる。尻《しり》を剝き出した。

　はじめて彼女を抱いた頃からくらべ、尻の肉づきが女として格段にゆたかになっている。

　諏訪は、腹這いになったまま、上ずった声で訊《き》いた。

「先生、佳子、きれいになった?」

　久村は、尻の割れ目に手を這わせ、濡《ぬ》れている花弁を右の人差し指と中指でもてあそびながらいった。

「ああ、ファッションモデルや、化粧品のセールスのような美の仕事をしているだけのことはある。すっかり垢《あか》抜けし、美しさに磨きがかかってきた」

　諏訪の花弁は、潤みに潤んでいる。とろけるようにやわらかかった。

　久村は、二本の指で花弁の奥を妖しくかきまわしつづけた。

「あぁ……」

　諏訪は、尻をうっとりとゆすりよろこびの声をあげる。

「先生が、磨いてくれたからよ……」

　久村は、人差し指と中指で花弁の中の下の肉襞《にくひだ》をくすぐるように撫でる。親指でひときわ飛び出ている若芽を妖しく撫で下ろしつづける。

「先生、いい、そこ、いい……」

諏訪は、はじめの頃と違って、よろこびを素直に口にするようになっていた。

久村は、調教師としての楽しみににんまりとした。

彼女のからだを仰向けにさせ、太腿のあいだの花弁を口にふくんだ。

そして、口の中で花弁の花びらをそよがせた。

花弁が、はずんだようにそよぐ。

花弁の奥から、甘い蜜《みつ》が果てしなくあふれてくる。

やがて、シックスナインの体位をとった。

諏訪も、久村の熱くたぎったそれを両手で根元から握り、濡れた舌で舐《な》め上げる。

はじめてそのテクニックを教えた頃より、格段の進歩であった。

久村は、諏訪にまだエクスタシーの味を教えこんでいなかった。

まず若芽からエクスタシーの味を教えこむつもりであった。そろそろその時期になりかかっていた。

久村は、かわいらしい若芽を、舌の先でえんえん舐め上げた。

彼女は、全身をくねらせもだえつづける。

「いいわ、いい。先生いい……」

久村は、舌を離し、やさしい口調でいった。

「イクことのよろこびを、今夜教えてあげるからね。くすぐったがらないで、先生のするとおりにしているんだよ……」

久村は、若芽を舌の先でやさしく舐め上げつづけた。

気のせいか、かわいらしい若芽が、久村には、しだいに大きくふくらんでいくように思われた。

久村は、若芽をえんえん一時間もかわいがりながら、時折舌を離しては彼女に訊いた。

「気持ちいいかい」

彼女も、口にふくんでいた久村の熱いそれを離し、甘えた声を出した。

「いい。とってもいい。佳子、しあわせよ」

久村は、若芽の周辺を舌で舐めまわしては、舌を固くして突く。さらに舐め上げた。

そのうち、彼女は、長い髪の毛をゆらし、うめくようにいった。

「ヘンよ、先生、とってもヘンな気持ち……」

「佳子、いよいよ、エクスタシーに達するんだよ。生まれてはじめてのよろこびに……」

久村は、若芽を舌でもてあそぶのをやめ、口の中で強く吸ったり、吹いたりした。

「先生、佳子、ヘンよ、ヘン……」

彼女は、火の点《つ》いたような声を上げ、のたうちまわった。

久村は、思いきり強く若芽を吸った。

「あンッ！　センセイ……」

佳子は、全身を小刻みに痙攣《けいれん》させ、ついにエクスタシーにのぼりつめた。

佳子は、急に恥ずかしそうに久村の胸に顔を埋《うず》めてきた。

久村は、彼女のきれいな髪の毛を撫でながらいった。

「佳子、半分、女になったね……」

佳子の頬《ほお》に、感激の涙が伝わっていた。

「先生に、女にしていただいたのね」

「いまに、秘密の花園の奥も、エクスタシーをおぼえるよ」

「先生、佳子を早く完全な女にして。先生好みの女に、仕立てて……」

久村は、さらさらとした髪の毛を撫でながら、いよいよ目的としていたことをいった。

「ファッションモデルとして売れるためには、いろいろと金がかかる。その資金を稼ぐためにも、とりあえず、手っ取り早く稼げる、ソープランドで働いてはどうだろう」

いやしくも教育者なら、かつての教え子から相談を受け、もし、彼女のほうから、

「ソープランド嬢になってお金を貯《た》めたいんですけど……」

といわれても、

「きみ、そういうことは……」

と止めるのが筋である。

ところが、久村は逆に自分のほうから彼女にソープランド嬢になるよう勧めたのである。

久村は、さらに優しい声でいった。

「ソープランドで稼いだお金は、先生がさらに増やしてあげる。先生に預けなさい」

久村は、いよいよ狼としての本性を剥き出しにしたのである。

佳子は、うなずいた。

「いいわ、佳子、なんだって先生のいうとおりにするわ」

久村は、狙いどおりに事が運んでいるので、心の中でほくそ笑んだ。

彼女は、久村のやさしい顔の裏に隠されたもうひとつの恐ろしい貌《かお》に気づかなかったのである。

5

久村は、中学二年の秋、最初の犯罪である窃盗未遂事件をおこしている。

久村一家が住んでいた市営住宅の真向かいに、煙草屋があった。

その店に住んでいた若夫婦は、毎晩、夜七時から八時の間に、近所の親戚の家にもらい湯、つまりお風呂《ふろ》に入りに行っていた。

久村は、ある夜、煙草屋の夫婦が出かけるのを見はからって、その家にしのびこんだ。

金を盗もうとした。

ところが、その夜は、たまたま急ぎの用があり、夫婦が早めに家にもどった。

久村は、あわてて部屋から家に逃げ帰った。

が、煙草屋の主人は、逃げた少年が久村に違いないと判断した。所轄の大垣警察署に、届けを出した。

現場検証の結果、久村の履いていたズックの靴跡が、しのびこんだ家の便所の板にくっきり残っていた。

それが決め手となり、久村が犯人とわかった。

結局、久村の両親が、煙草屋と警察に泣きこみ、この事件は示談になった。

新聞に出ることも、学校に知られることもなかった。

久村は、この事件で難を逃れたことから、世間に対していっそう高をくくるようになった。

昭和四十一年四月、日大芸術学部芸術学科に入学した。油絵専攻であった。

しかし、欲しいものがあれば、前後の見境なく手に入れようとする久村の盗癖は、治っていなかった。

大学二年生のとき、野崎という文芸科専攻の学生の下宿の部屋からブレザーやテレビを盗んだ。

が、結局、久村が犯人ということが発覚してしまった。

久村は、見つかってしまったからには、罪を悔いるように世間に見せごまかすしかない、とガス自殺を図った。

もちろん、狂言自殺である。

ただし、久村の狡猾《こうかつ》さは、それだけではおさまらなかった。

ガス自殺を知って駆けつけた、当時つき合っていた一級上の女学生には、

「きみに振られたから、自殺しようとしたんだ……」

といって同情を買っている。

久村は、欲望を満たすためには、手段を選ばなかった。

遊ぶ金欲しさに、教え子たちに、美術系の大学に、裏口入学の斡旋《あっせん》をして金を稼いでいた。

「おれの口ききで、三人も大学へ入れた」

などとうそぶいていた。

益田郡で自営業を営んでいる生徒の父兄を訪ねた久村は、「ウチの息子を、美術大学へ……」という相談を受けた。

久村は、それまでの実績を踏まえ、「二百万円くらい用意してくれれば、名古屋の美術系の大学へ必ず入れてみせます」と、自信を持って答えた。

久村は他の女生徒の父兄にも同じ手口で裏口入学を勧め、取りあえず前金として五十万円を受け取った。

が、生徒が途中で気が変わり、受け取った金は、父兄に返さなくてはいけなくなった。

しかし、そのとき、久村はすでに受け取った金を使っていた。

結局、久村は、これまで久村が問題を起こすたびにかばってくれた父親に泣きこみ、久村の父親が、その女生徒の父兄の家に、金を返しに行っている。

久村は、諏訪佳子も金蔓にするため、ついにソープランドで働かせることをたくらんだのであった。

佳子は、年の明けた昭和五十九年一月二十五日から、国鉄岐阜駅裏の金津園にあるソープランド「グランドバレー」につとめはじめた。

金津園は、かつて日本で指折りの赤線地帯であった。

彼女は、親のつけてくれた諏訪佳子の本名から、「満」という源氏名に変わった。

十九歳であった。

ソープランド嬢に転身していた彼女が、ボディ洗いのマットに妖しい肢体を腹這わせた写真を、東海地区の風俗紹介誌「プレイマガジン」が、つぎのようなプロフィールつきで紹介した。

『写真の満サンは、身長百六十三、バスト八十五、ウエスト六十、ヒップ八十八のプロポーション。水泳で鍛えた抜群のこのプロポーションと、美しい髪が評判のサーファーギャルです。その小麦色のボディには余分な脂肪分など皆無なのです。彼女の得意テクは、イス洗い。でも、こんな美女にジュニアやタマタマをニギニギされたら、小心者のお父さんはひとたまりもなくダウンですね。出かける前に忘れずに、金冷法などでお鍛えになることをお勧めしマス』

佳子は、久村を信頼しきっていた。やはり、自分を教えてくれた先生という尊敬の念は、いつまでもぬけきらない。

ソープランド嬢の「満」として稼いだ現金を、久村に預けきっていた。

ふたりは、ときおり名古屋市内の「ナゴヤキャッスル」や「名古屋観光ホテル」など高級ホテルで、三万円ものフルコースを食べては、宿泊した。

そのたびに、久村にその間稼いだ金を渡した。

同時に、

した。

「はい、先生、試験答案」

といって、ソープランドで相手にした客の数と、稼いだ金額のメモをきちんと提出した。

久村は、眼を光らせてメモを点検した。

「グランドバレー」の入浴料は、一万三千円、サービス料は、二万二千円であった。

彼女の月収は、二百二、三十万円あった。

久村は、その金を受け取ると、彼女にいった。

「佳子が将来一流モデルになるために、きみの名義で、きちんと大垣共立銀行船町支店に預けておくからね」

が、久村は、本当は、これまでも久村繁雄名義の普通預金口座に預け入れていた。

佳子は、高級ホテルで、久村といっしょに泊まったとき、ルイ・ヴィトンのハンドバッグから、一本のプラスチックの瓶のようなものを取り出した。

久村は、おもわず訊いた。

「なんだい」

「ふふ……お店からもってきたのよ」

佳子は、久村にいった。

「さぁ、バスルームに行きましょう。脱いで」

久村は、裸になって、バスルームへ入った。

佳子は、ハンドバッグから取り出したプラスチックの瓶のようなものの蓋を開けた。

とろりとした液体を手のひらに取り出した。

その液体を、久村の体にたっぷりと練りつけた。

久村は、訊いた。

「ソープランドで使っているものか」

「そう。お客さんばかり楽しませているから、先生も、たまには、これで楽しませたくて」

彼女は、自分の体にも、たっぷりと塗りたくる。

「マットがあると、お店とおなじに先生をよろこばせることができるんですけど……。これで勘弁して……」

彼女は、椅子《いす》に久村を座らせて右膝《ひざ》にまたがる。

乳房を、体にぬるぬると押しつける。

乳房のやわらかいはずみと、乳首のコリコリとした感じが、久村にとってたまらなく気持ちがいい。

彼女は、乳房だけでなく、右膝に花弁を妖しくすりつける。

久村は、佳子をソープランドで働かせてはいたが、自分は、素人女《しろうと》に不自由をしていないのでソープランドに出かけて楽しんだことはなかった。

一所懸命に久村を楽しませようとする佳子を見て、苦笑いした。

「たしかに、これだと、客はよろこぶ。稼げるはずだよ……」

佳子は、やがて、久村のそりかえるそれを花弁に突き入れた。

久村の首筋に両手をまわし、ささやいた。

「ふふ……壺《つぼ》洗いというの……」

「なるほど、壺であれをあらうわけだな」

「そう」

佳子は、尻をくねらせる。

「でも、お客さんには、このまま壺のなかではほとばしらせないのよ。洗うだけで……あとでベッドで、コンドームして入れさせてほとばしらせるの」

「そうか。いろいろ大変なんだな」

「先生だけ、壺洗いで、いって……」

「あぁ、いい子だ。よし、よし……」

久村は、彼女の尻を突きあげた。

彼女の尻は、よろこびにはずみにはずむ。

「あぁン……先生、佳子、いきそう」

「お、おれもだ」

「うれしい……」

佳子は、久村の首筋にまわした両手に力をこめ、尻をまわした。

そのとたん、久村はほとばしった。

佳子も、エクスタシーに達した。

「あぁン！」

佳子は、その余韻をうっとりと楽しんでいた。

ソープランドでは、感じては商売にならないのだ。客をよろこばせることだけに徹し、自分は冷めきっていなくてはいけない。

佳子は、いま、ソープランドと同じ設定で、エクスタシーをおぼえることができて、不思議な感動に浮かれていた。

久村の胸に顔をつけ甘えながらいった。

「先生、わたし、先生の期待にそうように、かならず一流のモデルになってみせるわ。その夢を実現させるためにも、先生とこうして夢のように楽しい時間を過ごす以外は、徹底的に倹約してるのよ」

ソープ嬢は、店で徹底的に客に尽くしている。そのせいか店が終わると、逆に自分たちに奉仕してくれるホストクラブに行き、湯水のごとく金を使ったりするケースが多い。

金津園のソープ嬢たちは、名古屋市錦三丁目に軒をならべるホストクラブへ出かけて行く。

だが、佳子は、ホストクラブに行って散財することなど、一度もなかった。

佳子は、ソープ嬢になってからは、ソープ嬢がたくさん住んでいる「東カン名古屋ビル」というマンションの五〇一号室に住みはじめた。

そのならびにある喫茶店「マド」に、ソープ仲間と連れ立って行くことも多かった。が、絶対に自分ではコーヒー代を払わなかった。みんな仲間に払わせた。

十回奢《おご》ってもらっても、ついに一回も払わなかった。

一日に三回、朝、昼、晩と同じ友人と行ったときでも、三回とも奢らせていた。

そのため、同僚のソープ嬢から、陰で、「一円玉」という渾名《あだな》で呼ばれていることも知っていた。

「一円玉をも惜しむ倹約家」という意味と、人間として「これ以上、クズれようもない」という意味もかけられていた。

彼女は、夜中の二時、三時でも、ソープの同僚の部屋に行き、「インスタントラーメン貸して」「卓上ガスコンロ用のボンベを貸して」と、自分では一銭の金も出さないで、借りまくっていた。

白分の部屋にもガスを引いているのに、減らさないために借りていた。それほどまでにして倹約していた。

しかし、それほどまでに金、金、金……と倹約して確実に貯めていると信じていた諏訪の金は、久村によって内緒で使われていた。

6

昭和五十九年の夏、諏訪佳子に、久村が彼女から預かっている金を使い込んだことが発覚した。

佳子は、久村をマンションに呼びつけ、怒り狂った。

「よくも、わたしがこんなにまでして貯めているお金を、無断で使ったわね……」

久村は、昭和五十九年三月、二台目のベンツを購入した。そのとき、その頭金百万円を、彼女に無断で大垣共立銀行の預金から下ろして使っていたのである。

さらに、彼女に無断で、ロ―レックスの腕時計、高級服などを次々と彼女の預金で購入していた。

そのうえ、彼女の預金を引き出して、他の女性と遊び狂っていた。

久村は、絨毯《じゅうたん》の上に額をすりつけて彼女に詫《わ》びを入れた。

「二度としない……」

久村を心から信じきっている彼女は、その一言で、ふたたび久村に金を任せた。

が、久村は懲りなかった。

昭和六十年一月、三台目のベンツを七百四十万円で購入するとき、頭金と、毎月の三十四万円のローンをその預金から引き出した。

昭和六十年の八月から、彼女から預かる現金を十六銀行名古屋支店の久村繁雄名義普通預金口座にも預け入れるようになった。

六十年十二月、久村は、ランクルを百四十五万円で購入したときにも、その代金の大半を、彼女の預金で払った。

久村は、佳子とつき合いながらも、郡上北高校の他の女生徒、さらに複数の女教師ともつき合っていた。女教師の中には、夫のいる者もいた。

久村は、さらに彼女たち六人に、言葉巧みに持ちかけた。

「交通事故を起こしてしまったが、相手が暴力団関係者で、高い補償金を要求されて困っている」

「いまの車に飽きたので、車を買い替えたいが、手持ちの金では、足りない」

ひとり当たり百万円前後の金を騙《だま》し取っていた。

さらに、美術教師であるのをいいことに、かつての教え子を巧妙に説得した。

「きみを見ていると、創作意欲をかきたてられる。ぜひ、デッサンしたい。美しい裸体を、写真に撮らせて欲しい。ポラロイドカメラなので、ネガは残らない」

久村は、そうしてヌード写真を撮っておいて、あとでポラロイド写真を複写し、被写体の教え子たちを脅した。

「この写真をバラまかれたくなかったら、二、三千万出せ」

久村は、かつての教え子五人から、そのようにして金を巻きあげていた。

佳子は、久村の優しい顔の下に隠されたそのような残忍さにいつまでも気づかず、久村のいうとおりに操られていた。

愛に恵まれず育った佳子は、なにより寂しかったのである。

佳子の住む東カン名古屋ビルの西北側にある自転車置場の上の片隅に、鳩《はと》が巣をつくった。

その糞《ふん》が落ちて汚いので、昭和六十一年の五月末に、鳩の巣を壊すことになった。

ビルの管理人が、長い竹の棒で、鳩の巣を突ついて壊していた。

そこに、佳子が通りかかった。

佳子は、血相を変えて管理人につめ寄った。

「壊すの、やめて……」

佳子は、泣き声になって食ってかかった。

「あんた、人間じゃないわ！　鳩がせっかくつくった巣なのに、なんで壊すの。雛《ひな》が、かわいそうじゃないの！」

佳子は、壊される鳩の巣と雛の姿に、実の父から引き離された自分の幼いときの哀しみを重ね合わせていた。

諏訪は、鳩の巣を壊すように管理人に頼んだ人物を突き止めた。

真夜中の二時すぎ、その部屋に押しかけた。

ドアの前で、スケ番言葉で叫んだ。

「てめえ！　馬鹿野郎！　おまえら、人間じゃない。おぼえてろ。この仕返しは、かならずしてやるからな！」

それから、三カ月後の八月末、諏訪は、久村にいった。

「岐阜や名古屋で生活したくない。新天地として、東京へ行き、妹も呼びたい。妹とブティックでもやれたら、最高だわ」

佳子は、昭和六十一年に入ってからは、自分が一流のモデルになるという夢は、まったく語らなくなっていた。

佳子と同じ哀しい目にあって生きてきた妹は、来春高校を卒業予定であった。

佳子は、自分の夢より、妹のことを語りはじめていた。

「妹のために、何とかしてやりたい。できれば、自分のお金で大学に進学させたい」

その夢を実現させるためには、お金が必要だ。

佳子は、久村に訴えた。

「妹の卒業より一足早く、十月には東京へ行きたい。東京に転居して、妹を受け入れる準備をしたいの」

妹が卒業する来春までに、ブティックをやる資金をつくろうと考えた。その方法とは、またしてもソープ嬢として働くことであった。

佳子は、久村に懇願した。

「先生、教師を辞めて。わたしといっしょに、東京へ行って！　わたしは、吉原のソープでまたお金を稼ぐわ。先生には、これまで以上にぜいたくな暮らしをさせてあげる」

佳子は、この間、ソープランド「グランドバレー」から、同じ金津園のソープランド「貴公子」に移った。昭和六十一年の七月からは、さらに津市のソープランド「徳川」で働いていた。

久村も、その間、素行に問題が多いので、五十八年四月には女生徒のほとんどいない大垣工業高校へ、さらに六十年四月、岐阜西工業高校へ移されていた。

佳子は、東京行きを渋る久村に、迫った。

「もし、わたしといっしょに東京へ行かないなら、わたしと先生のこと、学校に全部しゃべるわ。そうしたら、先生、破滅よ……」

久村は、彼女から二千万円を超す金を預かっていた。が、彼女に内緒で使いきり、このときには百万円も残っていなかった。

彼女は、「徳川」に移ってからも、久村に東海銀行星ヶ丘支店の彼女名義の普通口座のキャッシュカードを渡していた。

が、久村は、その金も引き出して使っていた。

もしそれが発覚すれば、彼女が怒り狂うことは目に見えている。

これまで困ったことが起こるたびに父親に泣きこんだ久村も、さすがに諏訪のことだけは、救けを求めることができなかった。

佳子は九月に入り、ベンツで深夜ドライブしたとき、久村を責めた。

「先生、本当は、わたしの金を使ったんやろ。わたしは、薄々知っとった」

諏訪は、皮肉たっぷりにつづけた。

「先生、このベンツ、ほんとうに乗り心地のいいベンツやね。このベンツも、わたしの金。いま着ている服も、わたしの金。生活のほとんどは、わたしの金」

九月十日、東カン名古屋ビル五〇一号室のベッドで久村と佳子が抱き合った。

そのあと、彼女は、ベッドの上にソープランド「徳川」をはじめ、「貴公子」「グランドバレー」での自分の名刺を何十枚も並べながら、ねちねちと迫った。

「わたしは、どうせ底辺に落ちた女や。わたしといっしょに東京へ行ってくれないなら、学校の校長や奥さんや、近所の人に、わたしのこの名刺を見せてやる。これまでのわたしとの関係を、みーんなバラしてやる」

久村は、ベッドに両手をついて懇願した。

「いままで預かった金は、全部返す。頼む、おれの教師としての地位と、家庭だけは……」

佳子は、鬼のような形相になってはねつけた。

「たとえ、一千万、いや、一億積まれても、嫌や」

佳子は、その後、久村のつとめる岐阜西工業高校にひんぱんに電話を入れた。

久村を電話口に呼び出しては、脅した。

「いいわね。破滅が怖かったら、わたしのいうとおりにするのね」

追い詰められた久村は、ついに、九月中旬に約束してしまった。

「わかった。十月十六日に、東京にいっしょに行こう」

久村はこのとき、決意した。

〈この女を、殺すしかない……〉

久村は、その夜、東カン名古屋ビル五〇一号室を出ると、エレベーターで下に降りないで、逆に上に昇った。

十階で降りた。一〇四六号室のブザーを押した。

「どなた」

「おれだ」

ドアがすぐに開いた。

背のすらりとした女性が、よろこびに輝いた顔をのぞかせた。

佳子ほど派手な顔立ちではなかったが、瓜実顔《うりざね》の楚々《そそ》とした日本美人の羽田明美であった。

彼女は、久村の背広の上着を妻のように甲斐甲斐《かいがい》しく脱がせた。

じつは、羽田も、諏訪と同じ群上北高校の教え子であった。

羽田は、諏訪より一級下だったが、高校時代は、バレーボールをやっていた。レギュラーで、セッターとして活躍していた。

久村は、羽田が三年生のとき、副担任になった。

副担任というのは、担任を助け、ホームルームティーチャーとして、出席の点呼や掃除の監督、その他に、年間を通し、進路指導にもあたる。

明美の場合も、母親が浮気ものので、両親にいさかいが絶えなかった。そのせいもあり、高校時代は、スケ番グループにも入っていた。

高校時代、久村のグルーピーのひとりでもあった。

しかし、佳子と違い、高校時代は、久村との肉体関係はなかった。

明美は、高校卒業後、岐阜県羽島郡の柳津病院の看護婦となった。昭和六十一年の六月から岐阜駅近くの村上記念病院にかわっていた。

明美は、岐阜市西野町のマンションで、男と同棲《どうせい》していた。

相手の男は三十過ぎで、妻子持ちの大工だった。

明美は、家族に、「結婚したい」と打ち明けた。

が、家族は猛反対した。

そこで明美は、高校時代悩みをよく聞いてくれた久村を思い出し、相談に来たのである。

久村にとっては、明美の出現は、文字どおり、渡りに船であった。

佳子に嫌気がさしていたので、佳子から明美に乗り換えることに決めた。

明美を男と別れさせ、病院もやめさせることにした。

佳子を殺したあと、今度は明美をソープランドで働かせ、貢がせようと考えた。

明美は、数日前に、久村のいうままに、病院を無断で辞めていた。

さらに、久村のいうままに、佳子の住んでいる東カン名古屋ビルの一〇四六号室に住んだ。

久村は、佳子を殺した後、佳子の部屋から家財道具を明美の部屋に運びやすくしようと、わざわざ明美を諏訪と同じマンションに住まわせたのであった。

そうして、佳子が深夜ひそかに夜逃げしたように見せかけるつもりであった。

明美は、このときすでに久村からソープランドで働くよう勧められ、了承していた。

久村は、明美のパンティを脱がせ、スカートははいたままで、膝の上に乗せて、花弁に突き入った。

「あぁッ……センセー……」

彼女は、マンション中にひびきはしないかとおもわれるほど激しい声をあげた。

久村は、右手でおもわず彼女の口をふさいだ。

「ラブホテルじゃないんだ。声を、殺せ」

久村は、彼女のブラウスの胸からはみ出させた乳房をねっとりとなめながら、腰を使いつづけた。

「あぁ……」

彼女は、声を殺しながらもだえた。

生まれつき、敏感らしい。

クリットも、花弁の奥も、エクスタシーを知っていた。

「明美は、生まれながらの好き者なんだな」

「いや、センセの意地悪。センセだからこそ、感じるのよ……」

久村は、腰をまわすようにしては、突きあげた。

彼女は、感じに感じる。

「あーン、センセー……センセ……」

久村の首筋に両手をまわし、まるですすり泣くような声をあげつづける。

まわしては、突きあげる、をくりかえすと、ついにのぼりつめた。

「あン……センセッ！」

全身を引きつらせた。

「いったのか」

彼女は、恥ずかしそうにうなずく。

しかし、久村がそのまま突きあげつづけると、しゃっくりをあげるような声をあげ、また気をいかせてしまった。

「センセ……明美、また、また……」

久村は、何度も気をいかせる彼女をよろこばせながらおもっていた。

〈この女なら、ソープにも、それほど抵抗なく行くだろう。しかし、ソープで客にも感じすぎて、体がもたなくならねばいいが……〉

久村は、明美を激しく抱いた後、頼んだ。

「睡眠薬を手に入れてくれ。きみなら、簡単に手に入るだろう」

佳子殺害のために必要な睡眠薬であった。

7

昭和六十一年十月十一日の夜十時すぎ、久村は、諏訪佳子をハンマーで殴り殺そうとし、失敗した。

久村は、雨の中を、岐阜西工業高校に向け、彼女を閉じこめた木箱を乗せたランクルを走らせたのであった。

久村は、岐阜西工業高校へ到着した。

佳子を閉じこめた木箱を、美術室へ運ぼうと思った。

しかし、美術室の斜め上にある生徒会室には灯《あか》りがついている。

久村は、いったん名古屋へ引き返した。

名古屋市内を走り、時間をつぶし、ふたたび学校へ戻った。

時刻は、十二日の午前一時になっていた。

ところが、生徒会室にはまだ灯りがついている。

小石を拾い、窓に軽くぶつけてみた。

人影もなく、誰もいないことを確認した。

久村はようやく安堵《あんど》し、美術室へ侵入した。

美術室の大きな窓の下に、小さな窓がある。その小窓を開け、中に入った。

その小窓の鍵が壊れたままですぐひらくことを知っていた。

美術室入口の鍵を内側から開け、木箱を運び入れた。

乱暴に扱ったせいで、佳子の体が木箱にぶつかり、数回ガタンという音を立てた。

そのとき、木箱の中から、彼女の呻《うめ》き声が漏れてきた。

ランクルで運んでいる間、彼女が、一度も声を立てなかったので、てっきり窒息死したと思っていた。

ところが、彼女は生きていたのだ。

〈逃げられては、まずい……〉

美術室の出入口の鍵をかけた。

じつに用意周到であった。

木箱を、あけた。

彼女は、意識朦朧とした状態で箱の中にもたれかかっていた。

とても久村に反抗できる状態ではなかった。

佳子は、しばらくして、訴えた。

「喉《のど》が渇いた……」

久村は、彼女を木箱から出した。

美術準備室の冷蔵庫から牛乳を運んで来て、飲ませた。

彼女は、哀願した。

「先生、わたし、先生のいうことなら、何でも聞く。東京へ行くのだって、あきらめる。東京へは、わたしひとりで行く。だから、うちに帰して……」

「おれのいうことを聞くというなら、手をくくらせろ」

久村は、美術室の棚から、ビニール紐《ひも》を取り出した。

彼女の両手首を、そのビニール紐で縛った。

彼女を、美術室中央の椅子に座らせた。

久村は、彼女を容易に殺せるよう、彼女に睡眠薬「ユーロジン」を二錠強制的に飲ませた。羽田明美から手に入れた睡眠薬である。

久村は、彼女の意識が朦朧とするのを待つため、話しつづけた。

それから三時間にわたり、彼女と会話を交わした。

佳子にとって、まさに、地獄の淵《ふち》での会話であった。

諏訪は、朦朧となる意識の中で、訴えつづけた。

「先生には、尽くしてきた。先生が、佳子の夢を摘んだ……」

が、久村も、もう引き返せない。

すでに、彼女の頭をハンマーでなぐり、殺人未遂罪を犯している。

このまま助けても、彼女が警察に訴えれば、捕まってしまう。

夜が、白みはじめた。

久村は、木箱の下に、タオルを敷きはじめた。

彼女をふたたび木箱に閉じ込め、窒息死させるためであった。

あまりに箱が大きいので、二百本を超すタオルを必要とした。

久村は、彼女の両手首を、ふたたびビニール紐で縛った。

そのうえ、室内にあったタオルで、猿ぐつわをした。

その上から、紐でタオルを止めるようにこま結びにした。

久村は、佳子に命じた。

「木箱に入れ」

佳子は、今度は、抵抗しなかった。

いわれるまま、自分から柩となる木箱に入った。

彼女は、あきらめきったようにいった。

「先生が、それほどまでわたしを殺したいなら、もう逆らわない。先生の気のすむようにして……」

久村は、さらに彼女の体のすきまに作業衣、作業ズボン、半コートまで詰めた。

自分の身を守るために、必死であった。

久村は、美術室にあったスヌーピーの座蒲団《ざぶとん》を彼女の顔に押しつけ、全体重をかけた。彼女は、押し潰《つぶ》されそうになり、

「苦しい、先生、苦しい……」

呻き声をあげつづけた。

久村は、かまわず中蓋を力まかせに押さえつけた。

さらに表蓋を閉め、外から鍵もかけた。

彼女は、箱の中から、苦しさのあまり救いを求めた。

「先生、苦しい。タオルを外して……」

彼女は何回も、同じ言葉を繰り返した。

「先生、タオルを、タオルを外して……」

久村は、彼女の救いを求める声を無視し、美術準備室に逃げこんだ。

彼女を救えば、自分が破滅する。

コーヒーをいれて飲んだ。

気を落ち着かせるため、フランス製の煙草ゴロワーズを吹かし、彼女が窒息死するのを待ちつづけた。

三時間を経過した午前八時過ぎ、木箱を開けた。

彼女は、すでに息絶えていた。

美術室の後部の床上に造りつけられたパネル入れ用の棚から、パネルを多数引き抜いた。

その空間に、木箱を押しこんだ。その手前にパネル数枚を立てかけて、木箱をおおい隠した。

完全犯罪の実行にかからねばならなかった。

午前八時四十分過ぎ、久村は、美術室から逃げ出した。

翌十三日の夜、久村は、生徒の家庭訪問に行っての帰り、東カン名古屋ビル五〇一号室の諏訪の部屋に合鍵を用いて入った。

佳子の部屋にあったサングラス、掃除機、エアクリーナー、漫画の本などを、一〇四六号室の羽田明美の部屋に持ち運んだ。

佳子の所持品を、すべてダンボール箱、ゴミ袋などに入れた。

付近のゴミ捨て場まで運んで、投げ捨てた。

久村は、そのあとで元看護婦であった羽田に訊いた。

「死体は、何日で臭くなるんだ……」

それらの不審な言葉から、羽田は、久村が人を殺したことを察知していた。

が、久村に何もいわなかった。

〈先生を失うときは、わたしの将来も失われる……〉

久村は、それからふたたび諏訪佳子の部屋に入った。

徹底的に自分の指紋を拭《ふ》き取った。

久村は、残しておいた彼女の預金通帳も持ち出した。

あたかも彼女がいずこかへ引っ越したかのように室内を装い、通帳は自宅付近の焼却炉で焼却した。

久村は、翌十四日夜十時半過ぎ、岐阜県羽島市足近町にある自動車販売会社丸和自動車の屋外中古車展示場にランクルを乗り入れた。

ランクルの荷台には、美術室に二日間隠していた諏訪佳子の死体を入れた木箱が積まれていた。

久村は、木箱を開けた。助手席に乗せていた羽田に手伝わせ、ふたりで引きずり降ろした。

「なぜ、こんなに目立つ場所で焼くの……」

羽田に訊かれ、久村は説明した。

「畳の上に石を置けば目立つが、河原の石の中なら、石は目立たない。中古車展示場なら、車が入っても、誰も怪しまない。捜査を攪乱《かくらん》できるだろう」

久村は、木箱から、諏訪佳子のアメ色に変色した腐乱死体をコンクリート地面に転がり出させた。

久村は、羽田に命じた。

「この先まで、おまえがランクルを運転し、待っていろ」

久村は、木箱だけランクルに返した。

羽田から、ガソリンの入ったポリ容器を受け取った。

佳子の死体に、ガソリンをふりかけた。

ライターで死体に火を放った。

久村は、佳子の死体が炎上すると、全力で闇《やみ》の中を走った。

佳子から、逃げに逃げた。

〈これで、完全犯罪だ。焼死体が見つかっても、誰の死体か、わかりはしない〉

完全犯罪を信じきっていた久村だが、陥《おと》し穴があった。

諏訪佳子の焼死体から、東カン名古屋ビル五〇一号室の鍵が発見されたのである。

佳子が久村に五〇一号室から連れ出されるとき、ジーパンの尻のポケットに入れていたのである。

その鍵から、彼女の身元が割れ、久村の犯行とわかるのには、時間を要さなかった。

久村は、諏訪佳子を殺してもなお、彼女の呪《のろ》いから逃れることはできなかったのである……。

死衣裳の女

1

女流作詞家・桑原麗子は、おびえた表情で窓のカーテンを閉めた。

彼女の住んでいるメトロポリスマンション九階の九〇七号室に、五木美子が遊びに来ていた。

美子は、麗子が「北川バレエ団の五人娘」と謳《うた》われていた時代の五人娘のひとりである。

美子が、驚いて訊《き》いた。

「まだ明るいのに、どうして?」

午後の三時で、まだ外は明るい。真夏の真っ盛りで、陽《ひ》の光が火矢のように部屋に差しこんで来ている。

それなのに、窓のカーテンを閉めるのは、異常であった。

麗子は、神経的にまいっている口調でいった。

「いま、秀栄レジデンスの屋上から、黒井が双眼鏡でこの部屋をのぞいているの。絶対のぞいているわ。わたしには、わかるの」

黒井士朗は、麗子が一年八カ月前の昭和六十年十二月に離婚した夫であった。

麗子は、わずか八十メートル先の秀栄レジデンスの四一四号室で、黒井と、離婚するまで結婚生活を送っていた。

ところが、虫酸が走るほど嫌って離婚したいまも、黒井のそばに住んでいた。

秀栄レジデンスとメトロポリスマンションとの間には、二階建の木造建築しかなく、秀栄レジデンスの屋上からは、彼女の部屋がよく見えた。

美子が、不思議そうにいった。

「こんなに近くにいないで、引っ越せば」

麗子は、溜息《ためいき》まじりにいった。

「引っ越しても、黒井は、かならず捜し出すわ。それより、眼の届く範囲にいたほうが、感情的になられないからいいの」

麗子は、美子にというより、自分を納得させるためにいった。

「逃げたら、何をされるか、わからないもの……」

麗子は、黒井の蛇のような執念深い性格を嫌というほど知っている。

麗子は、美子の顔をあらためて見て思った。

〈美子さんたちと無心に踊っていたころが、一番楽しかった〉

麗子は、秀栄レジデンスの屋上から、双眼鏡を手に、いまだ嫉妬《しっと》に狂って自分の部屋を見張りつづけている黒井の姿を脳裏に浮かべながら、心のなかでつぶやいた。

〈黒井に、出会いさえしなければ……〉

2

桑原麗子は、北川バレエ団に入団できるかもしれないと思うと、踊りにいっそう力が入った。

昭和四十二年一月末で、外は雪が激しく降りつづいている。が、小柄な彼女の全身からは、汗が噴き出ていた。

関東テレビの新宿の稽古場《けいこば》で、入団のオーディションがおこなわれていた。

彼女は、このオーディションを受けるために、島根県松江市からわざわざ上京していた。

まだ十五歳の彼女は、悲壮な覚悟をしていた。

〈今日のテストに受からなかったら、バレエはきっぱりやめる〉

北川隆介は、NHKの「歌のグローバル・ショー」や、関東テレビの「レ・シンデレラズ」をはじめとするいくつかの番組の構成、演出を手がけ、名声をほしいままにしていた。

オーディションが終わると、北川がきっぱりといった。

「桑原麗子を、入団させます」

麗子は、得意満面であった。

北川は、麗子に関西弁でいった。

「きみの踊りには、芯《しん》がある。踊りには、内面性があらわれる。きみなら、厳しい芸能界でも、やりぬいていける。芸能界を生きぬくには、いい意味で勝ち気で、負けず嫌いで、がんばり屋でなくてはいかん。きみには、それがあるのや」

麗子は、誓った。

〈本校と分校を入れて、何千人ものなかから、選ばれたんだ。死にもの狂いで、がんばるわ……〉

麗子は、旅館を経営している両親の反対を押しきり、高校を一年生で中退し、上京した。

彼女は、北川が構成、演出をしていた関東テレビの「レ・シンデレラズ」のメンバーに加えてもらうのが夢であった。

「レ・シンデレラズ」のメンバーは、金森勝子、原山麻子、五木美子、由井さおりの四人であった。

この四人が北川バレエ団の「四人娘」として華やかにもてはやされていた。男性ゲストも「四人娘」と共演できるのを楽しみにしていた。

麗子は、港区芝白金にあった北川バレエ団の寮に入った。

稽古は、代々木のレッスン場で、午後の三時半からおこなわれた。

先輩たちは、三時すぎにレッスン場へ入った。

が、麗子は、一時間前の二時半にはかならずレッスン場へ一番に入り、練習をはじめていた。

先輩たちが軽くウォーミングアップをはじめるころには、すでに汗で濡《ぬ》れたTシャツを着替えていた。

先輩たちが、

「何よ、この子！　色は黒いし、小さいし、田舎者だし。先生も、物好きなところがあるのね」

という眼《め》で自分を見ていることがわかった。

そういう視線を撥《は》ね返すためにも、懸命に練習に励んだ。

努力の甲斐《かい》があって、その年の十一月、ついに「レ・シンデレラズ」のメンバーに加えてもらった。

「レ・シンデレラズ」のリーダーの金森が、ピリン系の薬を飲みすぎ、ピリンアレルギーで発疹《はっしん》ができた。出演できなくなった。

麗子が、金森の代役として急遽抜擢《きゅうきょばってき》されたのである。

北川は、彼女にいった。

「きみは体が小柄やから、見た感じは、由井に似ている。そやけど、タイプとしては、金森に似ている。柔と剛でいえば、剛のほうや。由井には、まろやかさや柔らかさを感じるが、きみは、やはり芯の強い剛や。きみなら、金森のために書いてきた台本通りにいける」

麗子は、まわりの者に自分の感情を露《あらわ》にしない性格であったが、さすがによろこびを隠せなかった。

〈ついに……〉

マスコミも、押しかけて来た。

北川は、記者たちを前にいった。

「この、〝大きな個性〟は金森勝子の後継者として、レスリー・キャロンやジジ・ジャンメールなどと匹敵する、大スターに育てあげたい」

レスリー・キャロンは、「巴里《パリ》のアメリカ人」でセンセーショナルな映画デビューを飾り、一九五〇年代のもっとも生き生きとしたミュージカルのヒロインとして活躍していた。

ジジ・ジャンメールは、パリのオペラ座を舞台に、華やかに活躍した舞踏家である。

彼女は、北川からそこまで将来を買われているかと思うと、めくるめくような幸せを感じた。

自信が出てくると、まわりからいわれはじめた。

「麗子さん、見ちがえるほどきれいになったわねぇ。なんとなく、全身が光り輝いているように見えるわ」

黒井士朗と桑原麗子が初めて会ったのは、昭和四十三年の一月初めであった。

アムステルダムレコードの真藤信郎社長が、北川に頼んだ。

「うちでも、ポップスの娘を出したい。おたくにふさわしい娘はいないかね」

北川が推薦したのが、桑原麗子であった。

真藤社長が「桑原麗子に、うちで一番の宣伝マンをつけましょう」といって彼女につけたのが、黒井であった。

黒井は、このとき十六歳であった麗子より十四歳年上の、三十歳であった。

大学の芸術学部絵画科四年生であった昭和三十五年に中退し、老舗レコード会社日本グロリアに入社した。

が、日本グロリアは、四十三年にオランダのアムステルダム社と業務提携し、黒井は、アムステルダムレコードに移った。

「青猫のタンゴ」という子供の歌った歌を、二百十三万枚も売った実績もあった。

黒井は、初対面の彼女を見て、正直思った。

〈ひどい田舎娘だな……〉

彼女は、「涙の首かざり」でレコードデビューをかざった。

黒井は、彼女の歌の売り込みのために、テレビ局、ラジオ局、新聞社、雑誌社を懸命にまわった。

が、彼女のデビュー曲は売れなかった。

昭和四十五年八月までに、シングル盤を計五枚出したが、どれも売れなかった。

黒井は、他の歌手もたくさん担当していた。売れない彼女の仕事の現場に立ち会うことが少なくなっていった。彼女に会うことも、ほとんどなくなっていった。

会社も、四十五年八月のレコードをもって、彼女の吹き込みをやめるつもりになっていた。

四十六年の二月、黒井は、ホテルオークラのロビーで、桑原麗子に背後から声をかけられた。

「黒井先生」

彼は振り向いた。

その瞬間、「やあ、麗子ちゃん」と返事をしようとして、とまどった。

桑原麗子にまちがいないはずだが、それにしては、あまりに顔が変わりすぎている。

眼が、前よりぱっちりとしている。

鼻も、前より高く、すんなりと通っている。

「桑原麗子です」

と名乗られ、はじめて彼女の名を出して話すことができた。

「麗子ちゃん、ずいぶんときれいになったねえ……」

黒井は、彼女が、眼と鼻を整形手術したにちがいないと、思った。

その日はおたがいに忙しい用件があったので、その場で別れた。

が、黒井は、彼女が急に不憫《ふびん》になった。

〈整形手術までして、がんばっているのか。彼女のために、おれが一肌脱いでやろうか……〉

黒井は、彼女が歌だけでなく、踊りでも、ドラマでも、行き詰まっていることを、いろいろな人たちから知らされていた。

「レ・シンデレラズ」は、昭和四十三年の七月十二日で放映打ち切りになっていた。

大阪の毎朝放送で「新婚さん今晩は」という番組の司会をしていたが、これも降りてしまっていた。

彼女は、落語家の桂八枝といっしょに司会をしていたが、新婚の色っぽい話題についていけなかった。

北川に、つい不満をもらした。

「どうして、不得意な仕事をやらせるの……」

彼女のかたくなな一面が、裏目に出ていた。

女子大生の青春喜劇映画「ミニミニ突進娘」や、テレビドラマにも何本か出演した。が、いまひとつ光らなく、伸び悩んでいた。

あまりに生真面目すぎ、自分に納得のいく演技ができないと、深刻に悩むのであった。

彼女は、なんとか伸び悩みを脱皮しようと、整形手術までしたにちがいない。

黒井には、期待という重圧のなかでもがきつづける彼女が、不憫でならなかった。

〈なんとか、彼女をもう一度売り出してみよう〉

黒井は、三月十五日、彼女とホテル・ニューオータニのレストランで会った。

会うなり、彼女へのプレゼントを渡した。

「麗子ちゃん、二十歳の誕生日、おめでとう」

プレゼントは、アメジストのブローチであった。

彼女の眼が、いきいきと輝いた。

「先生、わたしの誕生日を、おぼえてくださってたの……」

「ああ、きみの新たなる芸能生活の出発の祝いも、兼ねているんだ」

「新たなる出発？」

「そう。会社側に根回しをして、あらためてきみのレコードを出そう。作詞家も、売れっこの阿川悠さんを頼む」

「先生、そこまで……」

彼女の眼は、みるみる涙でいっぱいになった。頰《ほお》にまで滴った。

3

この夜、黒井がホテル・ニューオータニの一室に麗子を誘った。

彼女に、ためらいはなかった。

黒井は、部屋に入るなり、彼女をやさしく抱きしめた。

彼女は、うれし泣きした。

「先生、麗子、うれしいの……」

黒井は、彼女をベッドにいざなった。

彼女は、ベッドに上がることもためらいはしなかった。

黒井は、彼女のブラウスのボタンを外していった。

前ホックのブラジャーも外した。

ほっそりした体にしてはゆたかな乳房があらわになった。

スカートは、彼女自らが脱いだ。

「先生、明かりを消して……」

黒井は、枕元《まくらもと》の明かりを少し暗くした。

「先生、真っ暗にしてください」

黒井は、いった。

「きみのようにすばらしい体を、暗くして見えないようにしては抱く意味がない」

彼女は、肌色のパンティストッキングに手をかけた。

「では、もう少しだけ、暗くしてください」

黒井は、もう少し暗くした。

彼女は、パンティストッキングを脱いだ。

純白のパンティをはいている。

黒井は、ほの暗い光のなかに浮かぶ彼女の体に見惚《みと》れた。

バレエで鍛えられた均整のとれた肉体をしている。

黒井は、彼女のパンティに手をかけた。

ゆっくりと脱がした。

彼女は、眼を閉じ、右手で両乳房をおおい、左手で恥ずかしそうに花弁をおおった。

黒井は、彼女の耳たぶをやさしく噛《か》み、訊いた。

「ずいぶんと、誘惑が多かったろう。男との恋は、なかったのか」

彼女は、首を振った。

「先生が、はじめての男性です」

「からだもか」

「ええ……」

「そうか……おれで、いいのか」

彼女は、閉じていた眼を開けた。黒井の眼をまっすぐに見ると、はっきりとうなずいた。

「先生に捧《ささ》げることができて、麗子、とても幸せです」

北川バレエ団の寮生活の厳しさは、この夜の食事の席で、彼女から聞かされていた。門限が厳しいだけでなく、仕事以外の外出も許されなかった。映画や舞台を観《み》に行くときも、マネージャーがいっしょでなければ許されなかった。仕事先でも、トイレに行くときも、マネージャーがついて来て、トイレの入口で待っていた。

もし誰《だれ》かとしゃべろうものなら、あとでかならずマネージャーから訊かれた。

「何をしゃべってたんだ」

自分がうぶだということを強調する意味で、彼女が大げさにいっているにちがいない。黒井は話を聞いているときにはそう思ったが、彼女を抱いてみて、彼女がいっていたことが、本当だったことを確認した。
黒井は、乳房をおおっている彼女の右手をやさしく外した。
ほっそりした体つきには不似合いなほど豊かでとがっている乳房があらわになった。
初々しいピンクの色に燃えている乳輪が、ひときわ大きい。
乳首はかわいく小さく、真ん中が横にかすかに割れている。
黒井は、乳首の割れ目に濡れた舌を這《は》わせた。
「あぁ……」
彼女は、恥ずかしそうな声をあげた。
二歳しかちがわない妻の律子ではとうてい味わえない初々しさであった。
黒井は、乳首を口にふくんだ。
やさしくしゃぶりにかかった。
黒井は、彼女がいとおしくてならなかった。
彼女の耳の中に熱い息を吹きこむようにして、ささやいた。
「おれに、すべてを任せなさい。かならず、きみを大歌手に育ててみせる」
彼女は、眼を閉じうなずいた。
「先生に、すべてお任せします……」
花弁をおおっていた彼女の左手をつかみ、外した。

はえていないのかと思われるほど、薄い毛におおわれた花弁があらわになった。
乳輪同様、初々しいピンクの色に燃えている。
彼女の太腿をつかみ、ひらかせた。
やわらかい太腿が、はねかえす。
あらためてその若さに惚《ほ》れ惚《ぼ》れとしていた。
花弁に人差し指をしのばせた。
「あぁ……」
彼女は、身をよじり恥ずかしそうにもだえる。
かすかに濡れている。
肉の真珠をまさぐった。
「あうぅ……」
バージンでも、そこは感じるらしい。
小さめであった。
人差し指で肉の真珠をやさしく撫《な》であげた。
「あぁ……」
人差し指を奥にしのばせた。
せばまりが強く、奥にはすすまない。

彼女によりそうように横になっていた黒井は、彼女の体の上になった。

太腿を、うんとひらかせた。

「いいね」

あらためて念を押した。

彼女は、眼を閉じたままうなずいた。

いきりたったそれを花弁に突き入れた。

濡れた肉ひだが痛いほど締めつけてくる。その締めつけは、バージンならではのものである。

締めつけを十二分に味わったのち、いま一度念を押した。

「麗子ちゃん、いいね」

一気に突き入った。

「あンッ！」

彼女は、感激に身を震わせていった。

「先生……わたし、生まれ変わります……」

4

黒井士朗は、桑原麗子に新曲レコードを吹きこませると決めると、仕事にのめりこんだ。

家に帰るのが遅くなり、ときには帰らないこともあった。

ある夜、妻の律子が、彼をなじった。

「なんで、そんなに桑原さんに肩入れするの」

大人しい性格の彼女が、このように激するのは、はじめてのことであった。

彼は、弁解した。

「彼女は、おれの担当なんだ」

彼女は、眼の白い部分を青白く光らせるようにしていった。

「わたしも、あなたにとって担当だということを忘れないで」

律子は、それ以上口汚くののしることはしなかった。が、心の中で悶々《もんもん》としているのはわかった。

黒井が律子と知り合ったのは、昭和三十八年の春であった。

黒井は、日本グロリアで、甘い低音の魅力で売っていたフランク糸井を担当していた。

日本グロリアの社長が、フランク糸井の「大阪さみし」がヒットした直後、黒井を、東銀座の東京温泉の近くにあった高級クラブ「ナイト東京」に案内した。

このクラブは、フランク糸井の行きつけのクラブであった。

律子は、このクラブで売れっこのホステスであった。

和服のよく似合う、ほっそりした、喜多川歌麿《きたがわうたまろ》の浮世絵に描かれているような美人であった。

性格も、きわめて古いタイプで、自分の感情を表には表わさなかった。あくまで控えめな女性であった。

黒井は、律子に惹《ひ》かれ、そのクラブに通うようになった。

彼女は、少しずつ、自分の過去について打ち明けた。

彼女は、北海道の出身であった。実家は、ミンクの養殖をする農家であった。恋人を追って、上京して来た。

松屋デパートで働いていたこともあったが、追って来た恋人に捨てられてしまった。

彼の子供を身籠《みご》もっていたが、失恋の痛手で、ついに流産してしまった。

その後、彼女は、このクラブのホステスになったのである。

黒井は、三十八年の暮れには律子と結婚し、新宿の小さなアパートに住むようになった。

彼女は、黒井の同僚から、「奥さん」と呼ばれることを、心からうれしがっていた。幸せに胸を詰まらせ、その場で涙を浮かべて泣いたこともある。

四十年の十二月には、長男の一郎が生まれた。

律子は、黒井の両親が王子から孫を見に来たとき、眼を細めて一郎を見ながらいった。

「わたしにも孫ができたら、いっしょに日なたぼっこをしたい」

その控えめな妻の律子が、黒井を、桑原麗子のことでなじったのである。よほど苦しんでいることは、黒井にもわかった。

しかし、黒井は、麗子に強く惹かれていた。

〈いまさら、ひき返すわけにもいかない……〉

昭和四十六年五月、アムステルダムレコードから、桑原麗子の新曲レコード「愛のロザリオ」が発売された。

黒井が彼女に前もって約束していたとおり、売れっ子作詞家の阿川悠が起用されていた。

その直後、黒井の仕事場に、麗子が遊びに来た。

「先生、おはようございます」

彼女の声は、別人のようにはずんでいた。
彼女は、黒井の隣の席に座った。
そのうち、マネージャーが席をはずした。
彼女は、その隙《すき》に、黒井の胸のポケットに、そっと付け文をしのばせた。
便箋《びんせん》に書いた手紙を、細長く折って結んでいた。
彼女は、自分の黒井への愛を切々と訴えていた。
ところが、黒井は、手紙が胸のポケットにしのばされたことに気づかなかった。
世田谷区池尻三丁目のマンション駒場メゾン四〇五号室に帰った。
黒井が風呂《ふろ》を浴びている間、律子は脱ぎ捨てられている背広を片づけにかかった。
胸のポケットの中のものを取り出した。
麗子が黒井に宛《あ》てた付け文を見つけた。
『先生を愛しています』
という言葉が飛び込んで来た。
彼女の顔が、ゆがんだ。
「やはり……」
彼女は、風呂から上がって来た夫に、付け文を突きつけた。
「あなた、担当というのは、こういう仲にまでならないといけないの」

黒井は、妻のただならぬ気配に圧倒されながらも、まったく何のことかわからなかった。

「読んでみなさい」

妻に突きつけられた手紙を、読んだ。

『先生に抱かれて、女としていいようのない幸せを感じています』

黒井は、それからも桑原麗子と仲は深くなっていくばかりであった。

彼女を抱いたときの、子供のように甘えて来る彼女へのいとおしさでいっぱいになった。

〈女房と揉《も》めても、麗子は手放すまい〉

昭和四十六年の十月には、桑原麗子は、「ふたりの愛は燃える」というレコードを発売することになった。

黒井も、このレコードの吹き込みに立ち会った。

彼女は、吹き込み前に黒井と会ったとき、はずんだ声でいった。

「今度の歌は、先生とわたしの愛のことだと思って歌うわ……」

麗子は、スタジオで歌った。

黒井は、ミキサールームで聞きながら、愛の感動が背中を貫く思いがした。

麗子は、心をこめて歌った。

あなただけが　わたしの幸せ
あなたを　愛する歓《よろこ》びに
わたしは　蝶《ちょう》のように舞う
あなた　舞わせて
舞わせて　あなた
あなた……

黒井には、彼女のこれまで歌ったどの歌よりもすぐれていると思われた。

律子は、同じ駒場メゾンの住人で、息子の一郎と同じ幼稚園に娘を通わせている宝田君子に、夫の愚痴をこぼすことが多くなっていった。

「うちの人ったら、子どもみたいな娘に、狂っちゃったのよ……」

一郎が、東都医大に入院したときも、怒りをふくんでいった。

「家に帰らないのはいいとしても、息子を見舞いに病院にも来ないの」

律子は、昭和四十七年一月末の雪の降る深夜、桑原麗子の住む中野坂上のマンションの部屋を訪ねた。

夫は、かならず桑原麗子の部屋にいる。律子はそう確信し、寝込みを襲うつもりであった。

桑原麗子の部屋のブザーを、押した。

律子が黒井と結婚するとき、黒井の両親は、「ホステスごときと……」と猛反対した。しかし、黒井はその反対を押しきって、結婚した。

黒井には、相手に熱中すると、まわりの反対も、ものともしない情熱がある。いま黒井を引き止めておかないと、引き止めることができなくなる。そういう恐れがあった。

「どなたですか……」

不機嫌そうな声が返って来た。

律子は、はっきりと名乗った。

「黒井士朗の妻です」

律子には、ドア越しに、桑原麗子のとまどいがわかった。

桑原麗子が、誰かとひそひそ相談しているのもわかる。

律子は、もしドアが開けられないなら、ドアの前に座り込む覚悟であった。

やがて、ドアが開いた。

律子は、部屋の中に入った。

黒井が、ふくれ面で玄関に立っていた。

「仕事の打ち合わせ中なのに、どうして邪魔しに来た」

「仕事の打ち合わせなら、なにも桑原さんの部屋でなくても、いいでしょう」

「仕事については、おまえには、わからん。口出しをするな」

「とにかく、今夜は、うちに帰って」

「…………」

「一郎も、ようやく病院は退院したものの、淋《さび》しがって、寝ないの」

黒井は、子供のことをいわれ、その夜は、しぶしぶ律子といっしょに帰った。

5

昭和四十七年の四月中旬、桑原麗子は、黒井の妻の律子に、渋谷の駅前の喫茶店に呼び出された。

麗子にとって、黒井はすべてであった。黒井は、初恋の男性である。恋に恋しているのかもしれなかったが、この世の中で男性は黒井しかいないように思われた。

〈いくら奥さんから別れろ、といわれようとも、わたしは別れない……〉

喫茶店で向かい合った。

律子は、麗子にいった。

「主人は、マルヤ楽器に移り、あなたの担当を離れたんです。あなたも、主人と別れて」

黒井は、昭和四十六年の暮れ、マルヤ楽器がレコード会社設立と同時にスカウトされ、管理課長をつとめていた。

麗子は、切り口上で律子にいった。

「奥さんに、魅力がないいんじゃないの」

律子は、麗子を睨《にら》みつけた。

麗子も、負けずに睨みかえした。

律子は、心のなかで自分に誓っていた。

〈わたしは、死んでも引き下がらないわ……〉

その夜、律子は、帰って来た黒井に枕を投げつけた。

それまで、夫に対してけっして手を出したことがなかった彼女の、生まれてはじめての暴力による攻撃であった。

しかし、律子の夫への攻撃も、そこまでであった。

それから間もない四月二十二日の夜のことである。

黒井は会社から帰り、ごくふつうに妻のつくったアジフライの料理を食べ、ブランデーを飲んだ。

十時には寝室に入った。

律子は、起きていた。

黒井が眠りに入りかけたとき、ふすまが少し開いた。

妻がのぞいているな、というのはわかった。

が、別に気にすることもなく眠りに引き込まれていった。

翌朝、眼を覚ました。

かすかに、雨の音がする。

彼は、ハッとした。

〈ガス臭い……〉

あわてて、ダイニングルームの窓を開け放った。

妻の寝室のふすまが、開いている。

夫婦仲が冷えて以来、妻は、黒井とではなく、息子の一郎といつもひとつ部屋に寝ていた。

「律子！」

妻を揺り起こした。

が、すでに冷たくなっていた。

一郎は、まだ息をしている。

一郎との無理心中をはかったのだ。

急いで110番に通報した。
四、五人の警察官が来た。
一郎だけは、かろうじて命を取り止めた。
黒井は、初七日に、妻の引き出しの中を整理していた。
一通の手紙を見つけた。
『桑原麗子様へ』
とある。律子が麗子に宛てた遺書であった。
『あなたは、たくましい人です。
強い人です。
おそろしい人です。
そんなに黒井が好きならば、わたしの幸せを、死んであなたに差し上げます。
黒井を、よろしくお願いします』
黒井は、麗子には、妻の遺書があったことは伝えておいた。
しかし、内容は明かさなかった。
麗子は、アムステルダムレコードに引退のあいさつに出かけた。
黒井の妻の自殺は、麗子にとって、やはり大きな痛手であった。
何もかもが、嫌になった。

タレントとしても、歌手としても、自信を喪失しきっていた。しばらく、松江の実家に帰って、疲れを癒《いや》したかった。人生について、あらためて考えなおしてみたかった。


麗子は、青柳次郎ディレクターの部屋にもあいさつに行った。

「いろいろとお世話になりました。せっかくの期待に応《こた》えることができなくて、もうしわけありませんでした」

青柳ディレクターは、パイプを燻《くすぶ》らせながら訊いた。

「これから、何をするつもりなんだね」

「歌以外の仕事が、してみたいんです」

麗子の負けず嫌いが、つい顔をのぞかせた。そのまま負けて引退していくとは、口が裂けてもいいたくなかった。

毒舌家である青柳ディレクターが、せせら笑うようにいった。

「なに⁉　歌以外の仕事がしてみたい。ふん、中学卒の田舎娘に、何ができるかね」

麗子は、自分でも顔から血の気の引いていくのがわかった。

逃げるように、部屋を出た。

が、背後から青柳ディレクターの嘲笑《ちょうしょう》が、いつまでも迫って来るようであった。

アムステルダムレコードのビルから出ると、麗子は鬼のような形相でビルを見上げた。

青柳ディレクターのいる七階の部屋を睨みつけ、誓った。

〈かならず、歌以外の道で成功し、鼻を明かしてみせるわ……〉

麗子は、昭和四十七年の五月初め、松江に帰った。

宍道《しんじ》湖畔に父親が経営している旅館「みずうみ湯」のフロントを手伝った。

青柳ディレクターから受けた屈辱は、癒《い》えるどころか、日を追うにしたがって強くなっていった。

〈おなじ芸能界で、タレントでもなく、歌手でもない、新しい道はないだろうか……〉

手探りの日々がつづいた。

そのうち、猛然と小説が読みたくなった。高校は一年で中退していたので、まともに小説を読んだことがなかった。

フロントの手伝いをしながら、暇を見つけては、小説をむさぼり読んだ。

瀬戸内晴美、立原正秋、渡辺淳一……と女性を主人公に描く作家の作品を中心に、まるで何ものかに憑《つ》かれたように読んだ。

乾いた砂漠に水が染み込むように、彼女の心に小説の言葉が染み込んできた。

誰もいなくなったフロントで小説を読みふけっているある夜、ひらめいた。

〈わたしも、歌詞を書いてみよう！〉

昔は、作詞や作曲は、裏方の仕事であった。が、このころから、日の当たる仕事になっていた。女流作詞家として、安井かずみや湯川れい子たちが、脚光を浴びていた。

その夜、麗子は、黒井に電話を入れた。

「わたし、作詞家になることに決めました。上京して、黒井先生に教わりたいの」

黒井は、日本グロリア時代、林進一や赤江美奈の「ためいき路線」を押し進めていた。

そのとき、黒井が宣伝コピーをつくっていたことを知っていた。フランク糸井の「大阪さみし」の宣伝コピーも、黒井がつくった。

宣伝コピーができれば、作詞についてのアドバイスもできるはずだ、と思っていた。

「これまでの経緯でわかっているだろうが、どの道も、プロとして生きぬいていくことは、容易じゃない。よしなさい」

麗子は、ひるまず訴えた。

「先生と、結婚したい」

「無理だよ」

「どうして」

「律子の自殺のこともある……」

「一郎ちゃんのめんどうも、見たいの」

「いいか。おれがこれから遺書を読むから、よく聞いておけ」

二分くらい間が置かれ、読みはじめた。

「あなたは、たくましい人です。強い人です。おそろしい人です。そんなに黒井が好きならば、わたしの幸せを、死んであなたに……」

麗子は、心臓が抉《えぐ》られる思いがした。

律子が麗子宛に遺書を残したことは、黒井から教えられていた。が、その文面については、知らされていなかった。

いまそれを読まれ、恐ろしい気になった。

律子の呪《のろ》いの声が、どこからともなく聞こえて来るようであった。

「やめて。もう、それ以上読まなくていいわ……」

麗子は、律子が、死んでなお夫と麗子が仲良くできないように邪魔をしているように思われた。

麗子は、それから何日か沈みこんでいた。

が、どうしても作詞家になりたかった。

青柳ディレクターの「何ができる」という冷笑を見返そうという気持ちと、律子の遺書の、呪いめいた文句とが、せめぎ合う毎日がつづいた。

6

昭和四十八年の二月、麗子の父親が、一葉の写真を彼女に突きつけた。

「市役所に勤めている実直な人だ。申し分のない人だ。来週の日曜日にでも、見合いをする手はずを整えてある。一日も早く結婚しろ」

麗子は、その写真をまともに見ないで、断わった。

「嫌です。わたしには、その前にしなくてはならないことがあるんです」

「女にとって、結婚より重大な仕事はない！」

「わたし、東京へ出て、作詞家になります」

「何を、夢のようなことをいっている！」

麗子は、一度いいはじめたら聞かない性格であった。

北川バレエ団に入団するときも、父親から猛反対されると、三日間も自分の部屋へ閉じ籠もり、御飯も食べようとはしなかった。

今回も、麗子は、両親には内緒で家出をすることに決めた。

『わたしは、タレントとして失敗しました。このまま結婚しては、人間としても失敗してしまいそうな気がします』

と書き置きを残し、ふたたび上京した。昭和四十八年九月のことである。

黒井が、妻の自殺後すぐに引っ越していた秀栄レジデンス四一四号室に、ボストンバッグひとつで転がり込んだ。

黒井は、とまどいの表情で迎えた。

「あれほど、上京を止めたのに……」

麗子は、黒井の胸に飛び込んで、泣きながら訴えた。

「あなたしか、頼れないの……」

麗子は、その日から彼のマンションで同棲《どうせい》をはじめた。

息子の一郎の面倒も見るようになった。

一郎は、七歳になっていた。

麗子のことを「おねえちゃま」と呼んだ。

が、自殺した律子の影は、いつまでも麗子を苦しめつづけた。

黒井に抱かれて、うっとりともだえ酔っていると、ふいに、律子が髪の毛を乱してあらわれる。

青ざめた顔で、かならず口にする。

「あなたは、たくましい人です。

強い人です。

おそろしい人です。

そんなに黒井が好きならば、わたしの幸せを、死んであなたに差し上げます。

黒井を、よろしくお願いします」

遺書の文句を口にするのだ。

麗子は、女のよろこびが深くなっていた。

しかし、律子があらわれると、それまでのよろこびが嘘《うそ》のように冷めた。

が、黒井には打ち明けず、そのままよろこびを演じた。

彼女は、一郎を学校に送り出したあと、暇を見つけて作詞の勉強をした。

黒井は、彼女にいった。

「本を、一日一冊は読むように。一日一冊読めなければ、一週間に一冊でもいい。かならず読むように」

彼女は本を読み、自分なりに詞を書いてみた。

酒、タバコ、煙、あなた……というような平凡な言葉しか浮かんでこない。

捨てられた寂しさを今夜もまぎらわす……というようなフレーズが浮かんできたが、これまで誰かが書いた歌の文句の真似《まね》でしかなかった。

昭和四十九年に入ると、黒井がアドバイスした。

「一日一コーラスは、かならず書きなさい」

麗子が書いた詞を、黒井は、毎夜のように添削した。

五十年三月、麗子に初めての仕事が舞い込んで来た。

黒井が、笑顔でいった。

「今度、うちの社で、新進作曲家田崎雅之がフォークグループ『紅い夢』のレコードを出す。その詞を、きみに書かせるように会社の根回しはして来た。がんばるんだぞ」

「あなた……」

黒井は、昭和四十八年一月に、マルヤ楽器から、クイーンレコードに移籍していた。レコードプロデューサーとして、作詞家を決める権限を持っていた。

麗子は、必死で書いた。

黒井に見せると、眉《まゆ》をしかめた。

「うーん……」

彼は、自分で書きなおし、麗子の作品として提出した。

ペンネームは、黒井が「上原薫」とつけてくれた。

「なにより、字のバランスがいい。男か女かわからないところも、ミステリアスでいいだろう」

六月に、「上原薫」の作詞家としてのデビュー曲「愛の渦の中で」が、発売された。

ただし、B面であった。

が、麗子の野心はそれでは満足できなかった。作曲家の田崎にいった。

「うれしいというより、B面じゃ意味がない。わたしのデビュー曲は、これじゃないわ」

麗子の心の中には、青柳ディレクターを見返してやる、という気持ちがいっそう強くなっていた。

そのためには、A面で、しかも大ヒットしなくてはいけないのだ。

黒井は、麗子の必死な姿を見て思った。

〈おれの持てるだけの力を貸して、麗子をビッグにしてみせる〉

黒井は、彼女を売り出すために、自分でも仕事の合間を見つけては詞を書き溜《た》めた。

昭和五十年の七月、親友である音楽出版社の「楽音」の北上正チーフ・プロデューサーに、頼んだ。

「上原薫という新人の女流作詞家がいるんだ。使ってもらえませんか」

黒井は、麗子と合作の詞と、自分だけで書いた詞をふくめて、三百数編を見せた。

北上プロデューサーは、その中から、とくに一編を選び出していった。

「これは、とくにいい。私小説めいたところがいい。素直なところもいい。女性にしか書けないものだ」

黒井は、面はゆかった。じつは、その「黄昏《たそがれ》どきは人恋しい」という詞は、全面的に黒井が書いたものであった。

「この詞は、本当はおれが書いたものなんですよ」

とはいえなかった。

その詞の出だしを、黒井は、

『暮れたはずなのに　まだ暮れない
黄昏どきは
暮れたはずなのに　まだ暮れない
黄昏どきは』

と繰り返したが、その「黄昏どきは」を「夕暮どき」のどちらにしようかと迷った。

そのとき、麗子に相談した。

「どちらがいいと思うかい」

麗子は、一瞬考えて答えた。

「わたしだと、『黄昏どき』にするわ」

黒井は、その一カ所を麗子に相談しただけで、他はすべて自分で書いた。

「黄昏どきは人恋しい」は、結婚のために引退の決まっていた西真由美が歌った。

昭和五十年暮れ、レコード・キング賞の根回しがおこなわれはじめた。

黒井は、麗子にいった。

「『黄昏どきは人恋しい』に、レコード・キング賞のうちの、どれかの賞を取らせてみせるぞ」

「ほんと……」

麗子は、黒井の首筋に手を回した。彼の頬に接吻《せっぷん》の雨を降らせながら、感謝した。

「あなた、ありがとう……」

黒井は、レコード・キング賞の関係者と話を詰めた。

レコード・キング賞に力を持つディレクターが、力強い口調で黒井にいった。

「西真由美の引退のはなむけに、歌唱賞がいいだろう」

西真由美は、五十年暮れ、レコード・キング賞歌唱賞に輝いた。

「上原薫」の名も、作詞界で知れわたった。

麗子は、レコード・キング賞の発表された夜、自分たちの部屋で、黒井とシャンペンで祝杯をあげた。

「これで、青柳ディレクターの鼻を明かすことができたわ！」

その夜、黒井にとくに激しく抱かれた。

「あなた、ありがとう……」

麗子は、それまで、黒井に抱かれていて燃えているとき、何度か、彼の自殺した妻の姿が浮かんできて苦しめられたことがあった。

が、この夜は、ふしぎなことに律子があらわれなかった。

「あなた……」

信じられないほど、花弁の奥から愛液があふれる。

麗子は、尻をゆすってもだえにもだえた。

黒井が、いった。

「今夜は、特に激しいな」

「わたし、うれしいの。二重のよろこびなの」

「二重の⁉　もうひとつは、何のよろこびだ」

「ふふ。秘密よ……」

麗子は、黒井のたくましいそれを深く喰《く》わえこみ、締めつけに締めつけ、よろこばせた。

締めつけながら、自分もたまらなく感じていた。

「あなた……あなたには、いくら感謝しても、しきれないわ……」

その夜を境に、自殺した彼の妻の姿が、ぷっつりと現われなくなった。

7

黒井は、麗子をさらに売り出すため、「週刊レディ」の編集長堀田光一のところに彼女を連れて行った。

黒井は、それまで堀田に情報提供しつづけていた。「週刊レディ」が若乃花（二代目・現間垣親方）の婚約をスクープしたのも、黒井の力に負っていた。

「二子山親方（現花田相談役）の娘、さち子と若乃花ができているよ。急がないと、先を越されちゃうよ」

という黒井の情報があってのことであった。

黒井は、「週刊レディ」の堀田編集長の部屋で、型どおりのあいさつをすませると、麗子を指差して訊いた。

「こちら、誰だかわかりますか」

堀田は、彼女をジッと見た。

彼女は、薄く曇ったサングラスをかけていた。

堀田は、しばらく考えていたが、ようやく思い出したようにいった。

「北川バレエ団にいた、桑原麗子じゃないですか！」

黒井は、得意そうにいった。

「その桑原麗子が、じつは、いま注目を浴びている作詞家の上原薫なんですよ」

「そうですか。桑原さんが北川バレエ団にいたとき、一度取材で会っている。正直いって、あのころは田舎っぽいところがあったが、いまは、頰が締まって、じつに美しく、女らしくなっている。すぐにはわからなかったが、ジッと見ていると、昔の顔を思い出してくるよ」

黒井が、身を乗り出すようにしていった。

「どうです。記事としていけるでしょう」

「女のサクセス・ストーリーとして、記事になる」

彼女の半生が、人間ドキュメントとして「週刊レディ」に四ページで載った。

彼女は、一躍スター扱いされるようになった。

その記事が出た後、黒井と麗子、それに堀田の三人が、赤坂のクラブで飲んだ。

彼女が化粧室に立ったとき、堀田が、黒井の耳に口をつけるようにして訊いた。

「麗子さんとは、プロデューサーと作詞家だけの仲じゃないだろう。こっちは、そうじゃないと思って記事を載せたんだから、はっきりさせといてくれよ。上原薫と黒井プロデューサーができている、って記事を載せなきゃいけなくなったら、困るだろう」

黒井は、長髪を搔《か》き上げ、苦笑いしながらいった。

「そんなこと、訊かないでくださいよ」

黒井は、そういって逃げた。が、まわりから、「おまえは、すばらしい女と深い仲なんだな」と見られているのが、うれしくてならなかった。

じつは、黒井は麗子にせがまれ、昭和四十八年の暮れに麗子の実家を訪ね、彼女の両親に、「麗子さんを妻にください」と頼んでいた。

が、麗子の両親も、黒井の両親も、おたがいにふたりの結婚には反対であった。

結局、昭和四十九年の初め、両家の者だけが集まり、ひそやかな結婚披露宴のようなものをおこなった。

が、黒井は、正式に結婚届は出していなかった。

作詞家「上原薫」の名はいっそう高まった。

一週間に一、二本の依頼が来るようになった。

黒井は、まず彼女に書かせた。

彼女も、見よう見真似で、少しずつうまくなっていた。

使いものにならない詞のときは、黒井がすべて書き直した。

が、世間的には、あくまで「上原薫」が仕事をしているととられていた。

彼女に作詞を依頼するプロデューサーとの打ち合わせに、黒井が出て行くわけにはいかない。仕事はしづらかった。

プロデューサーの望むコンセプト、たとえば歌手のイメージ、音域、発音などは、黒井が直接摑《つか》むわけにはいかなかった。とくに歌手がイメージチェンジする時期の曲に詞をつける作業は、しづらかった。

それでも、黒井の書いた堀ちえ子の「潮風と少女」と、中林明葉の「スローで走ろう」の二曲の印税で、二千万円入ることもある。彼女はますます売れっ子になっていった。

黒井は、彼女を励ました。

「おまえを、仕事を選べる作詞家にするからな。阿川悠のように絶対に売れるものしか書かず、年に数本のヒットを出せる作詞家にしてみせる」

黒井は、麗子が売れていくことはうれしかった。

が、彼女がそれに比例して家をあけることに悩みはじめた。

黒井は、親族だけの結婚披露宴をおこなう前に、彼女にひとつだけ条件を出していた。

「作詞は、家にいてできる。家をあけることは、許さないからな」

黒井は、「女は家にいるもの」という保守的な考えを根強く持っていた。

が、彼女はその約束を破り、帰宅時間もしだいに遅くなっていった。

午前三時、四時が普通になっていった。

飲まなかった酒も、飲みはじめた。

昭和五十三年の春、バスルームから出てパジャマに着替えていた彼女が、おかしなことに襟を立てていた。不自然である。

黒井は、不審に思った。

彼女の首筋を調べようとした。

彼女は、逃げた。

「麗子！」

黒井は、彼女の右腕を摑み、首筋に眼を走らせた。

〈やはり……〉

首筋の右側に、はっきりとキスマークがついているではないか。

黒井は、逆上した。

「麗子……相手は、誰だ」

「……………」

「いえ！　いわないと……」

黒井は、彼女を壁に押しつけた。

右手で、彼女の首をぐいぐいと絞めつけはじめた。

黒井は、逆上していた。

〈おまえに惚れ込んだために、女房も自殺した。おまえを作詞家として、身を削って育てたのに……〉

もしかしたら、このまま絞め殺すかもしれない。

彼女も、さすがにおびえたようであった。

「白状するわ、その手を離して……」

黒井は、ようやく、われにかえった。手を離した。

彼女は、血の気の失《う》せた顔で告白した。

「岸英雄さんです」

岸は、彫りの深い顔をしたアクション・スターであった。

彼女が北川バレエ団にいるとき、アクション・テレビドラマ「極悪ハンター」シリーズで共演したことがあった。

「どこで、キスをしたんだ」

黒井は、もう一度首を絞めそうな勢いで迫った。

「…………」

「いえ！」

「お酒を飲んだ勢いで……車の中で……」

「どのあたりだ」

「千鳥ヶ淵《ちどりふち》あたりで……」

「キスのあと、どこで泊まったんだ」

「………」

「いわないと、やつのところに怒鳴り込むぞ」

「……横浜グランドホテルで……」

黒井は、それから半年後、友人から耳打ちされた。

「おい、上原薫が、ながやま敬と怪しい関係になってるらしいぞ」

「ながやま敬と……」

ながやま敬は、売れっ子作詞家で、レコード・キング賞作詞賞を二度にもわたって受賞している。自ら作詞作曲し、自分で歌ったりもしている。女性に手の早いことは、有名であった。

黒井の友人が、詳しく説明した。

「ながやま敬が、酒の席で、自慢そうに話していたそうだよ。上原薫とエレベーターの中でキスをし、ふたりは、高輪プリンスホテルに泊まったそうだよ」

黒井は、麗子の男関係の噂《うわさ》が出るたびに、気も狂わんばかりになった。

麗子が外泊して帰らぬ夜など、ならべて敷いているふとんの花柄のカバーの彼女の枕を見ながら、もだえ狂った。

〈麗子……〉

妄想が、つぎつぎに浮かんでくる。

麗子が、岸英雄のアクションスターらしいたくましい浅黒い体に抱かれ、うっとりともだえている。

ふたりとも全裸でからみあい、シックスナインで楽しみあっている。

麗子が、岸の青筋を浮かべたペニスをおいしそうに口にふくんでしゃぶっている。

麗子の顔も、くっきりと浮かんでくる。

麗子は、たっぷりとしゃぶり終わると、口から離す。

濡れた舌で、ペニスの裏をぺろぺろとなめはじめる。

その舌のそよぎまで、くっきりと浮かぶ。

「麗子……」

黒井は、口に出して髪の毛をかきむしり、ふとんを転げまわる。

麗子の舌づかいにうっとりとした岸が、麗子に応えるかのように麗子の花弁を口にふくんだ。

「あぁ……」

麗子が、よろこびの声をあげ、つるつるする尻をゆする。

黒井が、最近見たこともない麗子のはしゃぎようである。

岸は、口にふくんだ花弁をおいしそうにむさぼりつづける。

黒井には、岸が花弁をむさぼる淫靡《いんび》な音まで、はっきりと聞こえてくるようだ。

黒井は、両耳をふさいで、ふとんを転げまわる。

「や、やめてくれぇ！」

麗子は、岸のいきり立つそれを舌でなめるだけでなく、うれしそうに頬ずりまでする。

そのうち、岸の顔が、作詞家のながやま敬に替わる。

ながやまが、長い髪の毛をかきあげるようにして、麗子の花弁を口にふくんでしゃぶる。

「ながやまさん……」

麗子も、ながやまのペニスの裏を濡れた舌でねっとりとなめる。

やがて、シックスナインを終えると、麗子がながやまの膝《ひざ》の上にまたがった。

麗子の尻が、ゆっくりおろされる。

尻の谷間にのぞく濡れた花弁に、ながやまのひと一倍大きいペニスが突き入った。

「あぁ……」

尻をくねらせ、もだえる。

麗子の両腕が、ながやまの首筋に巻きつく。

「麗子……」

「敬……」

おたがいに名を呼びあう。

黒井には、まるで目の前でそのからみあいがくりひろげられているように思われ、気が狂わんばかりである。

麗子を膝の上に乗せたながやまが、花弁を突きあげる。

「あぁ……」

麗子は、尻をうっとりとくねらせよろこぶ。

自分からも、尻を妖《あや》しくゆすりもだえる。

「敬、麗子、いきそうよ」

「麗子、おれも……」

ふたりは激しく抱きあい、狂おしくもだえ、ついにのぼりつめる。

黒井は、髪の毛をかきむしり、寝室の壁に頭をぶつけ、涙をあふれさせた。

「麗子……」

8

いっぽう麗子は、黒井への愛の気持ちをしだいに失っていった。

〈より、有名になりたい……〉

という野心の炎は、ますます燃えあがっていった。

嫉妬深く行動を規制しはじめた黒井が、煩わしくなりはじめた。

夜、彼に抱かれても、燃えなくなった。

いつの日か、小説も書きたい……という野心を抱いていた麗子は、ひそかに「私小説」を書いた。黒井との冷めた性を赤裸々に描いた。

小説ということで、かえって本当の思いを描くことができた。

『このまま不感症になってしまうのかな……。ぼんやり、千恵は思っている。

蒼《あお》ざめた部屋。ベッドの脇《わき》のフロア・スタンドからこぼれる、淡く気怠《けだる》い光。

ただひとつ、天井だけがゆらいで……夫の肩越しに見つめている白い世界。

千恵の上で、夫は躰《からだ》じゅうで喚《わめ》いている。

おれが嫌いか、おれのどこが悪い、何が嫌になった、たとえ嫌いでもこれは妻の務めだろう、何とかしろ、と。

何とかしろといわれても、できない。どうにもならない、これだけは。激しく突き上げられても、逆にたとえば優しく愛撫《あいぶ》されたとしても、千恵はいっそう冷めていく。

躰のなかの血液が、流れを止めたように。

頭では、はじめからわかっていた。今日もどうせエクスタシーを味わうことはない、と。

うしろめたさ、苛立《いらだ》ち、どうしてこんなことをしなくてはいけないんだろう。

急に振動が止まり、聞き慣れた、想《おも》いとは裏腹の、あくまでも穏やかな夫の声。

「どうした、よくないのか？」

訊かないでほしい。あなただってわかっているはずだ』

麗子は、家に出入りをはじめている清宮晴代という女性の占い師から、いわれていた。

「芸能界で仕事をするなら、女の武器を使わなきゃ駄目よ」

冷えきってしまった黒井のために行動を規制されるのが、ほとほと嫌になっていた。

〈それに、わたしは、正式には、妻としての籍は入っていないんだ〉

黒井は、昭和五十五年の暮れ、麗子が作曲家の大和一行とも浮気をしている、と教えられた。

大和は、ロックシンガーとしてデビューしたあと、作曲家に転身していた。阿川悠の事務所に入り、人脈をつくった。

その後、作曲家として数々のヒットを手がけただけでなく、レコード制作、歌手のデビューのプロデュース、作詞塾まで経営していた。

大和のマネジメントをしている者と親しい、黒井の友人がいった。

「午後七時から、明け方の四時までふたりきりでホテルの部屋に籠もっていたことを知った大和のマネジメントをしている男が、上原薫に注意したそうだよ。『黒井と夫婦なんだろう。いいかげんにしろよ』ってね」

黒井は、調査員に頼み、麗子の尾行をしてもらうことにした。

調査員は、半月後、何葉かの写真を持って来た。

「うまくいきました。証拠は、ここに……」

黒井は、写真を見た。

〈やはり……〉

暗がりに止めた車の中で、麗子が大和一行と接吻をしていた。やはり、車のなかで激しく抱き合っている写真もあった。

黒井は、その写真を受け取った。

が、麗子には、その写真はついに突きつけなかった。もし突きつければ、麗子は居直ってしまう。黒井は、麗子に未練があった。

黒井は、昭和五十六年三月二日、麗子を正式に入籍した。

入籍しておかないと、彼女に逃げて行かれそうで不安だった。

が、彼女を入籍しても、彼女を繋《つな》ぎ留める枷《かせ》にはならなかった。

麗子は、申し出た。

「また昔のように、踊りたくなったわ。ジャズダンスの教室に通うわ」

彼女は、ジャズダンスの教室に通いはじめた。

ついには、テレビ番組でダンスを踊るようになった。「ホリデー・レディーズ」の四人のメンバーのひとりに加わったのである。

「週刊レディ」が、華やかに取り上げた。

『売れっ子作詞家の上原薫が、なんとダンサーに！』

麗子は、週三日、午前中から夜の十二時までレッスンをつづけた。

それに、テレビ収録の本番が一日加わった。週四回も家をあけた。

黒井は、麗子に注意をうながした。

「二兎《にと》を追うものは、一兎も得ずだ。スポットライトは、もう二度と浴びたくはない。そういっていたのは、おまえではないか」

麗子は、聞き入れなかった。

彼女は、昭和五十一年頃から夕食の支度をおろそかにするようになっていたが、ついに夕食はつくらなくなった。

黒井が、かわりに食事の用意をしはじめた。

五十三年から長男の一郎が中学に上がり、麗子のことをそれまでの「おねえちゃま」から「おかあさん」と呼ぶようになっていた。

黒井は、思春期に入る一郎のためにも、麗子に家にいてほしかった。

が、彼女は外の世界に羽ばたくことばかり考えていた。

昭和五十九年には、麗子は、青山に「上原薫ジャズダンス教室」を開いた。

週三回、レッスンに出かけた。

黒井は、止めた。

「上原薫は、まだ作詞家として一流ではない。それに、ダンサー桑原麗子は過去のものだ。いまでは、誰も知りはしない」

麗子は、反駁《はんばく》した。

「あなたは、元宣伝マンでしょう。文句をいう暇があったら、宣伝の仕方を教えてよ」

黒井は、結局、「上原薫ジャズダンス教室」のチラシを近所に撒《ま》く手伝いをした。

彼は、五十六年十二月にクイーンレコードを退職し、自分で「スフィンクス・ミュージック・コープ」を設立していた。

マンションの自分の部屋を事務所にし、従業員も三人しかいなかった。

収入は、それまでと完全に逆転していた。麗子のほうが、上になっていた。

昭和六十年の夏、黒井は、麗子の出かけた留守に、彼女の持ち物を調べた。

〈かならず、男の影が見つかるはずだ〉

鏡台の引き出しの奥から、「お浄め願い」が出て来た。「お浄め願い」は、一種の願かけである。

麗子は、占い師清宮晴代にいっそうの傾倒を見せていた。

清宮晴代が、「名前を変えたほうがいい」というので、彼女は「珠子」と名前を変えた。

黒井も、いっしょに名前を変えさせられ、「隆造」としていた。

「お浄め願い」も、清宮晴代を通じて教えられたものであった。

黒井は、「お浄め願い」を開いてみた。

そこには、彼女の文字で願いが書かれていた。

『深海信一郎と、結ばれたい』

深海は、バイクのロードレース・ライセンスを持ち、ハーレーダヴィッドソンＳＬＡ１２００を駆る元暴走族の肩書きで、暴走族物の映画に出演していた。

甘い二枚目ぶりと、同居する凶暴性が売りものであった。

麗子は、深海の歌の作詞をしたことがある。

黒井は、「お浄め願い」を見たことを麗子にはいわなかった。

彼女が熱心に信仰している宗教のことだ。もしそれを内緒で見たと彼女が知ると、ヒステリックに怒り狂うことは眼に見えていた。

黒井は、沈んだ気持ちで思った。

〈麗子の気持ちが、もう、二度とおれにもどって来ることはあるまい……〉

9

麗子は、ハーレーダヴィッドソンＳＬＡ１２００を駆る深海の体に後ろの荷台から抱きつき、長い髪の毛をなびかせていた。

「深海さん、うれしいわ。わたし、一度、こんなにしてオートバイに乗ってみたかったの」

走りに走ったあと、横浜あたりのモーテルに入った。

モーテルに入ると、深海は、獣と化した。

荒々しく彼女の虎革のミニスカートをたくしあげた。

パンティストッキングを、破り脱がした。

パンティストッキングが破れる音に、麗子は、異様な刺激をおぼえていた。

これまで、どの男からも優しく抱かれてきた。

一度でいい、このように荒々しく犯されるように抱かれてみたかったのである。

オートバイに乗せられ、疾駆してきたあとゆえ、よけいに神経がたかぶっていた。

刺激的なことがしたかった。

深海は、彼女の穿いている真っ赤なパンティまで破り脱がせた。

丸いベッドに腹這わせ、剝《む》き出た尻に軽く嚙みついた。

「あぁン」

嚙まれるのも、初めてであった。

尻をゆすり、いった。

「もっと強く嚙んで。信一郎の歯形をつけて……」

深海は、いった。

「おいおい、亭主に見つかると、大変だぞ」

「いいの。見つかれば見つかったときのことよ。そのときは、わたし居直るわ」

かつて、アクションスター岸英雄にキスマークをつけられ黒井に咎《とが》められおびえたときの麗子ではなかった。

「女は、強いな」

彼女は、ふと、自殺した黒井の妻律子の遺書の文句を思い出した。

「あなたは、たくましい人です。強い人です」

深海が、いった。

「どう、居直るんだ」

「大好きな深海信一郎さんの歯形です。それが、どうしたの？　わたしたち、別れましょう。そういうわ」

「未練は、ないのかい」

「あのひとに束縛されるのが、もう嫌なの」

深海は、白いつるつる光る彼女の尻をおもいきり嚙んだ。

歯形が、くっきりとついた。

麗子は、天井の鏡を見上げた。

鏡に映る白い尻の右の谷間には、くっきりと赤い歯形がついていた。

「うれしいわ。もうひとつ、今度は左につけて……」

深海は、左の尻の谷間を嚙んだ。

「あぁ……」

麗子は、うっとりとした声をあげよろこんだ。

深海は、尻の谷間を押しひろげ、ぽっかりとひらく花弁を口にくわえこんだ。

「あぅぅ……」

麗子は、尻をゆすり、うっとりともだえる。

深海は、花弁を口にふくみ、淫猥《いんわい》な音を立ててしゃぶった。

「あぁン……」

麗子は、いっそう尻をゆすってもだえよろこぶ。

深海は、やがて、たくましいそれで、まるで犬が交尾するように麗子の背後から突きかかってきた。

麗子は、濡れに濡れていた。

一気に奥の奥まで突き入った。

「あぁ……信一郎さん……」

麗子は、全身が貫かれるほどの激しいよろこびにふるえていた。

深海は、雄々しく突きつづける。

麗子は、全身を汗ばませ、嬉々《きき》としてせがんだ。

「信一郎さん、突いて。もっと突いて、突き殺すほど突いて……」

昭和六十年の暮れ、麗子は、音楽出版社「楽音」に出かけた。

ふたりの印税収入は、ふたつの口座に分けて振り込まれていた。

「楽音」が版権を持つ詞の印税収入は、黒井名義の口座に、「楽音」以外の名義の印税は、麗子名義の口座に、と分けて振り込んでいた。

麗子は、黒井に無断で彼の実印と通帳を持ち出し、今後は、「楽音」の印税収入も自分名義の口座に振り込まれるよう手続きをしてしまった。

麗子は、はっきりと離婚を決めていた。清宮晴代からいわれていたのである。

「女の芸能人は、離婚したほうが、芸人としてのびるのよ。生駒よね子さんともつき合いがあるけど、彼女だって、離婚するたびに、ひと回りもふた回りも大きくなっていくでしょう」

黒井は、「楽音」から麗子のしたことを知らされると、顔をゆがめてなじった。

「金を返せとはいわない。が、黙って実印まで持ち出すのは、ひどいではないか」

麗子は、平然といい放った。

「わたしは、いままで、我慢して抱かれてきてあげていたじゃないの」

その直後の十二月十七日、黒井と麗子は、ついに離婚した。

麗子は、一日でも早く黒井と別れたかった。

荷物を黒井の部屋に置いたまま、八十メートルしか離れていないメトロポリスマンションの九〇七号室に移った。

十二月二十六日、おたがいの両親立ち会いのもとで、麗子の荷物がメトロポリスマンションに運ばれた。

ふたりは、完全に別れて住むようになった。

しかし、黒井の麗子への執拗《しつよう》な嫌がらせがつづいた。

麗子が外出して帰り、録音電話を聞いた。

電話からは、

『あなたは、深海信一郎と寝たがっている』

という声が流れて来た。

それも、音声を変えるハーモナイザー装置を通して録音し、電話口から流してきたものであった。

黒井のやっていることにちがいない、と思った。

〈蛇のように陰湿な男だわ……〉

麗子は、メトロポリスマンション一階の駐車場に、白色のコロナを置いていた。

その車体に、刃物で傷つけられていることがあった。

〈黒井の仕業ね……〉

つぎに、車のタイヤがパンクさせられていた。

麗子は、黒井が自分の体を傷つけることを予告しているように思われ、背筋に寒いものが走った。

彼女は、親しい友人におびえた表情で訴えた。

「わたしが殺されるときは、きっと刃物で殺されるわ……」

麗子は、所轄の大崎警察署に行き、黒井にいたずらをされていることを訴えた。

署員が、忠告した。

「別れた亭主と会わないためにも、うんと遠くへ引っ越したほうがいいよ」

「ええ……」

彼女は思っていた。

〈どこに引っ越しても、黒井は、かならず捜し出すわ。それより、眼の届く範囲にいたほうが、感情的にならなくていいわ〉

それに、麗子は、マルチーズの雄で真っ白い老犬と、白と濃い鼠《ねずみ》色の混じったシーズーの雄犬の二匹を飼っていた。犬を飼えるマンションは、なかなか見つからなかった。

署員は、苦りきった表情でいった。

「電話番号と、部屋の鍵《かぎ》だけは、すぐにでも替えなさい」

麗子は、署員のいうとおり、電話番号と部屋の鍵だけは替えた。

しかし、黒井のそばにいたほうがいい、という麗子の考えは裏目に出た。

黒井は、麗子が近所に住んで眼の前をちらちらされることで、よけいに憎しみの気持ちをつのらせていった。

普通の人間は、相手を憎いという気持ちと、憎んでも仕方がない、という気持ちとのバランスが取れている。それゆえに、憎らしいと思う相手に会っても、喧嘩《けんか》をしかけない。

ところが、相手が絶えずそばにいると、時の経過によって憎しみが薄れるはずのものが、逆に、時間が経《た》てば経つほど、憎しみが強くなっていく。結婚している間我慢していた憎しみまでも、いっしょに噴き出して来る。

10

昭和六十三年三月二日、黒井は、近所のファミリーレストランで、家族たちがそろって食事をしている光景を目撃した。

彼は、あまりにも幸せそうなその姿を見ると、麗子への憎しみが、あらためて込みあげて来た。

〈あの女が、おれの幸せを、すべてぶち壊したんだ〉

麗子と、離婚後も、何度も近所で顔を合わせていた。

麗子は、そのたびに、ぷい、とそっぽを向いてしまった。会釈すら交わそうとしない。

ひどいときには、黒井の姿を見ると、近くのマンションに逃げ込み、身を隠すことすらあった。

黒井は、ファミリーレストランから、麗子の部屋に電話を入れた。彼女の新しい電話番号は、彼女の仕事仲間に電話を入れ調べていた。

「麗子」

黒井がそういい、名乗ろうとすると、

「いいかげんにして！」

というヒステリックな声がし、切れた。

黒井は、このとき、はっきりと決めた。

〈麗子への執着を断ち切るには、殺すしかない……〉

その夜、麗子の部屋に、五木美子から電話が入った。

かつての「北川バレエ団」の仲間のうち、いまでも親しくつき合っていたのは、五木美子だけである。

美子はいった。

「明日から、イタリアに行ってくるから」

麗子は、羨《うらや》ましそうにいった。

「いいわね。わたしも、行きたいな……でも、仕事もあるし、犬もいるしね。わたしがいないと、御飯、食べないの」

そして、溜息まじりにいった。

「なんだかんだいっても、美子ちゃんは、幸せよね」

それまで、けっして愚痴をいわなかった麗子が、はじめて愚痴のようなことをいった。

「どうして？」

と美子が訊きかえすと、麗子はいった。

「美子ちゃんは、自分の子供がいるじゃないの。あなたも、確かに離婚したけど、ちゃんと自分の子供がいるというのは、すごいことよね」

麗子は、人を羨むことを絶対にいわない性格であったが、はじめて美子にそういった。

美子は、なんとなく嫌な予感がして訊いた。

「麗子ちゃんらしくなく、ずいぶんと弱気じゃない」

麗子は、淋しそうに答えた。

「うん。いろいろあるしね……」

昭和六十三年三月五日の午後四時五十分過ぎ、黒井は、ショルダーバッグに牛刀を一本入れた。

黒井は、胃腸が弱く、アロエを刻んで酒に漬けて飲んでいた。そのアロエを切るときに使うものであった。

折畳み式登山ナイフも、一本入れた。

釣りの好きだった黒井が、冬場の多摩川で、火を起こすとき、近くの枝を切るために使っていたものである。

メトロポリスマンション一階の駐車場に、白のコロナが駐車しているかどうか確認した。

コロナは、あった。

黒井は、エレベーターで、麗子の部屋のある九階に昇った。

が、麗子が部屋にいるかどうか自信が持てず、エレベーターで一階にもどった。

黒井は、ふたたびエレベーターに乗り込んだ。九階に昇った。

彼女の住んでいる九〇七号室の前に、新聞の勧誘員がいた。

「うちは、結構です」

と突慳貪《つっけんどん》にいう麗子の声が聞こえて来た。

が、黒井は、麗子を殺すことにためらいをおぼえた。

またエレベーターで一階に降りた。

彼女をこれほど憎みながら、なお、彼女を愛していた。未練があった。

〈おれが、作詞家としても売り出してやったのに……おれを必要としなくなると……〉

黒井は、いまを逃しては永遠に麗子を殺せない、と思った。
エレベーターで、また九階に上がった。
九階で降り、九〇七号室の前に立った。
階下から風が吹き上がる。子供の泣き声のような悲しい音を立てた。
玄関の右隣にある風呂場の窓ガラスを、右手で思いきり叩《たた》き割った。
右手が切れ、血が出た。
が、興奮していて痛さはわからなかった。
割れた窓ガラスから、ぬっと頭を入れ、浴室内に侵入した。
ダイニングキッチンに入った。
「きゃあ！」
黒井の殺気だった顔を見ると、麗子は顔を引きつらせた。
彼女は、懇願した。
「黒井さん、話せばわかるわ。わたしが悪かったから……」
黒井は、麗子を無視して、ショルダーバッグから登山ナイフを取り出した。
刃の背を上にして右手でしっかりと握った。

腰のあたりに構えながら、後退《あとずさ》りする麗子にジリジリと近づいて行った。

ナイフを、力いっぱい突き出した。

「やめなさい！」

麗子は、おびえた声を上げた。

ナイフを、もうひと突きした。

麗子は、黒井のナイフを奪おうと、必死に組みついてきた。

彼女は、すさまじい力で登山ナイフを奪い取った。

が、黒井は、バッグから、今度は牛刀を取り出した。

「いやだ……」

麗子は、やりきれない声を出し、ベランダに後退りした。

黒井は、刃を上にして右手で掴み、彼女を追い詰めた。

「やめて……」

彼女は、哀願した。

「もう、遅い……」

黒井は、彼女の顔面めがけ、切りつけた。

彼女の右のこめかみから顎《あご》にかけて、ざっくりと割れた。顔が血みどろになった。

「いやだ……」

彼女は、泣き声を出した。
ズブリと、彼女の腹を刺した。
〈もう、何もかも、遅いんだ……〉
黒井は、自分でも何をしているのかわからなくなった。
「よくも……」
と叫びながら、狂ったように彼女をメッタ刺しにした。
刺しても刺しても、彼女への未練は断ち切れそうになかった。
〈麗子……〉
彼女の血は、階下のベランダにまで滴り落ち、干してあった布団を真っ赤に染めた。
「よくも、よくも……」
すでに息絶えた彼女の体を、刺しに刺しつづけた。
黒井は、いつの間にか、彼女の体を三十九カ所も刺していた。
それでも、なお彼女への未練が断ち切れなかったのである。

名古屋美人妻絞殺

1

砂原一夫《すなはらかずお》は、名古屋《なごや》市中区《なか》錦《にしき》三丁目、通称「錦三《きんさん》」にあるキャバレー「サファイア」に入った。

「錦三」は、中区栄《さかえ》町、通称「栄」とならぶ繁華街である。

平成六年四月初めの霧の深い夜である。

奥のボックス席にすわると、マネージャーが訊《き》いてきた。

「御指名の子は?」

「別におらんが、背のすらりとした美人がええでよ」

「わかりました」

すぐにホステスがやってきた。

砂原は、そのホステスを見るや。一瞬見惚《みほ》れた。

〈このようなキャバレーには不似合いな、美しさでよォ〉

砂原好みで、背がすらりと高く、化粧映《ば》えのする派手な顔つきであった。なにより、あたりを圧する華やかさがある。

砂原は、彼女の胸のネームプレートを見た。「由紀子《ゆきこ》」とある。

砂原は、思わず口にした。

「色が白いから、おなじゆきこでも、富士山の上に降る雪の雪子にしたらどうだわ」

「お客さん、口がお上手なのね。ありがとう」

砂原は、由紀子にひと目惚れしてしまった。

カンバンになるまでいて、彼女にささやいた。

「どや、カンバンのあと、鮨《すし》でも食いに行こうでよ」

彼女は、やさしく微笑《ほほえ》みながらも、断わった。

「すみません。わたし、早く帰らなくてはいけませんので……」

家に男が待っているのか。それとも、離婚していて子供が待っているのか。

砂原は、この夜はそれ以上執拗《しつよう》には迫らなかった。

それほどいい女でなければ、強引に迫り、断わられてももともとだが、ひと目惚れしてしまったのだ。強引に迫って嫌われては元も子もなくなる。

砂原は、ムッとはしなかった。

つとめて笑顔になった。

「では、昼に会おう。同伴出勤しようで」

彼女は、細く長くつりあがり気味に引かれている眉根をしかめた。

「ありがとう。でも、昼間は仕事があるので、無理なんです」

「どんな仕事やっとるでよ」

「ビューティー化粧品の訪問販売をしているの」

「あんたのように綺麗になれるんなら……と女性《おんな》のひとは、買うやろのォ」

「砂原さんて、お世辞が上手なのね」

砂原は、翌日も「サファイア」に顔を出した。

由紀子の顔が、明るく輝いた。

「あら、ほんとうにまたお見えになったのね」

「おれは、嘘はいわんでよ」

「うれしいわ」

彼女は、砂原の右手を初めて優しくにぎってきた。なんともいえないなまめかしい湿り気をおびている。

砂原は、それだけでゾクゾクした。

彼女は、砂原の耳元でささやいた。

「砂原さんて、優男《やさ》やから、もてはるでしょう」

「いや……」

砂原は、あえて否定はしなかった。

「いくらもてても、自分がたいした女やない、とおもう女が相手やと、意味がないでよ。あんたのような高嶺《たかね》の花を狙《ねら》って恋がかなってこそ、もてるというもんだわ」

「ほんと、お上手なのね」

彼女は、砂原の手を強く妖しくにぎりしめてきた。

砂原は、それから毎日「サファイア」に通いつめた。

が、彼女を口説《くど》き落とすことはなかなかできなかった。

由紀子に初めて会ってから半月後の昼、彼女の仕事中に会って食事をし、そのあとラブホテルで彼女をようやく抱くことができた。

キャバレーで見る彼女も色はぬけるように白いが、ホテルでスリップ姿になった彼女の肌は、まばゆいほどに白い。紫色のスリップゆえに、よけいに色の白さが引き立つ。

砂原は、つい口にした。

「透《す》き通るような肌というのがあるらしいが、しかも、むっちりとしていてなんともおいしそうな肉づきだわ」

砂原の眼には、ゆたかな乳房の真ん中に乳首が咲いているようだ。乳首は、大き目であった。あわいピンクの色に萌《も》えている。

砂原は全裸になり、彼女の乳首をかわいがりにかかった。

砂原は、ざらざらした舌を突き出し、乳首をなめあげた。

自分がまるで犬で、飼い主の貴婦人をなめているように感じられた。

「あぁ……」

彼女は、身をよじり声をあげる。

舌は、不思議なほど動く。乳首をなめつづけた。

「あぁぁ……」

彼女の身のくねりは、よけいに激しくなる。

白いふとももを、すりあわせる。

砂原は、乳首を口にふくんだ。

「あぁン……」

彼女は、なんともたまらなそうな声をあげる。

砂原は、乳首を丹念に吸う。

「あぁ……」

砂原は、彼女のふとももに右手を這《は》わせ、パンティのふくらみにふれた。

ドキリとした。

濡《ぬ》れに濡れているらしく、指の先がジットリと湿《しめ》る。

「いや、いや……」

彼女は、甘ったるい声でいや、いや……をくり返す。抱きあっているとき、いや、というのは、いい、いい……ということくらいは砂原にもわかっている。

砂原は、乳首を吸いながら、パンティのふくらみの下から上へと撫《な》であげる。

人差指の湿りが、ますます濡れてくる。

彼女は、尻をくねらせ、上ずった声を出す。

「いやよ、いや……わたしを軽蔑《けいべつ》しないでね……」

砂原は、パンティのふくらみの右側から、人差指をしのばせた。

人差指に、花弁がふれた。しとどに濡れている。

愛液は実際には熱くはないのだが、指にはひどく熱く感じられる。

花弁の奥に、グイと突き入れた。

「あぁンッ！」

彼女は、隣りの部屋にまで聞こえはすまいか、と思われるほどの大きな声をあげた。

肉襞が、いっせいに人差指に襲いかかり吸いついてくる。

砂原は、ワクワクした。

〈おれのナマを突き入れ、こんなに締めつけられては、何分ともたないかもしれんでよ〉

砂原は、彼女のよろこびもだえる顔を見ながら指をくねらせた。

「あぁぁ……」

彼女の紅いルージュに濡れる唇は、妖しくわななく。

その唇のわななきを見ていると、砂原は、いっそうゾクゾクしてきた。

〈まるでヒルのようや。この唇と舌でおれのペニスをペロペロされると、たまらんでよ……〉

砂原は、やがて、パンティを左に寄せ、花弁をあらわにした。

「いや、いやよ。そんなに見ないでください……」

花びらの部分は紅《あか》みが強い。しかし、奥のあたりはあざやかなピンクの色に萌えている。

愛液があふれ、早く……とせがんでいるように映った。

砂原は、この日、彼女と抱きあって、いっそう彼女の虜《とりこ》になった。

2

砂原一夫は、昭和三十一年十月二十二日、名古屋市中川区《なかがわ》に生まれた。

地元の小学校、中学校を卒業して、工業高校に進学したが、やがて中退、配送車の助手として働き出した。

社会人になったことで、酒、煙草《たばこ》、ギャンブルをおぼえた。

中肉中背で優男の砂原は、女性にはもてるタイプであった。

配送助手の仕事は、給料の安さに不満を持ち一年足らずで退職した。

その次に、飲食店の従業員となった。

ひとつの店に長続きする砂原ではなかった。ささいなことで他の従業員や店主と喧嘩しては店を移った。

名古屋市内のラーメン屋、定食屋、中華料理店、うどん屋を転々とした。

砂原は、昭和五十四年に中堅クラスの消費者金融、いわゆるサラ金に就職した。

勤務態度は真面目で、先輩の社員とともに取り立てにも出向いた。

砂原は、このころから栄や錦三にあるスナックやキャバレー、クラブに出入りするようになった。

錦三のスナックで、ホステスをしている燈子《とうこ》と知り合った。砂原の最初の妻である。

燈子は小柄でスリム。眼がぱっちりとした美人であった。年は砂原と同じ二十三歳であった。

砂原は気に入った女性には気前よく金を使う。スナックに連日通い、燈子にプレゼント攻勢をかけた。

気前がよく、優男の砂原に燈子もしだいに魅かれていくようになり、二カ月後に入籍した。

砂原は結婚当初は燈子に優しかった。

が、嫉妬深い一面が出はじめた。

燈子は結婚後もホステスを続けていた。当然帰りが遅くなる。だが、砂原はそのことをなじった。

「どえりゃあ遅いで。店終わってから客とどっかに行ったんやな」

燈子はいい返した。

「団体さんがいて忙しかっただけよ。お店からまっすぐ帰ってきたわ」

が、砂原は納得しない。ぶつぶつといつまでも不満を口にした。

そういうことが、何度か重なった。

燈子は砂原が不平をいうのに嫌気がさし、店を辞めた。

砂原の嫉妬はおさまった。

が、今度は砂原が家に帰らない。遅くまで飲み歩き、週末にはギャンブルに精を出した。

燈子が文句をいうと、知らぬ顔をしていた。酒が入っているときには暴力をふるうこともあった。

燈子は、ついに家を飛び出した。

そして、そのまま離婚した。結婚生活は二年ともたなかった。

離婚後はしょげていた砂原であったが、ひと月もたつと錦三にある店をはしごして飲み歩くようになった。

当然、勤務態度も最悪である。

欠勤こそないが、遅刻の常習犯であった。昇進はもちろん、昇給もほとんどなし。砂原は、支払いの悪い客の担当専門となった。回収がうまくいかないと上司に叱責《しっせき》される。

その憂《う》さを晴らすために、夜になると飲み歩くという悪循環に陥《おちい》った。

昭和六十一年、栄にあるクラブのホステスの直美《なおみ》と知り合った。砂原の二番目の妻である。

直美はどことなく燈子と似ていた。背は普通で、やはりスリムな美人であった。年は三十歳の砂原より五歳年下の二十五歳であった。

砂原は燈子のときと同じようにプレゼント攻勢をかけた。

同伴出勤につきあい、店がひけてから鮨や焼肉を気前よくご馳走した。

この時期、砂原の勤務態度は真面目であった。

上司が、おどろいた。

「どうした。最近えらいがんばっとるようやな。昇進したいという気が出てきたんか」

砂原ははにかむような笑顔を見せた。

質問には答えずに、黙って頭を下げた。

上司には何もいわなかった砂原であったが、同僚にはもらしていた。

「わしも三十やからな。落ち着こうと思ってるとこや」

同僚は砂原にいった。

「結婚するんか。やめとき、やめとき」

砂原は、ムッとした。

「どうせバツニになるいうんか。前のときは若かったからや。同じまちがいはせんわ」

同僚は首をすくめた。

「まあ、あんたが落ち着いた家庭を持って、仕事もバリバリやるいうんなら絶対に反対とはいわんが……」

この年の暮れ、砂原は直美と入籍した。

結婚当初は、砂原はそれまでとは人が変わったように仕事に励んだ。直美はホステスを辞め、専業主婦に徹した。順調な新婚生活が続くかと思われたが、それも半年と続かなかった。

砂原のギャンブル病が、またもや頭をもたげてきたのである。

競艇、競馬、競輪に眼がなかった。

週末の中央競馬はもちろん、平日の競艇、競輪まで手を広げはじめた。

直美は、ギャンブルが大嫌いであった。

砂原に強く訴えた。

「あんた。ギャンブルは止めて。平日までギャンブルして、生活費はどうなるの」

砂原は、煙たそうに答えた。

「勝つから心配すんな」

態度があらたまらない砂原に見切りをつけたのか、直美は友人宅に家出した。

さすがに砂原もおどろいて、すぐに友人宅に直美を迎えに行った。

そのときは、頭を下げた。

「すまん。ギャンブルは止めるからもどってきてくれ」

しばらくは、ギャンブルを止めていた。

が、長続きはしない。ひと月もたたないうちにねだるようにいった。

「なあ、週末の中央競馬だけはええやろ。楽しみやから頼む」

直美は、しぶしぶ承知した。

「競馬だけよ」

ところが、また平日のギャンブルをはじめるようになった。生活費も入れない。

直美は、ホステス時代の貯金を切りくずして生活費に充《あ》てた。

直美は、またも友人宅に逃げこんだ。

このときも砂原は、直美に平身低頭してなんとか家にもどってもらった。

そういうことが三度、四度とつづいた。

あきれはてた友人が、直美に忠告した。

「あなたの旦那のギャンブル好きは、もうなおらないんとちがうの。別れたほうがええよ」

砂原は、会社の同僚や後輩に借金をしていた。一回につき二、三万円なので、みんな仕方なしに貸していた。が、同僚の中には何度も無心され、二、三十万円貸している者もいた。

先輩社員がそれを見咎《みとが》めた。砂原に注意した。

「おいおい、砂原よ。わしらサラ金業者やで。同僚から金を借りるのは、まずいのとちがうか。おまえ、まさか他のサラ金から金を借りてるのとちがうやろな」

砂原は、あわてて首を横に振った。

「借りてませんよ」

「それならええが。とにかく、きっちりと清算せえよ」

「わかってます」

砂原と直美の結婚生活は、三年でピリオドが打たれた。

砂原はまたしても、しばらくはふぬけたようになっていた。錦三や栄のクラブやスナックを飲み歩くぐうたら社員にもどった。

その砂原にとって、由紀子は、自分をよみがえらせてくれる天使に映った。

3

田村《たむら》由紀子は、昭和四十四年二月四日、名古屋市東《ひがし》区に生まれた。

地元の小学校、中学校を卒業後、地元の公立高校に進学した。

高校生のときから、美人なことで噂になっていた。

ラブレターもたくさんもらった。

明るくてリーダーシップに秀《ひい》でていた。同世代の女の子より大人びていて、お姉さん的な存在であった。

由紀子には、高校時代からボーイフレンドがいた。それが最初の夫となる関孝生《せきたかお》であった。

由紀子と関は、同級生であった。

関はガッチリとしたスポーツマンタイプでなかなかの二枚目であった。美男美女のカップルとして、校内でも有名であった。

平成元年二月、ふたりは結婚をした。二十歳のときである。

翌年、長男の薫一《こういち》が生まれた。

が、関と由紀子の生活感が長男の誕生を機にズレはじめた。

関は、専業主婦として由紀子に子供と家庭を守ってもらいたかった。

が、由紀子は、育児も大事だが働きたいと望んだ。

平成三年十月、ふたりは協議離婚した。

長男の薫一は由紀子が引き取り、関は月々養育費を支払うことで話し合いはまとまった。

由紀子は昼間は薫一を両親にあずけ、自分は働きに出ることに決めた。

きっかけは、ビューティー化粧品のセールスレディーにビューティー化粧品をすすめられたことである。

ビューティー化粧品は、由紀子にぴったりと合った。

そのとき、ふとおもった。

〈わたしも、この化粧品の訪問販売をしてみたい〉

離婚を機会に、思い切って訪問販売員になったのである。

由紀子はセールスに向いていた。天職ともいえた。

やわらかい物言いではあるが、はっきりとした口調で話す。相手に自分のパワーを感じさせる天性のものがあった。

由紀子は、お客さんの女性の眼を見ながら説明する。

「わたし自身、この化粧品を使う前はカサカサの肌だったんですよ。素肌に自然というのが、この化粧品の特長なんです」

メークアップ前には、客の要望を詳細に訊く。

由紀子は、微笑みながら胸を叩く。

「そのとおりにするから、楽しみにしててね」

一年目の新人ながら三十人いるセールスレディーのトップ5の売り上げをあげた。

バイタリティーがある由紀子は、週に三回、錦三にあるスナックでホステスのアルバイトをするようになった。

客あしらいがうまく、美貌である。彼女を目当ての客が増えた。

由紀子は、ひとつの店に数カ月いると、より時給の高い店へと移って行った。

どの店のオーナーやママも、由紀子が店を移るというと説得にかかった。が、由紀子はやんわりと断わった。

「わたしには子供がいますので、早くお金を貯めなければいけないんです。マンションか家を、持ちたい。そうすれば子供とふたりで住んで、ローンの返済の目処《めど》がたてば昼間の仕事だけにしたい」

平成六年四月に入り、由紀子は錦三にあるキャバレー「サファイア」のホステスのアルバイトに入った。

そこに、砂原があらわれたのであった。

砂原は、由紀子を初めて抱いた三日後の昼、彼女と会った。

砂原は、しゃぶしゃぶを食べながらさり気なくいった。

「あんたと、結婚したい」

彼女は、複雑な表情になった。

「じつは、わたし、バツイチで子供がいるの。店が終わると、子供に早く会いたいの。ですから、カンバンになってからの夜の食事も断わってきたでしょう。それに、こうして昼間の仕事もあるでしょう。深いおつきあいはできないの」

砂原には、それでも彼女があきらめきれなかった。

次に「サファイア」に顔を出したとき、彼女の耳元に口をつけて迫った。

「じつは、わしは、バツニや。性格の不一致もあったし、若かったこともある。それに子供ができなかったことも、離婚の原因のひとつや。わしは、子供が好きや。あんたの子供も、絶対に好きになる。だから、結婚を考えてくれ……」

砂原は、離婚が自分のギャンブルと暴力によることが原因であることは、隠した。

ひたすら子供好きであるとアピールした。

彼女は、砂原が子供好きだといった言葉に、グラリと気持ちが傾いた。

〈一度、薫一を、このひとに会わせてみよう。薫一がいいというのなら、このひととおつきあいしても……〉

平成六年の五月連休中、由紀子は、幼稚園の年少組に通うひとり息子の薫一を、サラ金会社に勤める砂原一夫に会わせることにした。

場所は、名古屋市港《みなと》区港町にある名古屋水族館。三角形と球形の建物が、印象的であった。日本、深海、赤道の海、オーストラリア、南極の海と五つの水域に住んでいる生きものを紹介している。

薫一は、実際にこの水族館で産卵し、孵《ふ》化《か》したウミガメの親子を熱心に見入った。ペンギンのいる水槽では本物の雪が降り、手を叩いてよろこんだ。

さらに、珊瑚礁の海に熱帯の魚が泳ぐ水中トンネルでは、眼を丸くしてはしゃいだ。

遅い昼食を終えると、今度は子供の足でも歩いて十分もかからないところにある遊園地「シートレインランド」で遊んだ。

高さ八十五メートルの大観覧車に乗り、マイナス三〇度の極寒を体験できるアイスワールドも入った。

陽が暮れて、遊び疲れた薫一は、砂原の背中に背負われて眠ってしまった。

由紀子が、砂原に微笑んだ。

「砂原さん、ありがとう。薫一がはしゃぐのを、久しぶりに見たわ」

砂原が、笑顔で答えた。

「なんも。今度の休みも、薫一君といっしょにどっかに行こうでよ。そうや、ドライブがええわ」

それからというもの、日曜日のたびに砂原、由紀子、薫一の三人のデートがつづいた。

六月のある日、由紀子は薫一に思い切って訊いた。

「薫一、砂原のおじちゃんのこと、どうおもってるの」

薫一は、しばらく考えた。

「ぼく、砂原のおじちゃん好きや」

由紀子は、重ねて訊いた。

「もし、砂原のおじちゃんがお父さんになってくれる、といったら」

薫一は、笑顔を見せた。

「ぼく、うれしいわ」

砂原と由紀子は、六月の吉日を選んで入籍した。

おたがい再々婚と再婚である。派手な披露宴は望むべくもなかった。ごく内輪のパーティーを、名古屋市内のホテルの一室でおこなった。

砂原は、結婚してまもない七月早々、勤めていた消費者金融会社に辞表を提出した。

上司が、いぶかしんだ。

「急に、どうしたんだわ」

砂原は、きっぱりといいはなった。

「やっぱり、わしはこの仕事に向いとらんでよ。別の仕事につこうかと思うとるんだわ」

上司は、なるほどという顔をした。

「おみゃあさんがそういうなら、好きなようにすりゃええが」

上司は内心、ほっとしたようであった。勤務態度の悪い砂原が自分から辞めるといってきたのである。

砂原が、打ち明けた。

「じつは、結婚したいうのは、甥《おい》っ子ではのうて、わしでよ」

上司がおどろいた。

「また結婚したんか。これで三度目でよ」

砂原は、うなずいた。

「相手も、バツイチで子持ちだわ。それが、こういう仕事は辞めてくれいうで、わしも心機一転まったく別の仕事をしようかと」

上司は、諭《さと》すようにいった。

「おみゃあさん、それならなおさらしっかりせんと駄目じゃのぉ。父親になるのは、大変なことだわ」

砂原は、神妙に頭を下げた。

「わかっとるだわ。いろいろお世話になりましたのぉ」

これといって引き継ぎもなかった。が、私物の整理と送別会ということもあり、翌日に正式に退職ということになった。

砂原は、翌朝、上司に付き添われ、社長室に社長をたずねた。

砂原は、深々と頭を下げた。

「お世話になりました」

社長は、鷹揚《おうよう》にうなずいた。

「まあ、次の仕事もがんばりなさい」

社長から餞別《せんべつ》が贈られた。退職金も支給された。

砂原は退職金で、それまで同僚に借りていた借金を支払った。

送別会を終え、ほろ酔い気分の砂原は自宅にもどると、由紀子にいった。

「会社、辞めてきたでよ」

由紀子は、おどろいた。

「辞めたって、あなた……」

砂原は、心配するなとばかりにいいはなった。

「引き抜きだで、心配せんでええでよ。今までのところより小さい会社だが、わしにどうしてもきてくれいうて、ほれ見てみい」

砂原は、退職金の残りを取り出した。

「仕度《したく》金までくれたわ。心機一転、わしも新しい会社でがんばるでよ」

引き抜きというのは大嘘であった。

が、新しい消費者金融に就職する話をつけていたのは事実であった。名古屋市内に数店舗の個人経営に毛がはえた程度のサラ金であった。砂原が取り立ての経験が長いということで採用が決まった。

4

砂原一夫は、由紀子が「サファイア」から帰ると、むさぼるように抱いた。

「あなた、ひと風呂あびたいの。汗ばんでて、気持ち悪いの」

が、その時間をあたえたくなかった。

スカートに手をしのばせると、パンティとパンティストッキングを一気に脱がせた。

むっちりとした白いふとももの間に、顔を埋めた。紅みの強い花弁を口にふくみ、吸いに吸った。

むさぼる音があまりに激しく、彼女には、隣りの部屋に寝ている薫一が眼を覚ましはしないかと心配なほどであった。

砂原は、甘い蜜を吸いながら、蜜に濡れた唇を、ゆがめていった。

「風呂に入る前のおまえの蜜を吸えば、匂いで男に抱かれてきたのかどうか、おれにはすぐにわかるでよう」

「あなた……そンな……」

砂原は、眼をギラつかせて頼んだ。

「わしの稼ぎがあるで。これからは、夜の仕事は辞めてくれや」

由紀子は、夫のあまりの嫉妬深さにとまどいながら、承知した。

「わかったわ。でも、化粧品のセールスはつづけるわよ。わたしの生き甲斐《がい》なの……」

砂原一夫と由紀子との結婚生活が一年過ぎたある日、由紀子が砂原にもちかけた。

「ねえ、あなた。いつまでも賃貸アパートはいやよ。思い切って、家を買いましょう」

由紀子は、幼稚園に通う薫一に眼をやった。

「薫一も、家が欲しいわよね」

薫一は、こくんとうなずいた。

「欲しい、欲しい！」

砂原が、口をはさんだ。

「家か。といっても、先立つものがなァ……」

由紀子が、笑顔を見せた。

「頭金は、わたしの預金でなんとかなるわ。実家の母に、通帳を預かってもらってるの。あとは、月賦で払っていくしかないわ。あなた、がんばってよ」

砂原がうなずいた。

「そうか。そういうことなら、がんばるしかないでよ」

由紀子が、パンフレットを取り出した。

「じつは、もうめぼしいマンションを見つけたのよ。今度の日曜日に、三人で見に行かない。あなたと薫一が気に入ったら、決めましょうよ」

平成七年七月の週末の日曜日、砂原、由紀子、薫一の三人は名古屋市天白《てんぱく》区にあるマンションを見に行った。

マンションは二十階建ての住居専用分譲マンションであった。

薫一と砂原は、すっかりそのマンションが気に入った。場所も地下鉄鶴舞《つるまい》線原《はら》駅から徒歩三分の便利なところにある。

砂原が、感心した。

「ええところでよ。上の階の方が、見晴らしがええのォ」

由紀子が、苦笑いした。

「でも、わたしたちには手が出ない価格だわ。銀行も貸してくれないわよ。下のほうの階の3ＬＤＫの物件なら、なんとかなるわ」

人気のあるマンションで、もうすでに八割以上が売却済みであった。

由紀子は、二階と三階の3ＬＤＫの物件に眼をつけた。

「これなら、なんとか」

砂原が、口をはさんだ。

「二階ならええわ。薫一が落ちたとしても、二階ならケガですむでよ」

二〇一号室に決めた。

由紀子は、その場で不動産会社に手付け金を払って予約した。

一週間後には頭金を支払い、正式に契約した。それから五日後には、あたらしい部屋に引っ越しした。

まわりの住人に引っ越しのあいさつをすませた夜、由紀子は切り出した。

「あなた、しばらくの間、夜の勤めをしようと思うの」

「そんなこと、せんでええわ」

「だって、年に二回、ボーナス時の支払いがあるでしょう。いまの収入じゃ、心もとないもの……」

名古屋市内のサラ金に勤めている砂原は、暗に自分の稼ぎが少ないと批難されたと思い、不機嫌になった。

「薫一が、かわいそうでよ」

由紀子はうなずいた。

「それはわかってます。でも、前とちがって、夜はあなたがいてくれるでしょう。薫一とあなたには不自由させますが、お願いです。夕飯の仕度もきちんとしますから」

砂原は、ムッとした。ふてくされたようにいいはなった。

「好きにすりゃ、ええわ」

由紀子は、飲み屋街の錦三にある高級クラブ「レインボー」に面談に行った。

口髭をたくわえたオーナーと、細身の美人のママが、待っていた。

ママは由紀子をひと目見るなり、気に入ったようであった。

ママは、由紀子の履歴書を見ながらいった。

「水商売の経験もあるようやし、今日からでもどうかしら」

オーナーも、承諾した。

「ぜひ、うちに来てもらいたい」

由紀子が訊いた。

「それで、出勤時間なんですが……」

ママが答えた。

「午後六時半までに入ってほしいわ」

由紀子が頼んだ。

「そのことなんですが、ちょっと事情がありまして……」

由紀子は、昼間は化粧品のセールスをしていること、夜の仕事をするにしても夕食の仕度をしてからしか出勤できないことを説明した。

ママが訊いた。

「いろいろ大変ね。それで、何時からなら来られるの」

「九時からですが……」

ママが、溜息をついた。

「九時ねぇ……他の女の子の手前もあるしねぇ……」

オーナーが、口をはさんだ。

「九時からでもええでよ。そのかわり、みんなが納得するくらいの客をつかんでもらえればな」

オーナーは、ママに眼をやった。

「しばらく様子を見てから、本採用ということでええでよ」

ママも、承諾した。

「そうね。じゃあ、そういうことで」

オーナーとママの心配は、杞憂《きゆう》に終わった。

由紀子の評判は、上々であった。

最初は、「なんであのひとだけ九時からなの」と不満をいっていた他のホステスたちも、すぐに由紀子を認めるようになった。

「あのひとには、かなわないわ」

いつの間にか、チーママも由紀子には一目置くようになった。

夜、由紀子がいないことに不満を漏らしたのは、薫一より砂原であった。

人一倍嫉妬深い砂原は、由紀子を待つ間、由紀子への嫉妬に苦しみもだえた。

由紀子が、クラブで金のある客に触られ、もだえている姿が浮かび、頭をかきむしった。

由紀子のむっちりしたふとももが、客の手で撫でられる。

大きく開いた胸に手がのばされ、ゆたかな白い乳房が妖しくもまれる。

由紀子は、いやがるどころか、むしろよろこびうっとりとしてもまれるに任せている。

乳房をもまれるにつれ、ふとももをせつなそうに動かす。

パンティものぞく。

そのパンティのふくらみの奥の花弁が、ジットリと濡れているのが、砂原には見えるようだ。

「由紀子……」

砂原は、由紀子の名を呼びながら畳の上を転《ころ》がり回った。

少しでも由紀子の帰りが遅いと、客とホテルに行き、抱きあっている姿まで浮かび、苦しくてたまらない。

かといって、自分に甲斐性がないから由紀子に夜の勤めを辞めてくれ、とはいえない。

砂原は、あまりに苦しく、由紀子が勤めに出た後、薫一を寝かしつけて夜の街に飲みにでかけるようになった。

最初は見て見ぬふりをしていた由紀子であったが、砂原が自分より遅く帰ってきたある夜、意見した。

「薫一が、心配じゃないの」

砂原は、酔って呂律《ろれつ》のまわらない口調でいった。

「薫一は、寝とるでよ」

「途中で起きるときもあるでしょう。そのときあなたがいないと、心細いじゃないの」

砂原は、由紀子を見やった。

「おみゃが早く帰ってくりゃ、ええのよ」

「それができないから、頼んでるんじゃないの」

由紀子は、釘を刺すようにいった。

「とにかく、わたしよりは先に帰ってくるようにしてください。それから、毎日深酒をすると体にも悪いですから、ひかえるようにしてください」

砂原は、これで話は終わりとばかりに答えた。

「はい、はい。わかっとるでよ」

5

そんなある日の夕方、用事を思い出した由紀子は、夫の勤めるサラ金に電話をかけた。

思いがけない返事がかえってきた。

「砂原一夫さんは、五日前に退職されてますが」

由紀子は、絶句した。

「ええ⁉　退職……そうですか、失礼しました……」

由紀子は、その夜、ほろ酔い機嫌で帰ってきた砂原に詰問した。

「あなた、会社を退職したって、本当？　それも五日前に。どうして、話してくれなかったの」

砂原は、機嫌良さそうに答えた。

「そのことやけどな、サラ金みたいな因果な商売は、わしには向いとらんで。正式に次の会社に就職してから話そうと思うたでよ。今日、正式に決まったで話そうと思ったわ」

「次の会社？」

「きちんとした警備会社だわ。昇進したら、給与もボーナスも増える。そしたらおまえも、夜の仕事はせんでええでよ」

由紀子は、半ばあきれながらいった。

「それは、勤勉に勤務したらの話でしょう」

砂原は、胸を張った。

「今度は、がんばるでよ。見とりゃあええわ」

が、真面目だったのはほんの一カ月にすぎなかった。

またもやギャンブル病が顔を出してきた。週末になると中京《ちゆうきよう》競馬場に通うようになった。

砂原は、以前は休日にはよく薫一を連れて遊びに出かけた。が、ギャンブル病がはじまってからは、いっさいなくなった。

見かねた由紀子が、意見した。

「たまには薫一を連れて、どこかに遊びに行ってよ」

砂原は、バツが悪いのか、由紀子には眼をやらず、薫一に話した。

「薫一、悪いな。つきあいというのがあってのォ。次は、連れて行くでよ」

それから間もなく、由紀子のもとに、サラ金会社から連絡が入った。

「奥さんが保証人になってらっしゃるので、電話しました」

おどろいた由紀子は、その夜、夫の砂原に詰問した。

「あなた、サラ金から連絡があったわ。わたしの知らないうちにわたしを保証人にして。どういうことなの」

砂原は、苦しいいい訳をした。

「顔見知りのやつでよ。ノルマがあるから新規で借りてくれって頼まれたで、断わりきれんかった。すぐに返済するつもりが、忘れとったで。おまえ、立て替えしといてくれや」

砂原がサラ金から借金をしたのは一社だけではなかった。

さらに二社から借りていることも発覚した。

金額は二十万円程度であったが、保証人にさせられている由紀子に催促の電話がかかってくるのは、彼女にとってたまらなかった。

由紀子は、砂原に訴えた。

「あなた、いいかげんにしてください。サラ金に勤めていたんだから、金利の高さはわかるでしょう。マンションのローンだってあるのに、どうするんですか」

砂原は、うそぶいた。

「つきあいで金がいるんで、借りたんだわ。出世のためでよ」

「どうせギャンブルでしょう。とにかく、わたしが尻拭《しりぬぐ》いをするのは、これっきりですからね」

それから間もなく、酔って深夜に帰ってきた砂原が、わめくようにいった。

「今の会社も、辞めるでよ」

「あなた、昇進するようにがんばるっていってたじゃないの」

砂原は、右手を振った。

「無理、無理。柔剣道がすごいとか、警察のＯＢでないと、警備会社は出世できんのよ」

由紀子は、溜息をついた。

砂原はつづけた。

「わしはなぁ、車が好きでよ。配送の仕事が初めての仕事だったで。原点にもどって、仕出し弁当の配送をするでよ」

平成八年八月、砂原が仕出し屋の配送をはじめて三カ月すぎたころである。

由紀子が勤務するビューティー化粧品に体格のいい男が訪ねてきた。

由紀子は、応接室に案内した。

男が切り出した。

「ご主人が勤務していた警備会社のものです。じつは、ご主人が同僚から借金をしていまして、退職してから三カ月になっても返済してくれないので連絡したところ、妻のところに行ってくれといわれて来たわけですが……」

男は、上着の内ポケットからメモ用紙の束を取り出した。

「みんなから預かってきました」

借用書の束であった。

砂原は、相手を安心させるためか、借用書はきちんと書く。

由紀子は手に取って見た。額面は一万円から十万円までさまざまであった。合計額は、五十万円を少し超えている。

由紀子は、頭を下げた。

「みなさんにごめいわくをかけて、申し訳ございません。これはお支払いいたします」

由紀子は心の中で、砂原に対する気持ちが離れていくのを感じていた。

〈このままでは、離婚も考えないと……〉

由紀子が離婚を決意したのは、それから一週間後のことであった。

その夜、ギャンブルで負け、酔って帰ってきた夫を、由紀子が叱責した。

「あなた、しっかりしてください！　きちんと、お仕事してください」

砂原は、うるささそうに怒鳴った。

「うるさい！」

由紀子は、引かなかった。

「あなたは飲んだくれるだけで、借金の尻拭いはすべてわたしじゃないの」

砂原は、痛いところを突かれて逆上した。

「うるさいッ！」

そう怒鳴りつけると、由紀子の右頰《ほお》を平手打ちした。

由紀子は、床に倒れこんだ。

ひりひりする右頰を手で押さえながら、決意した。

〈もう、限界だわ……〉

翌日の夜、由紀子は砂原に離婚届を突きつけた。

「あとは、あなたの署名、捺印《なついん》だけよ」

砂原は、懇願した。

「考えなおしてもらえんやろか」

由紀子は、頭を横に振った。

「駄目よ。考えた結果ですから」

砂原はしばらくうなだれていた。

ようやく、重い口をひらいた。

「わかった。署名、捺印する。ただ条件がある。しばらくここに置いてもらいたい。部屋が見つかるまででええ。この通りや……」

砂原は、頭を下げた。

由紀子は、しぶしぶ同意した。

「部屋が見つかるまでよ」

離婚をして同居という生活は一年二カ月つづいた。

砂原は、あいかわらずギャンブルと酒に溺《おぼ》れていた。

いっぽう由紀子は、セールスレディーとして頭角をあらわし、いまやビューティー化粧品名古屋支社の四十人いるセールスレディーを束ねるチーフにまでなっていた。

砂原は、酔うと由紀子に暴力を振るうこともあった。

そのたびに、由紀子と「出て行って」「いや出て行かない」のいい争いになった。

一度は、由紀子がはげしく腹を蹴られたため救急車で病院に運ばれたこともあった。

平成九年十月に入ったころ、由紀子は預金通帳を見て顔が青ざめた。

二百万円が、一度に引き落とされていた。

翌朝、砂原がいなくなったのを見計らって、由紀子は引っ越しをおこなった。

砂原がいつまでも出て行きそうにないので、自分のほうが出て行くことにした。

セールスをしているのでどこにどんなマンションがあるという情報には詳しい。

由紀子は、即日入居可能なマンションの中から千種《ちくさ》区内山《うちやま》二丁目にあるマンションを選んだ。

引っ越しのトラックを呼び、手早く引っ越しをすませた。

小学二年生になっていた薫一の転校手続きもすませた。

さいわい、マンションには薫一と同じ年代の子供たちがたくさんいた。由紀子は、これで安心して生活ができるとホッと胸を撫でおろした。

数日後、砂原がどこで調べたのか、マンションの部屋を訪ねてきた。

が、由紀子は部屋には入れなかった。

「もうきっぱりと別れましょう。今後は、弁護士を通して話をしましょう」

6

天白のマンションでひとり暮らしをはじめた砂原一夫は、仕出し弁当屋の配送を辞めた。

名古屋市内のタクシー会社名東《めいとう》タクシーの運転手として就職した。

いっぽう由紀子は、地元の夕刊紙尾張《おわり》タイムスの取材を受けることになった。文化面の「美人さん」という欄で、未婚、既婚、有職、無職を問わず美人を募集していた。

由紀子は、上司の推薦でメークアップアーチストという肩書きで紙面に載《の》ることになった。

由紀子は、取材中ずっと笑顔を絶やさなかった。

取材中も、携帯電話へは、顧客からの連絡が次々と入る。

取材を終えた由紀子は、担当記者に笑顔を見せた。

「掲載を楽しみにしています」

尾張タイムスに掲載される直前、担当記者のもとに由紀子から電話が入った。

由紀子は、はずんだ声でいった。

「もめていた前の主人と、ようやくきれいさっぱり別れることができました。掲載するときのわたしの名前は、旧姓の田村由紀子でお願いします」

由紀子は、ようやく砂原と別れることができたのである。

平成九年十月二十七日付の尾張タイムスに、由紀子の顔写真と彼女を紹介する文章が載った。

彼女の名前は旧姓の「田村由紀子」となっていた。『楽しめる化粧を演出』というタイトルであった。

文章はつぎのように書かれていた。

「化粧映えのする派手な顔付きで華やかな雰囲気。場馴れした物腰で、女一匹、どこへ出しても堂々とやっていけそうなパワーを感じさせる。ビューティー化粧品の訪問販売をしている。化粧品のセールスとメークアップのアドバイスがワンセットになっている仕事だ。

『素肌に自然なのが、ビューティー化粧品の特長なんです。わたし自身、この化粧品を使う前はカサカサの肌だったんですよ』

自分が使ってみて良かったもの、自分が好きになったものを周《まわ》りの人に伝えるのがうれしいという。

『女性はだれでも、美しくなりたい、若々しくなりたいと思ってるんです』

客にメークアップする時には、まず本人の要望をよく聞く。そして、

『その通りにするから、楽しみにしててね』

と、大いに楽しませるのがコツらしい。

人と人の間に化粧品があるというのが、この化粧品会社のコンセプトだとか。

『いろんな人と接しているうちに、長くおつきあいできる人もできて、生きがいを持って続けていける仕事ですね』

親しい客とは、家族ぐるみのつきあいも生まれる。小学二年生の子供に、旅行の土産《みやげ》をもらったり、食事を用意してもらったり。

家庭と仕事場が分けられない仕事だから、周りの理解がなければやっていけない忙しさ。

取材中にも携帯電話が鳴った。

『これがないとすごせませんね』

と明るく笑った」

彼女の上司の言葉も載っていた。

「わたしたちと仕事をするようになって六年。持ち前のバイタリティーと明るさで、毎日よくがんばるなぁと感心するくらいです。お客さまと接することやメークをすることが、大好きなんですね。仕事に信念を持って、自分の目標に向かっています」

由紀子は自分の写真が載った尾張タイムスを、顧客や同僚にうれしそうに見せた。

「ほら、わたしが載ってるの。きれいに撮れてるでしょう」

砂原も、由紀子の美しい笑顔の載った尾張タイムスを見た。

〈まるで女優のようにきれいに撮れてるでよォ〉

こうして由紀子が世間でも認められると、よけいに未練が出てきた。

由紀子の華やかさと反比例するかのように、天白のマンションにひとり住む砂原の生活はますます荒れていった。

住宅ローン、県民税、電気代、ガス代、水道代の支払いが滞《とどこお》った。

支払い勧告状が来ても、無視した。

ついには平成十年二月、マンションが競売にかけられることになった。

砂原は、タクシー会社に頼んだ。

「住むところがなくなるで、寮に住まわせてもらえんですか」

会社側は、寮を斡旋《あっせん》した。

四月に入ると、砂原は会社に五十万円の前借りをし、栄にあるフィリピンパブ「スラッシュ」に入り浸《びた》った。

とくにスパニッシュ系のハーフのホステスのアンジェラが気に入り、連日指名した。

いっぽう由紀子にも、あたらしい恋人ができた。由紀子が勤める飲み屋街の錦三の高級クラブの客で、貿易商の小野寺功一《おのでらこういち》である。

スラリとしたスポーツマンタイプで、由紀子より六歳年上の三十六歳であった。

由紀子はどういうわけか、小野寺には子供のことやバツニであることを素直に話すことができた。

二回目に小野寺が店に来たとき、由紀子にプレゼントを手渡した。

「これ、薫一君に」

由紀子は自分にではなく子供にプレゼントを買ってくれた小野寺に、好意を抱いた。

由紀子は、小野寺に身も心も任せきって抱かれた。

由紀子は、スラリとして固く引き締まった肉体にも、惚れ惚れしていた。

由紀子は、全裸で小野寺の首に手をまわし、小野寺の膝の上に乗った。

下から雄々《おお》しく花弁を突き上げられ、自分でも尻をくねらせ、もだえ狂った。

「小野寺さんの肉体って、ギリシャ彫刻のよう。わたし、男の人の肉体を美しいと思ったの、初めてだわ」

小野寺は、力強く突き上げる。

「あぁン……いいわ。いい……」

小野寺は、さらに突き上げる。

由紀子は、小野寺が突き上げるたびに、尻を下に突き下ろすようにした。

由紀子は、うっとりとした声をあげる。

「あぁ……」

由紀子は小野寺の耳の穴に口をつけ、ねだった。

「ね、お願い。毎晩狂わせてほしいの……」

由紀子は、小野寺に抱かれていると、あまりに花弁が濡れるので、恥ずかしかった。

由紀子と小野寺は、五月早々に入籍した。

砂原は、小野寺の存在を知っていた。というのも、砂原は何度となく内山にある由紀子のマンションの近くにタクシーを停め、見張っていたのだ。

体格のいい男が由紀子と腕を組んで、部屋に出入りするところを何度も目撃した。

なみ外れて嫉妬深い砂原は、正式に離婚したということも忘れてすさまじく嫉妬した。

〈由紀子のやつめ……〉

平成十年の五月に入ったある夜、砂原は、フィリピンパブ「スラッシュ」が看板になったあと、お目当てのスパニッシュ系ハーフのホステスのアンジェラをラブホテルに誘い、抱きあった。

アンジェラの体は、野性的な小麦色をしていた。小柄で、よくしなる。

アンジェラをベッドの上で四つん這いにさせ、ゆたかな尻の谷間をうしろからうんと開き、ひときわ紅色に濡れ光るプッシーに突き入れた。

両手でとがっている乳房を妖しくもみながら、腰を使いつづけた。

アンジェラは尻をうんと突き出し、体をのけぞらせてよろこびの声をあげる。

「あぁン……」

砂原は、優しく、時に荒々しく突きつづけた。

荒々しく突くたびにアンジェラは、「あン……」と隣りの部屋にも聞こえそうなほどの声をあげてよろこぶ。

砂原は、興奮にかすれる声でいった。

「なあ、アンジェラ。わしと、結婚してくれんか」

アンジェラは、尻の動きを止めた。困惑しているらしい。

「結婚、できないよ。結婚するなら、うんとお金持ちのひと選ぶよ」

砂原は、カッとなった。

〈女という女が、おれから離れていく……〉

砂原は、激昂した。

アンジェラの右頰を殴りつけた。

アンジェラは怒った。

「あなた、わたし、許さないよ」

砂原はこの暴行で、アンジェラから二百万円の慰謝料を要求された。

7

五月八日、砂原一夫はタクシー営業所に車をもどすと、この日から会社を無断欠勤した。すっかり働く気をなくした。

五月十日、生活費にも困った砂原は、実家に顔を出し、父親から十万円を無心した。

五月末には、ついに解雇処分になった。

六月に入り、砂原は、小野寺功一と結婚した由紀子の住む名古屋市内山にあるマンションに向かった。

三〇一号室に、由紀子はいた。

砂原は、頼んだ。

「少しでええ。金を貸してくれんか」

「もういいかげんにして」

「新しい男ができて、金に余裕あるはずや」

由紀子は、美しい顔を鬼のような形相《ぎようそう》にし、砂原を睨《にら》みつけた。

「帰ってください！　警察をよぶわよ」

その顔は、かつての妻のそれではなかった。他人であった。いや、他人より始末が悪い。憎しみに満ち満ちている。

この夜、砂原は、借金が払えず競売にかけられている天白のマンションにもどった。蠟燭《ろうそく》に火を点《つ》けた。

電気、水道、ガスは止められ、蠟燭の火だけが唯一の明かりであった。

蠟燭の火を、じっと凝視しながら思った。

〈わしがこんな惨めな生活をしているのは、由紀子のせいや。新しい男をつくりやがって、それも気に入らん〉

砂原の脳裏には、かつて自分が抱いて花弁の奥のかたちまで知っている由紀子の肢体が浮かんでくる。その由紀子が、部屋に出入りしている体格のいい男に抱かれ、うっとりともだえている姿がちらついてはなれない。

砂原は、畳の上を嫉妬にもだえ狂い、転げまわった。

「由紀子、許せん！　許せん！」

砂原は、六月二十九日午前八時半、内山のマンションに向かった。

五月二十四日に栄にあるレンタリースで借りたレンタカーに乗ってである。

マンションの玄関先で、由紀子の連れ子で結婚しているときはわが子のようにかわいがっていた九歳になる薫一に出会った。

砂原が、薫一に声をかけた。

「元気にしとるか。お母さん、いてるか」

「うん」

砂原は薫一を前に立たせて、三階の三〇一号室に向かった。

薫一が、チャイムを押した。

ドアが開き、由紀子の顔がのぞいた。

「どうしたの、忘れもの？」

「ちがう。前のお父さんが……」

由紀子が、砂原に気づいた。その眼は、例によって憎しみに燃えている。

「なにをしに、来たんですか」

「いや、印鑑をな、ちょっと取りにきたんや」

由紀子が、玄関先に印鑑を持ってきた。

薫一がいった。

「ぼく、学校行くわ」

「いってらっしゃい」

砂原も、見送った。

「おう、いっといで」

由紀子が、砂原に押しつけた。

「はい、あなたの印鑑」

砂原は、部屋の中に強引に入ろうとした。

が、ドアはガチャリと閉められた。

砂原は、舌打ちした。

薫一を追いかけた。

「おーい、薫一」

薫一に追いついた砂原は、頼んだ。

「おまえ、合鍵持ってるやろ」

「うん」

「ちょっと、貸してくれんか」

「…………」

砂原は、笑顔を見せた。

「天白のマンションに残っているおまえとお母さんの荷物を、持ってくるんや。お母さんも、仕事にでかけるやろ。部屋に入られへんから、鍵を貸してくれ。ええやろ」

薫一は、首からぶらさげていた合鍵を砂原に手渡した。

午前十時過ぎ、砂原は合鍵でマンションの部屋にしのびこんだ。

由紀子が、砂原の姿を見るや、悲鳴をあげた。

「なによ！　勝手に入ってきて……」

砂原は、頭を下げた。

「このとおりや。金貸してくれ」

「いやよ。あなたに貸す金なんて、ないわ」

「少しでええんや」

「出て行って！　警察呼ぶわよ」

由紀子は、口でいっただけではなかった。リビングにある電話に、本当に走り寄った。

砂原は、切れた。

〈夫だったおれなのに、警察を呼ぶとは……〉

砂原は、とっさに由紀子の背後から体当たりした。

「止めろ！」

由紀子は、うつ伏せに倒れた。

砂原は、部屋にあったタオルを手にし、倒れた由紀子の背中に、馬乗りになった。

由紀子の白いなめらかな首に、タオルをまわした。

「あなた……なにするのよォ……」

砂原は、激《げき》してなにがなんだかわからなくなっていた。

タオルの端と端を、ギュッと引いた。
さらにグイグイと力をこめた。
由紀子は、哀願した。
「よして……」
激しく抵抗していた由紀子が、しばらくたつとピクピクと痙攣《けいれん》し、動かなくなった。
砂原は、激しくあえいだ。
ようやく、われに返った。
なにも、殺すつもりなどなかった。
にわかに、恐ろしくなった。
遺体を、いったんベッドに運んだ。
リビングにもどった。
十二万円の現金が入ったグッチのセカンドバッグを奪った。
由紀子の遺体を、外に停めているレンタカーに運ぼうと考えた。
そのとき、玄関のチャイムが鳴った。
砂原は、飛び上がっておどろいた。
玄関に近づいた。
外から声がする。

「おーい、由紀子。いないのか。もう会社に行ったのかな……」

ガチャガチャと鍵をあける音がした。

砂原は、ドアを開いた。

小野寺が、びっくりした表情を見せた。

砂原は、由紀子の部屋を見張っていたことがあるので、小野寺の顔を知っている。

砂原は、笑顔で弁解した。

「奥さんから頼まれた荷物を、持ってきました。鍵がかかっていたので、管理人さんから合鍵を借りて入ったんです。荷物を運び終えたら、すぐに出ますから」

小野寺は、納得したようである。

「そうですか。由紀子はいないのか。しょうがないな……」

そういうと、引き返していった。

砂原は、溜息をついた。

遺体を外に運び出しレンタカーに乗せるのをあきらめた。そういうことをしていると、またひとに見つかりそうにおもわれた。

一刻も早くこの場から去りたかった。

セカンドバッグを手に、外に停めてあったレンタカーに飛び乗った。

そのまま、とにかく西に向かって走らせた。

初めて、自分のしたことの恐ろしさがわかってきた。

「よして……」という由紀子の命乞いをする顔が、いつまでも脳裏から離れない。

夕方、薫一は、学校から帰ってきた。

が、マンションの三〇一号室にはドアに鍵がかかって入れなかった。

そのため、東区にある由紀子の両親の家に泊まった。

翌日は、そこから学校に登校した。

出紀子の両親は、三十日夕方になっても由紀子と連絡がとれないため、千種署今池《いまいけ》交番を訪ねた。

交番の署員といっしょに、マンション管理会社で借りた合鍵で三〇一号室に入った。

由紀子の遺体を発見した。サマーセーターとパジャマのようなズボン姿で、寝室のベッドで仰《あお》向《む》けで死んでいた。

室内に、目立った血痕もなかった。着衣に乱れもない。

警察は、顔見知りの犯行の可能性があると判断した。

裏付けは、薫一の証言であった。

「二十九日の朝は、お母さんと、前のお父さんに見送られた」

警察は、砂原の行方を追った。

が、いっこうに行方が分からない。

「自殺しているかもしれない」

という声も聞かれはじめた。

七月三日、砂原が借りたレンタカーが、広島市内に乗り捨てられているのが発見された。

さらに砂原は広島市内でレンタカーを借り、名古屋に向かった。

名古屋にもどった砂原は、由紀子が勤務していたビューティー化粧品名古屋支社に電話を入れた。

由紀子の告別式が、きちんとおこなわれたのか、やはり気になっていて聞こうとしたのである。

が、案内嬢が出ると、自分が犯人とわかっては困る、とあわてて電話を切った。

いっぽう、情報を得た特捜本部は、砂原がタクシー会社に勤めていたことから、タクシーの運転手が隠れて休息する場所をしらみつぶしに当たった。

十二日午後十一時半、名古屋市瑞穂《みずほ》区桃園《ももぞの》町の路上でレンタカーを発見した。

運転席には、放心状態の砂原がうずくまるようにして座っていた。

いっそ自殺しようかと思ったが、死ぬ勇気もなかったのである。

砂原は、強盗殺人容疑で逮捕された。

砂原は、この殺人事件で、強盗殺人罪に問われ、無期懲役を求刑された。

が、平成十年十二月十六日に名古屋地裁で裁判が再開されたとき、「カネを奪う目的で殺したのではない」と述べ、これまで認めていた強盗殺人の起訴事実を一転して否認した。

砂原は、主張した。

「復縁を迫る目的で行ったが、『顔も見たくない』といわれ、カッとなって首を絞めて殺した。カネを奪うつもりはなかった。タオルは部屋にあり、自分が用意したのではない」

それまで認めていた起訴事実を一転して否認した理由について述べた。

「死刑になりたい気持ちがあり、罪が重くなるように嘘の供述をしておりました……」

毒殺妻

1

森隆介《もりりゆうすけ》は、白アリ駆除の会社「森白アリ」の事務所の窓越しに、従業員の谷間《たにま》正《ただし》が運転している白のソアラが事務所前に停まるのをぼんやりと見ていた。

真夏で、白い車を直射する光が眼に痛い。

ソアラから、若い女が降りてきた。

一メートル六十五センチくらいの長身で、細っそりとしている。色は、ぬけるように白い。

白い半袖のブラウスに、薄いピンク色のフレアスカート姿である。

彼女は、にっこりと笑った。タレ眼が、いっそう下がる。笑顔が、なんともかわいい。

十八、九歳か。

森はつい窓を開け、身を乗り出して、眼を凝《こ》らした。角刈りの頭を右手で撫《な》でながら、浅黒い顔をほころばせている。

〈正にしては、ええ女をひっかけてきたやないか〉

谷間も、ソアラから降りてきた。二人は事務所に入ってくると、森に女性を紹介した。

「高嶺百合子《たかみねゆりこ》さんです。大学の附属看護専門学校の二年生や」

森は、鋭い眼をなごめた。

「ほォ、白衣の天使かいな」

百合子は、にっこりと笑った。

「わたし、入学するときは、白衣の天使とみんなからおもわれるようになろう、と本気でおもったんよ。一所懸命勉強もしてた。そやけど、四十七科目もの教科があって、それをこなすのは大変。わたしには、とても無理やわ」

森は、百合子の全身をなめるように見ながら耳を傾けていた。

細身だが、胸は乳房がはみ出しそうなほどゆたかだ。ウエストはきつくくびれている。尻の肉づきもいい。

「白衣の天使になるのも、大変やな」

百合子は、こぼれんばかりの笑顔で、こっくりとうなずいた。笑くぼもできた。

森は、そのあどけなさにいっそう魅《ひ》かれた。

〈正がこの女とすでにできていても、わしが寝盗ったるわ〉

百合子は、

「看護婦試験合格を目標にしているから、遊ぶこともでけへんのよ。寮も、門限が決められているの」

「ほォ、寮住まいかいな」

「ええ」

〈親元にいるなら口説《くど》きにくいが、寮なら口説きやすい〉

百合子はつづけた。

「寮の門限は七時と決められているし、外出の時間もあまりあらへん。外泊も規制があって、親類や親元に限られているんです」

「籠《かご》の鳥やな」

「ええ。もう、いまのような生活はいやや。自由がないんや。窮屈や。もっと自由が欲しいわ」

森は百合子を前にこみあげてくる笑顔をおさえることができなかった。

〈籠の小鳥さんよ、たっぷりと自由のおもしろさを味わわせてやるがな〉

三人は一時間ほど話し続けていたが、やがて、百合子が帰ることになった。

森は、百合子を送る谷間に声をかけた。

「正、ちょっと」

森は、谷間の肩に手をかけ、耳元でささやいた。

「あの女と、やったんか」

「まだですよ」

「さわったくらいか」

「ええ、車の中でペッティングしただけですよ」

「おれに、譲《ゆず》れ」

「もしいやといっても、どうせ盗るんでしょう」

「そうや」

「譲りますよ」

森は、谷間の肩を叩いた。

「今度、たっぷりとおごってやるからな」

森は、ソアラに乗りこむと、助手席に乗って待つ百合子に声をかけた。

「正は、急にお腹の調子が悪くなった。おれが、代わりに送ってやるよ」

森は、一瞬、百合子の顔色をうかがった。

もし谷間に惚《ほ》れていれば、露骨にいやな顔をするはずだ。

が、百合子は、別にいやな顔はしない。

〈別に正に惚れているわけやないんやな〉

森が車を走らせると、百合子が訊《たず》ねてきた。

「社長さんて、おいくつ？」

「いくつに見える」

「そうねぇ、三十一、二歳かしら」

「三十五歳や」

「若く見えるわね」

「あんたは」

「十九」

「十六歳年上か」

「わたし、あまり年の近いひと、好きじゃないわ」

「どうしてや」

「いうことの先が、ほとんど読めるんやもの。退屈しちゃうわ」

「へーえ、そういうもんかい」

森は、浅黒い顔を、おもわずほころばせた。

〈おれに気がある、と見てええようやな〉

森は、この日は誘惑しないで、デートの約束だけして、次のデートでモーテルに連れこもうと考えていた。

が、百合子の反応から、次のデートといわず、一気に誘うことにした。

女を口説くには、タイミングが必要だ。タイミングを逃《のが》すと、永遠に手に入れることはできない。

国道沿いにあるモーテルに向かった。これまでも、六人の女をそのモーテルに誘いこんだことがある。

その間、百合子の気持ちを和《やわ》らげることにつとめた。

「雰囲気からして、お嬢さんのようやな」

百合子は、眼をかがやかせて森の横顔を見た。

「わかるの？」

「ああ。ひと目見ただけでわかるがな」

「K市のS町の生まれやけど、町のなかで、ピアノを弾いているのは、わたしだけやったの。静岡の浜松《はままつ》から、ヤマハのピアノをわざわざ取り寄せたのよ」

百合子の言葉は、本当であった。

百合子は、昭和三十六年八月十八日に生まれた。三人兄妹の末っ子で、上に兄がふたりいる。

霊場高野《こうや》山を源流とする川の河口に発達した町である。人口は、三万六千人。

気候は温暖で、市内を東西に流れる川を中心に、南北をみかん山に囲まれている。

県の北西部、F市より南約二十キロに位置する。

沿岸一帯は、景観のよいリアス式海岸で、漁業にも適している。

河口近くの小さな岬の集落には、二百戸足らずの民家がひっそりと寄りそって建っている。百合子の実家は、その集落の西端にある。

森がいった。

「みかんと、蚊取線香の生産で有名な町やな」

「ええ。でも、うちは、代々漁師をしてるの」

百合子の祖父の代からの漁師で、底引き網で、鯛《たい》、鱧《はも》、太刀魚《たちうお》を獲る。

父親は、働き者で人望も厚かった。地元に五つある漁業組合のうち、ひとつの組合長もつとめた。

森はいった。

「あそこは、気の荒い漁師の中でも、特に気の荒い連中が多い。一匹狼気質《かたぎ》で、ひとりで漁をするもんばかりや。南風が強いと漁ができん。それでもこまい（小さい）船に乗り、風にあおられながらでも漁をするんやろ」

「そう」

実際に幅百メートルあまりの小さな漁港には、ひとり、ふたりで漁をする小さな船が三十隻ほど停泊している。太平洋に面しているためか、風が強い。

「わたしが生まれたときは、末っ子で女の子だから、家族はそれはよろこんでたんよ。わたしが物心つくかつかないかのときに、お母さんは外に働きに出た」

「なんの仕事や」

「わたしが三歳のときに、生命保険会社の保険外交員の仕事についたの」

「どこの保険会社や」

「栄生命《さかえ》」

「一流やないか」

「漁師だけでは食べていけないから、うちの町のひとは、みんな共働きが多いの。でも、保険の外交をしているひとは、めずらしかった」

「セールスの腕がいるからな」

「お母さんは、めんどうみはええひとで、婦人会の役員を、二十年も三十年もやった人や。街までカブ（ミニバイク）に乗って行って保険の外交をやったのは、まず、お金になるからや。それから、よそから嫁《とつ》いで来て、町の古臭い重い雰囲気が息苦しかったのかもしれない。嫁姑《しゅうと》の問題もあったんや」

「お父さんは、どういうひとや」

「うちのお父さんは、漁業組合長で、お母さんが保険の外交員やったから、町では裕福やった。七五三や雛《ひな》祭りのときには、ええべべ着せてもろうて、かわいらしかったんよ」

「想像できるよ」

「実家は、地区の中でも、街側からすると、山をひとつ越えたところにあるんよ。大人がやっとすれちがえるほどの道しかないの。小路《こうじ》が、迷路のように走り、家々を結びつけているの。わたしは、その小路を、三十分ほどかけて歩いて小学校に通ったんよ」

「小学校に通う、きみのかわいらしい姿が、見えるようや」

「小学校に上がると、ピアノを買ってもらったんよ」

「今度、ピアノを弾いて聴《き》かせてくれへんか」

「ええわ。中学校は、バスで二十分の公立中学まで通ったの」

「勉強の成績は、どうやったんや」

「負けず嫌いで、テストとかで悪い点を取ったとき、同級生のいうには、ひどく渋い顔してたそうやわ。『どうやった?』と訊かれると、『あかんわ』いうて、悔《くや》しくてたまらなさそうな顔をしてたというわ」

「クラブは、何に入ってたんや」

「背が高かったから、バスケット部に所属したわ」

「中学生で、どれくらいの背があったんや」

「背は、百六十センチくらいあった。高校でも、バスケット部に入ったわ」

「お父さんは、どういう性格や」

「お父さんは、酒好きやけど、まじめなひとや。人に貸しは作っても、借りは作らんというひとや。お母さんはやり手。外向的な性格で、わたしの性格は、母親似やわ。働き者は、両方ともそうや。お父さんが漁しよったときには、夕方には保険の仕事を終えて手伝っとったからね。そやけど、お母さんのほうは、金には細かい。貯《た》められるときに貯めとかないうて、しっかりと貯めとる。お母さんの貯《たくわ》えのおかげで、学費のかかる看護学校へ進学できたのよ」

「白衣の天使になるんか」

「夢としてはあるけど、いまのような生活、窮屈でいややから、無理やろうね」

森は、百合子の髪の毛を左手で撫《な》でた。

「どや、今度の日曜日、競馬場に行こうか」

「わぁ、うれしい！　わたし、競馬場へ一度行ってみたかったんよ」

「おれは、ギャンブラーとしては、凄腕なんやで」

「谷間さんから聞いたわ。当てたときは、何十万円も稼ぐんやってね」

「何十万円やない。百万単位、稼ぐこともあるんや」

森は、百合子にためらいをもたせることなく、すんなりとモーテルに誘いこむことに成功した。

2

モーテルの部屋に入ると、森は百合子の長目の髪の毛を優しく撫でた。

「これまで、男に惚れたことはあるんか」

「ええ」

「だれや」

「高校の先輩」

「寝たのか」

百合子は首を振った。

「想いをついに打ち明けることができず、片想いに終わったの」

森は、百合子の頭を軽く叩いた。

「意外と、奥手なんやな」

「意外って、わたし、そんなに不良に見える?」

「正とつきあっているから、まさかそんなにうぶとは」

「正さんに、抱かれてへんよ」

「まさか、処女やあるまいな」

森は、おどけて、恭《うやうや》しくお辞儀をして見せた。

「これは、おみそれいたしました」

百合子はタレ気味の眼をいっそう下げ、笑った。

「そンなぁ……別にわたしが発明して他の人の持っていない自分だけのものを秘めているんやったら、おみそれされたってええわ。でも、だれかて、処女のころはあるんだもの」

森は、百合子の髪の毛をわざと乱暴につかみ、ヤクザっぽい口調になった。

「おれに奪われて、ええのか」

百合子は、笑くぼを浮かべあどけない顔になって、にっこりとした。

「うん」

森は、髪の毛をより強くにぎった。

「おまえは、かわいいやつやな」

森は、よく大阪までドライブしては女たちを誘惑していたが、処女の女を相手にしたのは初めてであった。

森は、百合子の唇を奪った。

「あぁ……」

「その処女やわ」

百合子が声をあげたときには、百合子の唇のなかに舌をしのびこませていた。舌をくねらせた。

口では男を知らないといっていても、ほんとうは男と遊んだ経験があれば、突き入れくねらせてくる舌を吸うか、自分の舌をからませてくるものである。

が、何も反応しない。

〈ほんとうに、うぶなんやな〉

森はうれしかった。

百合子の舌を吸いこんだ。

やわらかく、とろけそうである。

かすかに震《ふる》えている。

森には、それがかわいくてならなかった。

〈おお、かわいい、かわいい……〉

森は、百合子の舌を優しく優しく吸いつづける。

森は、たっぷりと舌を吸い終わったあと、百合子の体を抱きあげた。

ベッドの上に、優しく放り投げた。

薄いピンク色のフレアスカートが、ふんわりと花のようにひらく。

その間から、むっちりとしたういういしいふとももがのぞく。

まばゆいほどに白い。
森は、すかさずふとももの間に顔を埋《うず》めた。
白いパンティが、あらわになった。
パンティが花弁に食いこんでいる。割れ目も、くっきりと浮かびあがっている。
森は、パンティに鼻を寄せた。
パンティの奥に、まだだれにも突き入れられたことのない花弁が秘められている。
うっとりと匂いを嗅《か》いだ。
〈処女の匂いや……〉
パンティを脱がせ、すぐにナマの花弁を吸うのはもったいない気がした。
舌を突き出し、パンティの食いこみの割れ目を、下から上へと妖しくなぞった。
「あぁ……」
パンティの食いこみが、ジットリと濡れてくる。
森の舌の濡《ぬ》れだけでなく、花弁の奥から処女の蜜があふれ出しているようだ。
花弁の割れ目をなめ終わると、パンティの上から、クリットもなめあげはじめた。
百合子は、ふとももをくねらせ、よろこびの声をあげた。
「あぁン……」
森は、より舌を濡らし、クリットをなめあげた。

百合子は、全身をくねらせせはじめた。

森は、そこでパンティを左に寄せ、クリットと花弁を剝《む》き出した。

花弁は、一瞬、息を呑むほどあざやかなピンク色に萌《も》えている。処女ならではの美しい色である。

クリットは、やや大き目である。花弁もクリットも、濡れ光っている。

〈この美しい花を、おれが初めて食うのや〉

森はクリットを口にふくんだ。

「あぁン……」

百合子は、たまらなそうな声をあげた。

クリットを、口のなかでクチュクチュとかわいがりつづけた。

「あぁ……」

百合子は、せつなそうにもだえつづける。

まだクリットでエクスタシーを感じることはないらしい。

〈よろこびの教え甲斐《がい》がある〉

森は、やがて、右の人差指を花弁にしのばせた。

「痛い……」

百合子は、かすかな声をあげる。

森は、百合子の処女をこの日奪うつもりはなかった。

〈せっかく処女と知り合ったんや。すぐに奪うのはもったいない。たっぷりと処女を味わってから、いただこう〉

森は、人差指をゆっくりと突き入れた。

「今日は、処女は取らないから、安心していろ。少し痛いかもしれへんけど、我慢せいや」

処女膜があるのに、指が奥まで入るのか。初めての経験に森は、ゾクゾクするほどの興味を覚えた。

指を奥へ奥へとしのびこませる。

百合子の唇が、震えている。

おびえなのか期待なのか、花弁の奥は、濡れている。

森は人差指を、より奥にしのびこませた。

狭まりがきつい。これ以上突き入れると、処女膜を破ることになりはしないのか。

ふいに、森の人差指が狭まりの奥に吸いこまれた。

〈処女膜いうのは、何も通さぬ膜とはちがうんか〉

「あぁ……」

百合子は、せつなそうな声をあげる。

「痛くないか」

「痛いけど、いやじゃありません……」

森は、花弁の奥を指の腹で味わうようにさまよわせた。

「今日は、これで終わりや。楽しかった」

百合子は、恥じらいながらも微笑んでいた。

森は、次の日曜日、百合子を誘って兵庫県宝塚《たからづか》市にある阪神《はんしん》競馬場に出かけた。

森は、百合子にも馬券を買ってやり、いっしょに楽しんだ。

百合子も当たり、七千円儲《もう》けた。

森は、なんと七十万円も儲けた。

はしゃぎにはしゃぐ百合子に森はいった。

「おまえには、天性の博才《ばくさい》があるのや」

「競馬って、こんなに楽しいの。また連れてきてね」

森は、その夜、百合子と高級な店でしゃぶしゃぶを食べ、モーテルに入った。

百合子は、ベッドの上で全裸でからみながら、頼んだ。

「ね、お願い。どうしたら社長さんが楽しいのか、教えて」

「おれのいうとおりに、するんかい」

「ええ」

「おまえ、かわいいことをいうやないか」

「社長さんを、よろこばせたいの」

「おれ好みの女になるいうンか」

「社長さんが、好きなように育てて」

森は、百合子の髪の毛を荒々しくつかみ、ゆすった。

「ほんま、かわいいことをいう女やなぁ」

「だって、社長さん、魅力的なんやもん」

森は、百合子のふとももに顔を埋めた。

百合子も、森の股間に顔を埋めた。いわゆるシックスナインのスタイルをとった。

森は、クリットをなめあげていった。

「百合子のクリットが、おれのペニスといっしょやとおもえ」

「わたしのクリット、小さいのに、ペニスといっしょやの」

「そうや。男のペニスが、女のクリトリスにあたる」

「まさか……」

「ほんとや。女の花弁が、男の金ン玉にあたるんや」

「嘘！」

「いや、嘘やない」

「信じられへん」

「おれの友人の恋人が、ふたなりなんや」

「ふたなりって⁉」

「生まれつき、おチンチンと女のアソコと両方がついとんのや」

「で、そのひと、クリトリスはないの？」

「クリトリスの代わりが、おチンチンなんや」

「では、金ン玉は」

「金ン玉はなくて、女のアソコが、その代わりなんや」

「まさか……」

「ほんまや」

百合子には信じられなかった。

森はいった。

「そやから、おれがおまえのクリトリスをなめるのと同じように、おれのペニスをなめればええ」

「わかったわ」

「で、おれがおまえのアソコをなめるのに合わせて、おれの金ン玉をなめたりかわいがったりすればええのや」

「よくわからへんけど、やってみるわ」

森は、濡れたざらざらする舌で、クリットをなめあげる。

百合子も、森のなめるのに合わせて、ペニスの裏をねっとりとなめはじめた。

森は、にやりとした。

「そうや。その調子や」

森は、舌を妖しくそよがせてクリットをかわいがる。

「あン……」

百合子は、うっとりとした声をあげながら、同じように濡れた細い舌でチロチロとペニスの裏をなめあげる。

森は、舌をまわすようにして、クリットを攻める。

「あぁン……」

百合子は、たまらなそうな声をあげ、同じようにペニスの裏の鈴口のあたりを舌をまわすようにしてなめはじめた。

森は、にんまりした。

「おまえは、天性の好き者や。ちょっと教えると、ベテランの女より、上手になめよるがな……」

お世辞ではなかった。本当にこれまで男を知らなかったとはおもえないほどのなめ方であった。

森は、クリットを音をたててしゃぶった。

「あぁぁ……」

百合子は、恥じらいながらも、森のペニスを音をたててしゃぶった。

森は、自分のするままにおなじことをする百合子がかわいくてならなかった。

森は、この日もあえて処女は奪わなかった。

〈処女を、もっともっと楽しむんや〉

3

森隆介は、昭和二十年九月六日、四国は高知県に生まれた。

敗戦直後で、父親は日雇いのありとあらゆる仕事を必死にこなした。が、母親は、まだ幼い森を残して家を出て行った。森が二歳にもならないときのことである。

森は、ついに実の母親の顔を知らずに育った。

その後、森たちは瀬戸内海を渡った岡山県倉敷《くらしき》市に移り住む。森の父親は、そこでも日雇いの仕事をつづけた。

住まいは、安アパートであった。

そのころ、森の父親は再婚する。相手はふたりの子持ちであった。

森は、継母《ままはは》とそりが合わなかった。

森は、若いころのことについて、百合子にはこう説明した。

「倉敷の地元の小学校、中学校に行って工業高校に行ったけど、中退や」

実際は中卒で、過去に逮捕歴が八回あった。が、百合子には、そのことはいわなかった。

じつは、小学校に上がるころには、一家は、倉敷市でも水島臨海工業地域の一角に移り住んだ。

森は、地元の小学校、中学校に進学した。悪友たちとつるむ毎日だった。

中学を卒業した森は、地元で仕事をしたもののどうしても継母との折り合いが悪く、神戸、大阪の街に飛び出した。

アルバイトをした。当時だから、日雇いの肉体労働が主であった。食うために悪さをして、警察にパクられたこともある。

頼れるのは、父親の実姉である伯母だけであった。伯母だけが、甘えられる存在であった。

森が二十歳を過ぎたころ、伯母はF市に移り住んでいた。森は、伯母を訪ね、しばらくF市で生活した。

その後、東京に向かった。パチンコ店の店員や建設現場の運転手など、職を転々とした。

仲間うちには、昔のことをこういっていた。

「賭博《とばく》の胴元の手伝いや、パチンコの店員、ソープ嬢のヒモやったこともある」

森は、二十五歳のときに、八歳年下の女性と結婚している。その女性とは、三年あまりで離婚した。

そして、二度目の妻の恵子《けいこ》と知り合う。

ふたりが知り合ったのは、恵子が二十一歳、森が、三十二歳のころであった。

東京出身の彼女は、足立《あだち》区にあった喫茶店でウェートレスとして働いていた。

住まいは、店の上にある寮の部屋であった。

森は、そのころ建設会社の社長の運転手をしていた。住まいは会社の寮であった。

森は毎日のように彼女のいる喫茶店に通っていた。洋服のセンスはまずまずで、白い服を好んで着ていた。スーツ姿はめったに見なかった。

彼女は、のちに森に第一印象をこう語った。

「コワモテのひとだな、って思ったわ」

昭和五十四年、森と恵子は結婚した。

彼女の両親は十一歳もの年の差と森が再婚であることに、当初難色を示した。

が、彼女の気持ちに折れた。

森は、別れた前の妻のことについて、恵子に報告していた。

「向こうの姑《しゅうと》と、どうしてもうまくいかへんかったんや。それと子供がな……」

森は、子供があまり好きではなかった。

入籍して間もなく、森と恵子はF市に向かった。

F市には森が慕う父親の実姉である伯母がいた。

東京にいる彼女の親族も呼び、結婚のお披露目がおこなわれた。

森は東京にもどると、彼女にいった。

「F市に行って住もう。伯母さんもおるし」

ふたりは、F市に移り住んだ。

家賃一万円の安アパートで新婚生活をスタートさせた。

森は、タクシーの運転手として働き、彼女は喫茶店のウェートレスの仕事をした。

森は、いつもいっていた。

「わしは、ひとに使われるのは嫌いや。大きな商売して、金持ちになったる」

森が眼をつけたのは、白アリ駆除の仕事であった。

最初は、下請けから始めた。従業員も谷間正を雇い、森も、午前三時に起きて仕事をこなすこともあった。

森の威勢はよかった。

引っ越しも二回おこない、このころは五階建てマンションの二階に住んでいた。が、仕事の合間をぬっては、よく賭事に出かけた。競輪がいちばん好きで、競馬はGIレースに集中して賭けた。

麻雀は、東京にいた時代におぼえていた。

森は、まったくといっていいほど酒は飲まなかった。もっぱら、コーヒーを好んで飲んだ。

森は、体にはひと一倍気をつけていた。胃の調子が悪いと野菜ジュースを飲み、他人から、これが体によい、と聞くと、すぐに試してみたりした。

森は、まわりの者には気の強そうな態度を見せていた。家庭でも、亭主関白を気取っていた。外を歩くときでも、恵子は森と並んで歩いたことはない。恵子がいつも半歩下がって、後ろを歩いていた。

家計も、森が握っていた。そのくせ、森はかなりの寂しがり屋であった。

競輪に行くにも、コーヒーを飲みに行くにも、決してひとりでは行かない。いつも恵子か、谷間を連れて行った。

競輪や競馬では、タクシー運転手時代は一回に一万円、二万円賭けるくらいであった。

が、白アリの仕事を始めてから、五万円から十万円、調子よく当たったときには、一レースに何十万円もつぎこむことがあった。

賭けるのは本命ではなく、もっぱら穴党で、当たると何百万円になることもあった。

妻の恵子にも、自分の過去、とくに子供時代のことはほとんど話しはしなかった。

ただ一度だけ、森は口にした。

「わしは、実の母親に捨てられた。顔は知らんのや。わしは、伯母さんに育てられたんや」

森の始めた白アリ駆除会社は、従業員の給料や薬品代にお金がかかる。自分の遊ぶ金も欲しい森は、恵子の実家にかけあい、金を無心するようになった。

当初は気づかなかった恵子だったが、途中からは実家から知らされ、森からもほのめかされ、知るようになった。

最終的には、四百万円にもなったが、森はこの金を恵子と離婚した後も返金しなかった。

白アリ駆除の仕事が順調に行き出すと、森は若い従業員とふたりで、白いソアラを乗りまわし、大阪にまで女性をハントに出かけるようになったのであった。

百合子は、看護学校の授業の合間に、森にラブレターを書いた。それも、鶴の折り紙に一所懸命書いた。

それを折っていると、同級生がのぞいてきた。

「何を書いているの」

百合子は、はずんだ声で答えた。

「プレゼントするの」

「彼にプレゼント？」

友人は、冷やかして訊いてきた。

百合子は、「うん」とうなずいた。

また折り紙の裏に書きはじめた。

同級生が、のぞいて見た。

「『白アリさん　がんばって』と書いているのね。なぁに、それ」

百合子は、説明した。

「彼が白アリ駆除の仕事をしているの」

「だいぶ年上なの？」

「そう」

「十コ以上？」

「まあ、そんなもんよ」

さすがに十六歳も年上とは口にできなかった。

それからしばらくして、折り紙にラブレターを書いているのを見た同級生と学校のそばの道を歩いていると、クラウンが急停車した。

百合子の姿を見つけたらしく、車から、遊び人風の若い男たちが、三、四人降りてきた。

森と、彼を「社長」と呼び慕う従業員の谷間正、それに森を「兄貴」と慕うギャンブラー仲間の若い取り巻きであった。

取り巻きの若い男たちは、百合子にいっせいに頭を下げた。

なかのひとりが、百合子に声をかけた。

「姐《ねえ》さん」

百合子は、ついうれしくなり得意気な顔になった。

その夜、同級生に訊かれた。

「昼間会ったひとが、『白アリ』さん」

「そう」

「想像していたより若く見えるじゃない。なかなか渋いひとね」

「ふふ……」

百合子は、うれしくてならなかった。

4

森隆介は、百合子の処女の女体を、たっぷり楽しんだ。これ以上処女のまま楽しんでも、かえってマンネリに陥《おちい》る。いよいよ、百合子の処女を奪うことにした。記念すべき日であるから、いつものようなモーテルでなく、大阪は中之島《なかのしま》にある大阪ロイヤルホテルで抱きあった。

百合子は、そのような高級ホテルは初めてなので、はしゃぎよろこんだ。

「わたし、一度でいい、こんなホテルに入ってみたかったの」

百合子は、窓辺に立ち、窓から見渡す大阪の海をうっとりと眺めた。海がきらきらと光り、眼に痛いほどだ。

森は、百合子の背後から立ったまま優しく抱きしめた。淡いブルーのブラウスに手をしのばせ、乳房にふれる。

細身ながら、乳房はとうてい手のひらにはおさまりきれない。たっぷりはみ出している。

それも、信じられないほどやわらかい。

ゆっくりともみしだきはじめた。

「あぁ……社長さん」

やわらかい乳房が、まるでゴムまりのようにはずむ。

今年で二十四歳になる妻の恵子ではとても味わえぬ若々しいはずみであった。

若き命の塊《かたまり》であった。

森は、もみつづける。

百合子も、森に体をあずけ、うっとりと酔いしれる。

「社長さん……体が溶《と》けそう……」

森は、百合子の耳元に口をつけ、ささやこうとした。

ところが、森のささやこうとしたことを、百合子が先に口にしたのである。

「社長さん、わたしのヴァージン、奪って……」

森は、立ったまま紫色のタイトスカートをめくった。

紅色のパンティが、あらわになった。

これまで白のパンティであったが、今回のデートのため、わざわざ紅色のパンティを買ったのか。

森はパンティを、つるりと剝《む》くように脱がせた。ゆでたまごのように、白くつるつると光るゆたかな尻があらわれた。

窓から射しこむ光に、まばゆいほどだ。

森は、あらためて息を呑んで百合子の尻に見惚れた。

〈いつもは、夜にモーテルで抱くから、これほどまでに美しいとは気づかなかった〉

百合子は、上ずった声で甘えた。

「ね、社長さん……」

百合子も、これまで焦《じ》らしに焦らされていたため、早く犯されたかったのかもしれない。

森には、百合子が処女ながらかすかに尻をゆすってせかしているようにさえ映った。

森は、ズボンをずらし、ペニスをあらわにした。

ベッドで大人しく犯すより、窓の外の美しい風景を眼にしながら犯すほうが、より刺激的であった。

森の眼には、百合子が、かすかながら尻を突き出すように映っている。

〈おお、かわいい、かわいい〉

森は、ペニスの雁首《かりくび》を花弁にそっとしのばせた。

「あぁ……」

百合子は、うっとりとした声をあげる。

森は、百合子に優しく声をかけた。

「百合子、ええんやな」

百合子は、うなずいた。

森は、グイと突き入れた。

「あぁ……」

百合子は、尻をゆすった。

痛いほど狭まりはきつい。

が、それも一瞬のことで、奥の奥まで突き入った。

「あぁン……」

百合子は声をあげる。

森は、おもわず訊いた。

「痛かったか」

百合子は、涙声になった。

「うんと痛かったけど、そのぶん、うんとうれしいわ……」

百合子は、森に体をもたせかけて、首をねじり、森を見た。

眼から、涙がしたたっている。

「これからも、うんとかわいがってね」

森は、百合子の頬《ほお》にあふれる涙をすすった。

「おまえのようにかわいい女は、知らんで……」

森は、それから三カ月後、百合子を自分と妻の暮らしているマンションに連れてきて、妻の恵子に会わせた。

百合子を、妻に紹介した。

「網元の娘でな。ごっつい金持ちなんや」

森は、百合子の耳元でささやいた。

「お手伝いさんやから」

百合子は、恵子にあいさつひとつしなかった。

恵子は、口にこそ出さなかったが、心の中でおもっていた。

〈この娘は、なんとも気の強そうな娘だわ〉

百合子は、恵子の手料理を食べ終わったあとでも、「ごちそうさま」ひとついわなかった。当然、食器も洗わない。もっぱら女性従業員が百合子の分まで洗っていた。

恵子は出産をひかえ、東京の実家にもどった。

森は、バクチ仲間に百合子を自慢した。

「どや、キャンディーズのランちゃんに似ててかわいいやろ」

キャンディーズは、田中好子《たなかよしこ》、伊藤蘭《いとうらん》、藤村美樹《ふじむらみき》の三人娘で、伊藤蘭はランちゃんと呼ばれていた。かわいいタレ目で、甘ったるい表情をしていた。

昭和五十六年の暮れ、恵子のお腹の子供が九カ月になったころ、実家にいた恵子のもとに森のほうから電話が入った。

「百合子といっしょになろうと思てるんや。別れてくれ」

当惑する恵子だったが、とにかく、長男を産んだ。その誕生祝いは、森の親代わりの伯母からも届いた。恵子は、うれしかった。

が、森は、子供の出産をそれほどよろこんではいないようだった。

出産を終えた恵子は、両親といっしょにF市のマンションにもどった。

結局、二カ月の別居期間を置いて、離婚することになった。

恵子は、アパートと家具、二カ月間の生活費は払ってもらったものの、恵子の実家からの借金、慰謝料もなければ、それ以降の生活費も養育費も払ってもらえない。

恵子は、さすがに電話で森に訴えた。

が、森はそっけなく答えた。

「払う気はない。裁判したって、そんなもン払わんからな！」

逆に脅迫されているかのような、すさまじい剣幕であった。

森が恵子と別れ、いよいよ百合子と結婚するかという一カ月の間、何度か恵子のもとに百合子から電話がかかってきた。

「わたし、他にいっしょになりたいひとがおるの。迷ってるの。恵子さん、よりもどして、もう一度いっしょになれば」

恵子には、百合子が本心でいっているのか、それとも恵子の気持ちを試しているのか、判断がつかなかった。

百合子は、昭和五十八年四月、看護学校を卒業した。

卒業はしたものの、看護婦試験を受けていないのだから、成績はよくなかった。一学年百名だが、看護婦資格を取らないのは、ひとりいるかいないかであった。

看護学校の卒業アルバムには卒業生の白衣姿の全身写真、卒業式のときに写したバストアップの写真が載せられる。

百合子の写真は、ポッチャリとして、ずいぶんと太っていた。森とつきあううちに太ったのである。

バストアップの写真の下に名前と、ひと言、ふた言、本人の言葉が添えられる。

百合子は、記していた。

「私の人生、それは、自由」

看護学校を卒業した一カ月後の昭和五十八年五月、百合子は、森と結婚した。

百合子の親戚は、この結婚には猛反対したが、百合子は聞く耳をもたなかった。

親たちも、しぶしぶ承諾した。

結婚披露宴は、百合子の郷里の仙源《せんげん》温泉の旅館でおこなわれた。

百合子の父の兄弟六人、母の兄弟八人をふくめ百合子側の親戚が三十人出席した。

この式の直前、いさかいがあった。

森は、再々婚である。しかも親戚だけの内輪の顔合わせと聞いていた。

八人の森の親戚はセーター姿の普段着で、結婚式場に出向いた。

正装で勢ぞろいしている百合子の親戚を前に、森は激怒した。

「てめえ、おれたちをコケにするつもりか！　恥をかかせやがって！」

そういうと、森は百合子を平手で殴りつけた。

森は百合子に金を出させ、その足で競輪場に走った。

金を賭けてひと儲けし、結納金をつくった。

一週間後におこなわれたやりなおしの式は、百合子が四回もお色直しをするという盛大なものであった。

5

百合子は、森とともに新婚生活をはじめた。

新居は、家賃三万円の三部屋あるアパートだった。

百合子は、大皿料理でもてなすのが上手であった。華やかに盛りつけるし、手早い。

正月は、家庭料理ばなれした豪華さで、実家が漁師のせいか、大きな海老《えび》や魚がふんだんに使ってあった。

近所の人が、百合子についてささやいている言葉が、森の耳に入ってきた。

「奥さんは、おとなしそうな人ですねぇ。ずいぶんと若い娘さんですねぇ。ダンナさんがどうこういってるのを素直に、ハイハイときいている。どちらかというと、亭主関白みたいな感じがしますね」

百合子は結婚した後も、何度か森の前妻の恵子の住まいを訪れた。

最初は、森の持ち物を取りに行った。

そのときは機嫌が悪く、ヒステリックにわめきたてた。

「隆介さんの分は、全部返してもらうわ！」

百合子は、そうわめきたてると、森の実印、クレジットカード、残高ゼロの通帳まで持ち去った。

恵子は偶然、百合子の高校の同級生と知り合い、百合子の隠された一面を教えられた。

「明るい娘でしたよ。ユーちゃん、あるいはユーさんと呼ばれてた。ふだんは笑顔でおだやかだけど、怒ったらプッツンするというか、ヒステリックな面があった。『あんた！　なにィー！』いうて、顔もキーッとなって、何をいっているのかようわからんけど、一方的にまくしたてて。こっちが、この子どうしたんやろうって思ったこともありますよ」

百合子は、このころから化粧品のセールスのアルバイトをしはじめていた。セールスに恵子の家をたずねたこともある。

そういうときは、ひどく機嫌のいいときであった。ひどい気分屋であった。

間もなく、森と百合子は、二階建ての三棟つづき家賃三万五千円の借家に移り住んだ。

森は「森白アリ」として独立し、従業員も四人に増えた。昭和五十九年には、百合子にも子供が生まれた。

恵子は、そのころの百合子は、森によくつかえるおとなしい妻だという噂を耳にした。

「百合子さんが赤ちゃんをあやしている姿を見ていると、いいお母さんだなって思いましたね。ダンナさんが、仲間のひとと麻雀をしてはったんかな。赤ちゃんが泣いてうるさいからって、怒鳴った声が聞こえて、その後に、赤ちゃんを抱いた奥さんが出てきはって……」

恵子が、Ｆ市内にスナックを開いたとき、森と百合子はふたりしてちゃっかりと顔を出した。

百合子は、機嫌よくカラオケを歌った。

昭和五十九年十月、森隆介、百合子夫妻は、F市に待望のマイホームを購入した。

高台にある家は、三千万円のローンを組んで購入した。

百合子の実家からかなりのお金が出た。

森は「森白アリ」の事務所を、自宅の中にかまえた。

百合子は、昭和六十年に次女を出産した。

この年の十一月、「森白アリ」の従業員が、急性腎不全で急死した。

森といっしょに車でよくナンパをしていて、百合子を最初に口説きかけていた谷間正である。二十七歳の若さであった。

会社で麦茶を飲んで間もなく、気分が悪くなった。森が市内の病院に運んだ。

谷間は、病院に運ばれるさい、気になることを口にした。

「腐った麦茶を飲んで、気持ちが悪くなった」

入院したとき、谷間の名前は、なぜか本名ではなかった。百合子の次兄の名前で入院したのである。

谷間は、すぐに大阪の近畿大学附属病院に移された。が、谷間の家族のもとに百合子からようやく連絡が入ったのは、亡くなる三日前のことであった。

あわてて家族の者が病院に駆けつけたところ、「気分が悪い」とくり返し、それから容体が急変し、ついに亡くなってしまった。

谷間の死後の保存臓器からヒ素が検出される。

恵子が森に電話をかけてきていった。

「あの谷間君が亡くなるなんて……病院で最後に会ったときも、口が重そうだったわ。『しんどい……』というて。何か変やった。あんた、おもい当たることはないの？」

「おれにも、わからん」

森は、谷間になにもしていなかった。

〈病院に運ぶとき、正は、腐った麦茶を飲んで、気分が悪くなった、というとった。もしかして、百合子が……〉

が、すぐに首を振り疑惑の念を振り払った。

〈まさか、百合子が……〉

谷間が亡くなってしばらくしてから、百合子から谷間の家に電話があった。

「谷間さんには、二千五百万円の保険がかけられていました」

「わたしたちは、そんなことは、まったく知りません。だれが契約を仲介したんですか」

「保険外交員であるわたしの母親です」

「受取人は、誰になっているんですか」

「谷間さんのお母さんになっています」

「では、手続きはこちらでやります」

谷間の母親は、印鑑と死亡診断書を持って谷間の契約していた保険会社に行った。

それからしばらくして、保険会社から、谷間の母親に連絡が入った。

「すでに、全額引き出されています」

保険金は、百合子の母親によって全額引き出されたのである。

谷間の家族が、百合子に電話をかけ、問い質《ただ》した。

「何の権利があって、正の保険金を、あなたたちが引き出すの！」

百合子と百合子の母親が、谷間の家族のところにやってきて弁解した。

百合子がいった。

「掛け金を途中から、母が立て替えて支払っていたので、保険金をこちらで受け取ったんです」

当然、谷間の家族は、抗議した。

「受取人に黙って保険金を受け取るのは、おかしい！」

百合子は、うなずいた。

「わかりました。納得していただけるようにします。ええあんばいにしますから」

ところが、いくら待っても、谷間家には連絡が来ない。

来ないわけで、森夫婦は二千五百万円の保険金で贅沢三昧《ぜいたくざんまい》を始めていたのである。

森は、ガレージを新築し、カラオケルームもつくった。

百合子は、車を買いかえた。

近所のひとたちは噂し合った。

「もう、しょっちゅう大工さんが入って、改築だの新築だのしてる。よっぽど白アリ駆除ってもうかるんやろか」

谷間の家族は、昭和六十二年、弁護士と相談し、保険金の支払いを求めて訴訟に踏み切った。

森夫婦の自宅が、仮差し押さえを受けた。

が、近所の人たちには、百合子は、小さな子供のめんどうを見て、「明るい感じのひと」と映っていた。

反面、ゴミなどは指定日以外に平気で出したりしていた。近所の人が注意すると、百合子は逆に注意した人たちにすさまじい形相《ぎょうそう》で食ってかかった。

そのヒステリーぶりに、近所の人はおどろき、二度と百合子に注意しなくなっていた。

森夫婦と海原一夫《かいばらかずお》が出会ったのは、昭和六十一年四月であった。

海原はこのとき二十四歳で、当時自動車の販売会社に勤めていた。

海原を森夫婦に紹介したのは、近所に住む森の知人であった。

そのとき、森は、海原に訊いた。

「麻雀するんか？　カラオケは？　近くに来たら、家へ寄れよ」

海原は一週間後、森の家を訪ねた。森は、気さくに迎えた。

「おー、家に上がれよ」

翌五月初旬、百合子から海原に連絡があった。

「昭和六十年に亡くなった谷間正さん名義のトヨタのバンを、処分してくれませんか」

海原が承諾すると、百合子は海原に、谷間の印鑑証明など書類一式を預けた。

海原は、車を廃棄処分にし、その報告に森家を訪ねた。

夫婦は、激しい喧嘩を繰り広げている真っ最中であった。

原因は、百合子が海原に車の処分を依頼したことであった。

森は、百合子をののしった。

「大事な正の印鑑証明を、なぜこんなことに使うんや！　保険のためには、この書類に勝負がかかってるんや」

森は、百合子を力いっぱい蹴《け》飛ばした。

すると、百合子は、いきなり海原を小突いた。

「あんたが必要だっていうたから貸したのに、あんたのせいで蹴られたわ」

海原は、しばらくして、百合子といっしょに谷間の実家に印鑑証明を取りに行く羽目になった。

6

しばらく経って、今度は森から海原に電話があった。

「海原君の会社から、車買うわ」

ブローニィのダブルキャブ、つまり六人乗りのバンを年末に納車した。

森は代金の百万円を、その場で即金でポンと払った。

海原は、やがて、週一回のペースでおこなわれる森家の麻雀に参加するようになった。もちろんセールスも兼ねていた。

そのころのメンバーは、森家の近所の銀行員、会社員、森がかつて下請けとして仕事をもらっていた白アリ駆除会社の役員と社員などであった。

百合子は、コーヒーを持ってくるとき顔を見せるていどであった。

百合子は、夕方になると、近所のママさんバレーに出かけた。

そのまま、夜はいないことが多かった。

海原は、森から、しきりに誘われた。

「自動車の販売会社なんか辞めて、うちに来いや。仕事を一所懸命して、給与なんぼくれる？　うちに来たら、もっと出してやる」

海原は、家族と住んでいた。母親が、その一月に重病で倒れたばかりだった。金も入り用で大変な時期だった。

海原はついに、森の誘いに応じた。

昭和六十一年六月から「森白アリ」に勤めはじめた。

「おまえ、ほんまに辞めて来たんか」

森はそういって、「森白アリ」に勤めることにしたのは海原の意思であることを念押しした。

森家には、夜になるとライトが灯《とも》るみごとな庭石があった。

海原は、麻雀仲間から聞かされた。

「森社長は、『庭石は、谷間君のおかげや。谷間が、あれに生まれ変わったんや』いうてたで」

海原が、森に確かめた。

「谷間さんの死因は、なんなんですか」

森が答えた。

「正は、帰ろうとするみんなを引き止め、毎日のように徹夜麻雀を打ちよった。徹夜明けで、すぐに白アリの仕事に行きよった。それにマスクもせんと仕事するんや。あんなことしたら、そら死ぬわ」

当時の「森白アリ」は、森、百合子の実兄、海原、もうひとりの従業員の四人で運営されていた。

海原は、午前六時に「森白アリ」を出た。

車二台に薬品を積み、現場に出かける。

床下に潜《もぐ》り、ドリルで穴を開け、薬を撒《ま》くなどの作業は、資格を持っていた百合子の実兄ともうひとりの従業員が担当した。

海原の仕事は、外壁に手押しポンプで薬を撒いたり、買い出しの準備をするなどの補助的なものだった。

防護服に長靴を履《は》き、防毒マスクをつける。

森は、朝の早い遠方の現場には来なかった。重要な施工主のときだけ来て話をしていくていどであった。現場作業はしなかった。

白アリ駆除にはヒ素を使っていた。

森家の近所で借りていたコンテナの中に、レントレク、クロールデンといった液体薬といっしょに、入口付近で、赤ちゃんマークがついたミルク缶に入れてヒ素を保管していた。

森が、釘を刺した。

「これは、〝重《おも》〟といってヒ素やから、絶対にさわるんやないで」

海原がコンテナの整理と管理をしていた。当時からドラム缶ではなく、ミルク缶ふたつだけがあった。

森がいっていた。

「いまは、ほんまは使うたらあかんのや。けど、うちは百合子が、劇毒物取り扱いの資格を持っているから、入手出来るんや」

コンテナの半分は、森家の倉庫を兼ねていた。子供用の滑り台などが置いてあった。

コンテナには森はほとんど来なかったが、百合子がよく出入りしていた。

ヒ素を使うのは、白アリが再発して苦情が出たときだけに限っていた。

じじつ、森から「明日、重《おも》を使うから用意しとけ」といわれたのは一回だけだった。

ミルク缶から、ごく微量のヒ素をスポイトで取り、白アリの通り道に垂らすのである。

当時の「森白アリ」の報酬は、一件で約十万円であった。

粗利《あら》は、月六百万円ほどあった。

海原は、月に十五万円の給料をもらっていた。

白アリの仕事は、秋と冬が暇になる。海原は、暇なときは、森に麻雀、競輪につきあわされた。麻雀のメンバーがそろわないときは、森の得意なカラオケにつきあう羽目になる。

変則麻雀のサンマー（三人麻雀）もやった。イカサマの手伝いをしたこともあった。海原が食事や飲物を運ぶとき、森の相手の手を後ろから見て、森にサインを出す。三と六の筒子聴牌《ピンズテンパイ》なら、ペンを持つことで筒子と知らせ、三や六などあらかじめ体の部位で先決めしておき、そこに手でさわることで森に、相手の待ち型を知らせるのである。

この当時のレートは、箱の点棒がなくなるハコテンになると、三千円負けという一般的には低いものだった。

負けても、一晩で二、三万円である。勝っても負けても、後で森から三千円ほど小遣いをもらった。かつて元請けであった白アリ駆除会社の役員には、わざと振りこんで勝たせた。

百合子が夜中遅く帰って来ると、森は咎《とが》め、怒鳴りつけた。

しかし、百合子もいい返した。

「あんたも、競輪、麻雀ばっかりしてるやンか！」

しかし、そのままですむわけはなかった。かならず、森は百合子を殴った。

百合子は、半べそかきながら二階に逃げこんだ。

森夫婦は、生活が苦しくなると、夫婦喧嘩をはじめる。

森が口を切って、怒鳴る。

「おばんの金遣いが荒いから、なくなるんや！」

森は、二十五歳と若い百合子なのに「うちのおばん」と呼んでいた。

百合子も、負けてはいなかった。

いい返した。

「あんたが競輪で金使うて、ぎょうさん負けるからやわ！」

罵《のの》り合いになる。

海原は、森に冗談めかしていわれた。

「カズオ、病院行って、医者の前で、ションベンでもウンコでも垂れたれや。そしたら、精神障害で保険金が入るで！」

海原は、さすがにそんな真似はできなかった。

7

昭和六十二年二月十四日、海原一夫は百合子からイカ入りお好み焼きをすすめられた。

「カズオちゃんの分は、マヨネーズとソースつきや」

森家でよく食事をしていたので、海原はなんの疑いもなく口にした。

海原は、そのお好み焼きを口に運んだ。

瞬間、異様な味がした。

〈なんや⁉　この味。イカが、腐ってるんちゃうか〉

百合子は、買ってきたものを冷蔵庫にも入れず、放ったらかしにしていることがしょっちゅうだった。

海原は思った。

〈いつ買うてきたものやろ。絶対腐ってるわ〉

出されたものを残すのも悪いとおもい、それでも無理をして全部食べた。

帰宅するなり、すぐ気分が悪くなった。

腹がよじれるような激痛をともなう嘔吐《おうと》が始まった。

トイレに、何度も駆け込んだ。

しまいには吐くものがなくなった。胃液や血反吐《へど》まで出た。

猛烈な下痢も同時にあった。

酔っぱらって吐くと、全部もどして水を飲めば、気分はあるていどよくなるものだ。しかし、吐いても吐いても、逆に気分が悪くなるいっぽうであった。

一晩中、のたうちまわった。

翌朝、妻が見かねて、救急車を呼んだ。

市内の病院に担ぎこまれた。

医師は、診断した。

「食中毒に、風邪の症状が重なった」

そのまま入院した。手足が冷やっとして感覚がなくなる症状があった。

服のボタンが嵌《は》められない。新聞もめくれない。

しかし、吐き気がおさまったので、入院五日後の二月二十日、いちおう退院した。

森が見舞いに来た。

「風邪ひいたくらいで、なに入院しとんや。さっさと退院して、競輪行こや」

退院後も、身体のだるさはまったく取れなかった。

が、休むと、また森になにをいわれるかわからない。そういう不安から、仕事現場には出た。

仕事の後は、森にカラオケ、競輪と引っ張りまわされた。

二月二十七日、ふたたび身体の不調を覚えた。

森に訴えた。

「体がだるうてしょうないわ……」

森は、百合子にいった。

「医者が使てる薬が家にあるんや。それ飲むか？　おばん、出したれよ」
海原は、百合子にカプセルかオブラートに包まれた薬を手渡され、飲んだ。
病院にも行き診てもらった。
風邪薬を飲まされた。
三月四日、森が海原の身体を気づかい、個人病院に連れて行ってくれた。
そこで、診察を受けた。
医師は、すぐに日赤《にっせき》病院への紹介状を書いてくれた。
海原は、すぐ日赤病院へ行った。
海原は、そのころには、もうふらふらの状態であった。
外来室に入るときも壁づたいに歩かないと動けない状態だった。
周囲から、ジロジロ見られた。
診察を受けた。
すぐ検査に入った。
胃カメラを飲み、レントゲン検査を受けた。
検査を終えるころには、すでに立ち上がれなくなっていた。
看護婦が、車椅子を用意してくれた。
即刻入院した。

翌日には、ＩＣＵ（集中治療室）に入った。

が、海原は、内心ホッとしていた。

〈これで、森家からようやく解放されるのかなあ。身体の辛さが治る〉

市内の病院に入院したころ出ていた手足の冷えや、うまく指を使えない症状は、よりいっそう悪化した。痺《しび》れにまで悪化した。

痛みはないが、金縛りにあったように身体が重い。

動かそうと思っても、動かせない。

痛みは、心臓の鼓動に合わせて、ズッキンズッキンと中へ響くような痛みに変わった。

布団《ふとん》を足にかけただけで、悲鳴を上げた。

そのため、布団も直接身体に触れないようにかけてもらった。

二十四時間中、痛い、痛い、と身体を曲げ、縮めていた。

その状態がつづいたため、寝返りすらうてなくなった。

蛙《かえる》がひっくりかえって転んだような形で、寝たきり状態になった。

自分で食事ができなかった。

妻が食べ物をスプーンですくい、海原の口まで運び、食べさせた。

尿瓶《しびん》に排泄《はいせつ》をした。

体重はみるみる減った。ついに五十キロを切った。

神経内科の分野の症状だった。日赤病院には神経内科の専門医がいない。病院は困りはて、

「ギラン・バレー症候群（多発性根神経炎）」という診断を下した。

神経が急速に麻痺してくる。麻痺が心臓、肺機能まで侵《おか》すことを食いとめるため、副作用覚悟でステロイドホルモンを投与された。

しかし、よくはならなかった。

百合子は、一回も見舞いに来なかった。

森は、一カ月に二度ほどはやって来てくれた。

森は、軽口を叩いた。

「どうや、元気か。麻痺してるんやったら、カッターナイフで刺しても、痛みは感じんはずや」

森は、まだ肝心の保険のことはいい出さなかった。だが、なにか期するところがあるらしく、海原にいっていた。

「日赤みたいなチャチなとこは、あかん。わしが、大阪の近大《きんだい》病院に入れたる」

が、近大病院は、海原の前の従業員である谷間正が、森の指示で転院してすぐに亡くなった病院だった。

海原は、さすがに気味が悪い思いがして、妻と相談して断わった。

四月二十八日、担当医が判断した。

「神経内科がある大阪の住友《すみとも》病院に移した方がいい」

その医師に付き添われ、救急車で転院した。

しかし、住友病院でも原因はわからなかった。

同じ診断を下された。

ゴールデンウィークを過ぎたころから、海原は地下のリハビリ室に車椅子で連れて行かれた。

何十項目かの検査を受けた。

そのほとんどが、五段階判定の一番下である「まったく動かない」の判定だった。

海原は、理学療法士に脚をさわられただけで「痛い！」と悲鳴をあげた。

膝をゆっくり曲げる訓練から入った。

森は、海原の兄と病院で会うといった。

「弟さんが大変なことになったけど、心配せんでええ。治らん病気は治らんが、そのために保険があるんや。一生、治らへん病気は死亡と同じ額の補償が出るからな。ウチでも、ちゃんと保険に入ってある」

それから、百合子が海原の兄にいってきた。

「うちの母親が栄生命の営業所にいるので、うちの『森白アリ』を受取人とした栄生命の団体保険に、弟さんが入っている」

五月十八日、森は、住友病院から「一級・高度障害」の海原の診断書をもらった。

森は、海原名義で入っていた栄生命の団体保険三千万円の請求をしようとした。

が、栄生命から拒否された。

診断書の中に「軽度の改善が徐々に示される」との言葉が書いてあったからだ。

森は、その内容を知り、激怒した。

「あの担当医のボケが、よけいなこと書きやがって！　こんな書き方をするから、保険が下りんのや」

担当医に、文言を変えるよう執拗《しつよう》に頼んだ。

しかし、当然のように断わられた。

森は、

「二カ月は待たなあかん。でも、住友はあかん。日赤の方がマシや。帰ってこい」

海原は、保険のことは、「森白アリ」に入ったとき、百合子から説明を受けた。

「経営者が従業員のために入る保険や」

その保険は栄生命で、海原の親を受取人にし、海原がサインをして入った。

担当者は、百合子の母親だった。

しかし、これは百合子のいうような団体保険ではなく、個人保険だった、とのちに警察から海原が聞いて知る。

警察からの話だと、昭和六十二年一月には、受取人が海原の親から森に変えられていた。

海原は、当時、まさかヒ素が病気の原因とは知らなかった。

森夫婦は、受取人名義を変えたとたん、海原にヒ素を飲ませたことになる。

八月十五日、海原は、ふたたび日赤病院にもどった。

痛みは和らいでいた。自分で自分のことはできないが、少しは身体が動くようになった。

しかし、森からはいわれた。

「リハビリなんかするなよ。保険が出んようになる」

海原は、前の自動車会社にいたときから、大光《たいこう》生命の保険に入っていた。入院給付金の申請はしていた。

森や百合子は、保険のことをどこかで調べてきては、海原や妻に檄《げき》を飛ばした。

「ええか。高度障害という、死亡時と同額もらえる保険があるんや。これは医者の診断書次第で、満額かゼロや。勝負かかっとんのや。次で勝負せなあかんのや」

「勝負かかっとんのや」は、森の口癖だった。

森は、日赤病院の担当医とは面識がなかった。[illegible]担当医が便宜を図ったということは考えられない、と海原は今でも確信している。

海原が見るかぎり、日赤の担当医は、医者として良心的な医者であり、森は、それをいいことに海原に細かく指示を出した。

「高い入院費も払えず、今後の生活の目処《めど》もつかない。困っていることを、表情で担当医に訴えるんや。検温、回診のときは、おまえらふたりともニコニコ笑うな。大光も栄生も、自分の保険やといえ」

が、海原は、森のいうとおりにしなかった。

八月二十二日、森は、栄生命に二回目の高度障害申請をした。海原は森から訊かれた。

「診断書に、どんなに書いてある？」

海原が見ると、『現在の症状は固定されており、回復の見込みはない。終身介護を要す』と記されていた。

無事に申請が通った。保険金は支払われた。

森夫婦は、そのとき、海原にかけた高度障害保険金三千万円を手にした。

海原の兄は、森が保険金三千万円を手にしたことに、納得がいかなかった。

「病気になったのはおまえなのだから、もらう権利がある、と森さんにいえばどうか」

が、海原は、おびえていた。

「じつは、おれの前に森さんのところで働いていた谷間さんが突然死んだんや。そのひともおれと同じような保険を森さんにかけられてた。あの夫婦の金と保険に対する執着はものすごい。郵便局やどこどこの社は審査が甘いとか、よう話し合うとった。もう、恐ろしくてたまらん、森さんとこれ以上、関わりとうない。なにもいわんといてくれ」

森が、ただちにやってきた。

「双方もう関わらない、と書類入れとこか。金のことやからな」

海原の妻が、海原に代わってサインをした。

それっきり森も百合子も、見舞いも連絡も断った。

このとき、海原も、妻名義の契約分の二千万円の保険金を受けとった。

海原は、日赤病院を退院した。

昭和六十二年十月、リハビリ専門病院へ転院し、リハビリ治療をして脚を装具で固定し、松葉杖《まつばづえ》をついて移動できる状態まで回復した。

十二月末、ようやく退院した。

そして、その一年半後の平成元年七月、やっと装具を外して動けるようになった。

海原は、リハビリ、社会復帰に必死に取り組んその間に、妻とは離婚をした。

〈人生を、やりなおそう……〉

8

百合子は、昭和六十二年、三人目の子供を出産した。はじめての男子だった。

昭和六十三年、今度は、森自身が、F市内の病院に入院した。

森は訴えた。

「足の先が痺《しび》れて、歩けなくなった」

医師からは、原因不明の多発性神経炎と診断された。

症状は下半身不随で、しばらくは垂れ流し状態であった。ヒ素中毒の症状とよく似ていた。

保険会社三社から死亡保険金と同額の高度障害保険金が支払われた。

森が両脚の機能全廃と診断され、一種一級の障害認定を受けたからである。

支払われた保険金の総額は、二億円にものぼった。

恵子が、森が入院した病院にいちど顔を出した。

百合子と顔を合わさないように、早朝に顔を出した。

やつれた森の顔を見て、びっくりした。

〈あんなにひと前では強がってみせて、こわもての貫禄《かんろく》のあるひとだったのに……〉

森が、愚痴《ぐち》った。

「もうワシもあかんわ。百合子に金を握られてもうて、小遣い銭しかくれんのや。ほんまに、まいったで……」

弱々しくそう口にする森を見て、恵子は思った。

〈隆介さんは、変わってしまったわ。金は自分で握っていたひとなのに、今では百合子ちゃんが握っているのね〉

十分もたたないうちに、森がいった。

「百合子が来るといかんから」

恵子は、うなずいた。

「そうね。おだいじに……」

そういって別れた。

恵子は、病院から帰りながら思った。

〈百合子ちゃんは、嫉妬深い。ものすごくヤキモチを焼くから。そうなると、ヒステリーになるから、それをいやがって、わたしを早く帰したんだろうな〉

退院した森は、ほとんど白アリ駆除の仕事を麻雀三昧《ざんまい》の生活をおくるようになった。

「ほんまは競輪に行きたいけど、脚がまだえらい（だるい）から」

と、麻雀にしたのである。

百合子もたまに森のそばに座って見ていたこともある。

麻雀のレートは、高かった。麻雀仲間は、二、三十万は持って来ていた。

手が痺れて麻雀牌も持てないから、百合子に積ませて代打ちさせることもあった。

食事も、「あーん」と口を開けて百合子に食べさせてもらっていた。

麻雀仲間が、ふたりを冷やかした。

「熱いのう。おふたりさん」

森は、ニヤケた顔でいった。

「わしは身障者やけ、悪いのう」

森は、奇病にかかってからは、麻雀仲間をこういって誘っていた。

「麻雀は、わしのリハビリやけ、つきあってくれなぁ」

百合子は、麻雀仲間に料理をつくって出した。

料理といっても、ソーメンとか焼きそば、うどん、カレーなど、みんなレトルト。湯《ゆ》掻《が》くのか、出来合いのものばかりであった。

森は、原因不明の病気になったのは、百合子にヒ素を飲まされたせいにちがいない、と思っていた。

〈しかし、正のときのようにわしを殺すつもりはなかったはずや。保険金稼ぎのため、量をかげんして飲ませたはずや。ま、こうして遊んで暮らせるなら、これもええやろう……〉

平成二年四月、F市民会館でピアノ発表会が開かれた。百合子は、この発表会に参加した。

第一部では、長女と連弾、第二部では、ベートーベンのソナタ「テンペスト」をソロ演奏している。

新調した舞台衣装のスーツにふとめの体を包みこみ、うっとりと演奏をつづけた。

百合子は、それまで化粧品のセールスをしていたが、平成二年六月、大光生命F支部に就職した。

百合子の営業成績は、よかった。というのも、母親の客を引き継いだのだ。

百合子の母親は、栄生命の外務員で、支部の支部長にまでなったやり手セールスレディーであった。

母親は、自分の古くからの客に、百合子を紹介した。

「娘が保険の外交をやってるから、入ったって」

「あんたとは長いつきあいやし、ええよ」

母親は、ハキハキしていた。めんどうみもいい。地元の婦人会の会長もやっていた。私生活のことはあまり客に話さなかったが、仕事のときは、保険のことはよくしゃべった。客は、いつも納得させられた。

百合子といっしょに客のところに姿をあらわしたときも、母親がいろいろしゃべって、百合子は、「お願いします」というていどであった。

ところが、百合子がひとりで母親に紹介された客のところに顔を出すようになってからは、母親以上に、よくべらべらしゃべるので、客はおどろいた。

立て板に水であった。客は、あっけにとられるだけであった。

百合子は、入社したときから成績はよかった。ふつうは月に三本も契約が取れればいい方だが、その三倍は取る。しかも、五千万円以上の大口の死亡保障ばかり。給料も、月に七十万円から百万円はあった。集金カードが、毎月十五センチくらいの分厚さであった。

しかし、トラブルメーカーであった。百合子の取ってくる保険は、違約が多かったのである。

百合子は上司に呼び出されて、注意を受けた。

「リサーチ会社から、問題のある契約者が多い、解約の多さも異常だという報告があった。ほとんどが、きみの担当している契約だ。これからは注意するように」

百合子は、激怒した。

「契約をいちばんとってきてるのは、だれやの！　あんたも、そのおかげで栄転やろ！」

百合子はそういうや、上司に携帯電話を投げつけた。

唖然《あぜん》とする同僚に、吐き捨てた。

「支部長のクビぐらい、飛ばしたるわ」

支部の駐車場でも、みんな奥から順番に車を入れていくのに、百合子は入口に停めてしまう。何度も文句が出ていたが、聞く耳はもたなかった。

お客さんに、契約のお礼とかで持っていく品物がある。みんな自腹で購入する。ところが、百合子が入社してから、よくその品物がごっそりなくなった。

みんなは、陰で噂した。

「森百合子が勝手に持っていったんじゃないの」

が、百合子にまともにはいえなかった。彼女が逆上したら怖い、とみんなで脅えていた。

契約数を示す棒グラフは、百合子のグラフだけ群を抜いていた。棒グラフは天井にまで伸びていた。

同僚たちは、ささやき合った。

「彼女が自腹を切って保険料を肩代わりしてるんじゃないの」

百合子は、平成三年には、トップレディーの表彰を受ける。

いっぽう森は、麻雀に加えて競輪にものめりこんでいた。

競輪の開催日には、仲間の運転する車に乗りこんでかならず出かけた。

森は、ギャンブラー仲間にいっていた。

「麻雀もようするが、やはり競輪のほうが好きなんや」

近辺の競輪の開催のときには、競輪場から連絡が入り、かならず行っていた。

「体を壊して、脚いわした（怪我した）んや」

森はそういっていたが、ギャンブラー仲間の眼には、そんなに悪いようには見えなかった。

仕事は、あまりというか、ほとんどしていなかった。

それでも、どこから資金を調達してくるのか、競輪では何十万円も勝負していた。

森は自慢していた。

「わしは、勝負師やから」

たしかに、当たればすごい。何百万円もとったのをギャンブラー仲間は見たことがある。

平成四年に入り、森は完全に「森白アリ」を廃業した。

このとき、白アリ駆除の仕事をしている百合子の次兄に、白アリ駆除に使う亜ヒ酸を譲渡した。

9

平成四年五月には、保険金の問題で訴訟となっていた谷間正の遺族側と百合子側は、ようやく和解となった。

谷間側、百合子側、それぞれに半分ずつ、一千二百五十万円の保険金が下りることになる。

森夫妻は、一千二百五十万円は掠《かす》め取り損《そこ》ねるわけだが、三千万円の海原の団体生命保険が下りたので、その三千万円で一千二百五十万円の取り損ねを相殺《そうさい》してあまりあったわけである。

翌平成五年、百合子の実父が肝硬変で死亡した。

この年に、百合子は四人目の子供、三女を出産した。

森は、知人にふと漏《も》らした。

「また子供や。これで四人目や……」

知人は、半身不随の森が、なぜ子供をつくる能力があるのかと疑っていた。

森の前妻の恵子は、このころ、森の友人にいっている。

「森さんは、あんまり子供は好きではなかった。わたしの前の奥さんとも、姑の関係がうまくいかなかったほかに、子供がな……といっていたくらいです。わたしとの間に生まれた子供とも、会っていないし。だから百合子ちゃんとの間にできた子供たちにしても、そんなに好きじゃないと思う」

平成六年十二月初旬、百合子は、北海道旅行に出かけた。大光生命のF県内の外交員で営業成績優秀者を会社側が招待したものである。

百合子は新人セールスレディー時代の平成二年十月にも大光生命F支社の営業成績上位六人に入り、北陸旅行に招待されている。それ以来、営業成績は優秀であった。

一泊二日の北海道旅行にいっしょに行った外交員の出井夏子《いでいなつこ》に、百合子は高そうな指輪を自慢した。

百合子は、シルバーに小粒のダイヤモンドをあしらった指輪を、みんなに見せびらかした。

「ねぇ、これ見て、見て。ティファニーのダイヤなんよ」

出井夏子は、北海道旅行からもどってしばらくして百合子と同僚の外交員平河明美《ひらかわあけみ》と出会い、百合子の話になった。

平河は、顔を強張《こわ》らせた。

「あのひとは、怖いひとや……」

平河は、あるとき百合子に呼び出された。

支部の応接室で、百合子が平河に迫った。

「あのへんは、もともとうちが担当していた地区なんよ。そやから、うちに返して。わかってる。あんたは、上からいわれただけやろう。上がどうしようもないからな」

外交員たちは、それぞれに担当の地区を持っていて、他の外交員と競合しないようになっている。

が、百合子は自分の決められた地区以外でも、勝手にそこの地区担当の名刺を刷《す》り、顧客を同僚から奪っていた。

困った平河は、何とかしてほしいと上司に訴えていた。

平河は、百合子にきっぱりと断わった。

「会社が決めた地区やから、いやです。わたしの地区や」

百合子は、同僚をにらみつけながら、ドスをきかせて吐き捨てるようにいった。

「そうか！　もうええよ」

まるで脅しだった。

それから、平河に百合子のいやがらせが執拗につづいた。

会社の駐車場に停めてあった平河の車のボディが、ベコンとへこんでいる。だれかにぶつけられたらしく、白の塗料が付いている。会社のなかで、そのころ白い車に乗っていたのは、百合子だけであった。

しかし、平河は、そのときはおかしいと思っただけであった。

そのうち、百合子に、平河の保険契約の書類に不備があると上司に告げ口された。

そこで、平河は、車をぶつけたのも百合子にちがいない、と思った。

平河は、たまりかねて上司に訴えた。

「なんとかしてください！　森さんをクビにしないのなら、わたしが辞めます」

部下の訴えに、上司はひたすら頭を下げるだけであった。

「すまない。森さんにいろいろあるのはわかっているが……」

上司は言葉に詰まり、頭を下げつづけるだけであったという。

平河が、出井夏子に語った。

「わたしがぶつけられた車の修理代も、どうやら上司が出したらしい。最初は森さんの営業成績がいいから上司がかばっているのかと思ったが、どうもそうでもない。噂は、本当やったのかと……」

上司が百合子に弱みを握られているんじゃないかという噂があった。百合子に借金をしていて、百合子に頭が上がらないというものであった。

のちに、百合子は上司の不倫の証拠を握っているという説も出てくる。

平成七年には、森隆介、百合子夫婦は、自宅のある地区に隣接する地区に新居を購入した。百二十坪、七千万円という物件である。

百合子は、セールスレディーとして、ファイナンシャルアドバイザー主任という資格を得るまでになっていた。

車も、クレスタ、クラウン、シーマ、ジャガーと一年ごとに買い換え、高級車を乗りまわしていた。

百合子は、友人に訊かれた。

「きれいな紫色の外車ねぇ。買ったの」

百合子は、軽くいってのけた。

「営業の男の子が、あんまりかわいかったんで、つい買ったんやわ」

いまの地区にきてからは、近所づきあいがほとんどなかった。

近所の男性が、百合子への不満を漏らした。

「奥さんは、看護婦の資格をもっているって自慢してますけど、それにしては平気で生ゴミを家の脇にある用水路に投げ入れる。たまりかねて苦情をいったところが、ものすごい剣幕でな。怖いから、もう何もいわんとこって。夫婦そろって、怖いから」

森は、わざわざ麻雀部屋を庭に新築した。

森は酒も飲まない。外出も、カラオケと喫茶店くらい。なにより情熱をそそいだのは、麻雀であった。四畳ほどのプレハブの麻雀部屋には、全自動の麻雀卓をそなえ、連日昼間から麻雀に明け暮れた。

麻雀の音が、毎日うるさい。

近所の人が、森夫婦に注意した。

「みんなが、文句をいっている。もっと静かにできんのかいな」

森は、逆に注意をした家に怒鳴りこんだ。

「だれが文句いうとるンや。黙っとれ！」

それからは、近所の人は注意しないし、つきあいもない。

別の近所の住民は、森夫妻の暮らしぶりを不思議がった。

「そやけど、森の家には、よう大工さんが入るなぁ。改築か新築か知らんけど、何で金があるんやろう」

森、百合子は自宅の床を大理石に張り替えた。

部屋には虎、鳥などの剝製《はくせい》、マホガニーのテーブルを置いた。

近所の電器屋に顔を出し、

「子供部屋にも大型テレビが欲しいから」

と、現金でポンと買って行った。

結局、家の中には六台ものテレビが置かれていた。

百合子は、夫に百万円で買ってもらったというオーストリッチ製のバッグが気に入っていて、その中に最低百万円の札束をひとつは入れていた。

ペットショップに顔を出しては、熱帯魚を、好んで購入もした。

ブルーディスカスとかアロワナであった。ブルーディスカスもアロワナも、水槽ともで百万円を超える高級熱帯魚である。

派手な魚を好んだ。

ただ、飼育がむずかしかった。

「死んでもうた」

と悲しそうにペットショップへやってきていった。

百合子の服装は、バラバラであった。

会社にサンダル履きで行ったこともある。

ミキハウスとか、ミッキーマウスのトレーナーで行ったこともある。Tシャツ姿のときもあった。

「ほんまに、これから外回りする人かいな」

まわりの人たちがそうささやいていても、百合子は平気であった。

それでも翌日には、「契約取れた」といって、社にもどってくる。

みんな不思議に思っていた。

百合子は、うそぶいていた。

「ウチにええカモがくるんや」

10

百合子は、麻雀仲間で、近所の行きつけのスナック「あざみ」の常連客の秋山哲郎《あきやまてつろう》にも保険の加入をすすめた。秋山は、重度の糖尿病患者で、腎臓病でもある。人工透析をしている。

秋山はいった。

「保険に入るには、健康診断がいるんやろう。おれのような体では、はねられるに決まっとる」

百合子は、自信たっぷりにいった。

「わたしは、保険のプロよ。任せておきなさい」

「くり返すようやが、健康診断をごまかすわけには……」

「蛇《じゃ》の道は、蛇《へび》というでしょう」

「とにかく、おれの体じゃ、ごまかすわけにいかん。身代わりでも使うというなら別やろうけど……」

「ふふ。その身代わりを使うのよ……」

「そんな……ばれたら、コトやろう」

「大丈夫。絶対に秘密の守れる人に身代わりになってもらうから……」

翌日の昼、百合子はF市の繁華街にあるしゃぶしゃぶ屋で辻高雄《つじたかお》と食事をしていた。

百合子はタレている眼を、いっそうタレさせて、声を低くし、猫撫で声になった。

「ツーさんに、頼みたいことがあるの」

辻は、禿《は》げあがった頭をハンカチで拭きながらいった。

「奥さんに頼みたいことがあるといわれると、なんやら恐い気がしますわ」

「別に、恐いこと頼もういうわけやないのよ。ほんの少し手伝ってくれればいいのよ」

「手伝ういうて……」

「簡単なことや。健康診断を受けてくれるだけでええのや」

「おれが保険にでも入るのか」

「ちがうわよ」

百合子は、身を乗り出し、辻の耳元でささやいた。

「新しく保険に加入させようとする人が、重度の糖尿病患者のうえ、腎臓が悪く人工透析までしているのよ。健康診断すると、一発ではねられる。そこで、ツーさんに身代わりになって健康診断を受けてもらいたいの」

「その人の年齢は、いくつや」

「五十二歳なの」

「おれは、四十二歳やで。十歳もちがうで」

百合子は、辻のワイングラスに赤ワインをつぎながら笑った。

「ツーさんは、その頭やから、十歳はごまかせるわよ。自信をもって」

「おいおい、そんなことに自信をもって、どないするんや」

食事を終えると、百合子は、高級外車ビューイックに辻を乗せ走らせた。

百合子は、はずんだ声を出した。

「ツーさん、これで、わたしの共犯者になったのよ」

「そういうことやな」

「ツーさんが、絶対に秘密を漏らせないようにするの」

「どういうことや」

「ふふ……いまに、わかるわ」

辻は、F県出身で、土地持ちのボンボンであった。高校は、奈良県の学校に進学した。

卒業後は、同級生と結婚していた。F市にある自分と実家が持っている土地で、飲食店をやったり、建物を建ててはテナント貸しをしたりしてと、羽振りはよかった。

森とは七年来のつきあいになる。辻が、彼らの子供をあずかったり、いっしょにバーベキューをしたこともあった。

森と知り合ったころの辻は、羽振りがよかったが、森の影響でバクチに手を出しはじめてから生活が狂った。高いレートの麻雀をやったり、競輪に手を出したのが運のつきであった。森も競輪好きだ。よくいっしょに行っていた。

ギャンブルの借金が、五千万円近くできた。

はじめのうちは、親戚からも十万円、二十万円と引っ張っていたが、いまや、首が回らなくなっていた。

百合子は、ビューイックを国道沿いのモーテルにすべりこませた。

辻が、さすがにうろたえたようにいった。

「奥さん……」

「いったでしょう。あなたが、秘密をしゃべれなくするって……」

モーテルの部屋に入ると、百合子は、辻を強く抱きしめた。

「ツーさん、わたし、抱きたくないの」

「いや、別に……ただ……」

「ただ……って、うちのダンナのこと、恐れてるの。あんなにふらふらして働きのない人に、わたしを怒る資格なんかないわよ。体が悪いのに、ああして遊びほうけておれるのも、みんなわたしのおかげですもの」

「しかし、あんたの亭主やで」

「あのジジイが、はたして、わたしを怒れるのかどうか、見ものやわ」

百合子は、辻に激しくキスをしはじめた。

辻の口の中に舌を突き入れ、辻の舌にからませた。

百合子は、おたがいの舌をねっとりとからませあいながら、右手で辻のズボンのふくらみを妖しく撫であげた。

辻はズボンを突き破らんばかりに怒張してきた。

百合子は舌を抜き、辻の耳の穴の中に熱い息を吹きかけていった。

「ツーさん、頭つるつるやけど、こっちの方は、すごいのね」

「他の男と比べたことないから……」

「うちのジジイなんて、ほとんど無理よ」

百合子は、辻のたくましいふくらみをうっとりと撫でながら、辻の耳の穴の中に息を吹きこむようにしていった。

「ツーさん、欲しかったの。こんなたくましいものが、欲しかったの……」

辻の身代わり健康診断は、みごと成功し、秋山は栄生命で三千万円の保険に加入できた。受取人は、森隆介となっていた。

百合子は、辻にこぼした。

「頼りがいあるとおもったけど、カスつかんでしもた。あんなジジイ、はよ死にくさったらええンや！」

一種一級の高度障害認定を受けている森は、入院給付金を受けるためもあってか入退院をくり返している。

辻高雄が身代わりになって保険に加入した秋山哲郎は、平成七年の夏ごろから手足の痺れがひどくなり、杖をついて森家をたずね、麻雀にくわわった。

森と百合子は、顔を見合わせ、秋山の体が日に日に悪くなっていくのをほくそ笑んでいた。

11

平成八年二月十三日午後十一時過ぎ、百合子は森に付き添われてF市内の病院をおとずれた。

百合子が訴えた。

「午後の九時ごろ、自宅でスパゲティを茹《ゆ》でていて、お湯をかぶった」

病院関係者によると、やけどは両脚の太股から足首にかけてで主に二度、ヒザから下は部分的に三度、これは最重症の重いやけどである。体表の二〇パーセント近くのやけどであった。

百合子はＩＣＵ（集中治療室）で手当てを受け、二日後に普通病棟に移った。

病院関係者は、首をひねった。

「看護学校を出ているということで、医療知識はあるはずです。それが午後九時から午後十一時まで二時間も経ってから病院にきたのは、どうしてかと不思議やった。本人は水疱ができたのを自分で取りのぞいて、軟コウを塗ったらしいですが、おかしな話や」

百合子は、湯をかぶったといいはったが、それにしてはムラがなかったといぶかしがった。

「湯をかぶったら、やけどにムラができるんですよ。彼女の場合は、脚のまわり全体がやけどしている。それでいて、足首から下はやけどがない。炎でのやけどの症状みたいですね」

三月七日、百合子は自宅からほど近い外科病院に転院した。

発熱や炎症が続いており、本来なら転院はまだできない状態をおしての出来事であった。

百合子は、やけどの痛みを訴えつづけていた。

炎症があって、痛がった。やけどしたところの皮が、ベロリとはがれている。とくに三度の重い症状のやけどの部分は、グチュグチュであった。

包帯を取り替えるときも、包帯がひっつくような感じだった。

百合子は、ふたつの交通傷害保険と、ひとつの普通傷害保険に加入していた。合計七百五十万円の保険金を受け取った。

百合子は、それまでの三種三級でなく、一種一級の高度障害の認定を受けるために、外科病院に怒鳴り込んだ。

「両脚が、動かんようになった。おたくの治療が悪いからや！」

が、院長は、取り合わなかった。なにしろ、そんな状態になるはずがない。

百合子は、息巻いた。

「裁判に訴える！」

院長は、「どうぞけっこうです」と突っぱねた。

門前払いをくった百合子は、さらに別の病院に駆けこんだ。

このとき、寝台タクシーに百合子に連れ添って乗ってくれたのは、秋山哲郎の身代わり健康診断を受けてくれた辻高雄であった。

百合子は、病院で医者に訴え、泣きわめいた。

「両脚が動かない、痛い痛い……」

百合子は、執念が実り、一種一級の障害認定を受けた。

八千万円という高額の保険金を受け取ろうと画策した。

が、損害保険の審査にひっかかった。

百合子は、損保会社にはこう申告している。

「自転車に乗っていて、バーベキューの火にかけた鍋に突っ込み、お湯をかぶった」

生保会社には、このように申告した。

「自宅の台所でスパゲティを茹でていて、子供らがまとわりついてきて離そうとしたときに、鍋がひっくり返って湯をかぶった」

損保会社には、交通傷害保険金を申請したのである。

が、損保側は突っぱねた。

二月十三日は、小雨が降っていた。夜の七時ごろ事故にあったということだが、寒い二月に屋外でバーベキューをするのは不自然だと判断したのである。

百合子は、生保会社から入院給付金を受け取った。高度障害保険金も申請したが、入院中に歩いている姿を目撃され支払いを拒まれた。

ところで、百合子が二月十三日にやけどを負った当日、不可解な火事が起きている。

二月十三日午後零時二十分、森宅から五百メートルほど離れた民家から出火した。バーンというガス爆発のような大きい音が二回聞こえ、真っ赤な炎が吹き上がった。

玄関のガラスが木っ端みじんに割れ、周辺に飛び散った。

そのとき、黒っぽい服を着た女性が飛び出してきて、なにもいわず、すごい勢いで南のほうに走り去った。その女性が、百合子ではないか、という疑惑ももたれている。というのも、百合子の傷が湯をかぶったものなら、ムラがあるはず。体がやけどしており、足首から下は無傷。火災が原因か、との噂もある。木造二階建て百五十平方メートルを全焼した。

住んでいたのは、七十代の女性、じつはこの夫人は森邸の前の持ち主古河麗子《ふるかわれいこ》であった。カラオケで意気投合し、百合子は、夫人を「お母さん」と呼んでいた。

古河夫人は、火災の直前に宝石や貴金属を貸し倉庫に預けてあり、家財道具一式も火災直前に引っ越ししたマンションに、そろっていた。

古河麗子は、火災からしばらくして、泣きわめくのかと思っていると、彼女は、着物姿で「燃えたもん、しゃあないか」と動じもしなかった。

じつは、百合子と古河麗子は他にふたりの計四人で、翌十四日から一週間のオーストラリア旅行に出かけることになっていた。結局、百合子と古河麗子は旅行をキャンセルした。

火災により、古河麗子には、三千万円の保険金がおりた。焼け跡の土地は、一千五百万円で売却された。

古河夫人は、「テレビの漏電だ」と証言している。が、消防署の調べでは不審火の疑いがあるという。

後日、警察が再捜査にのりだしている。百合子が放火し、そのときやけどを負ったのでは、との噂が出ている。が、真相はいまだ解明されていない……。

やけどを負った百合子に代わり、家事をするため百合子の母親が森宅に日参した。あまり家庭のことは話さない母親であったが、親しくつきあっている知人には愚痴っている。

「えらいことになったわ。わしが孫らのめんどうを見たらなあかん」

母親は、自宅から森宅に通った。

かつて生保レディーであった母親は、それまでいつも溌剌《はつらつ》としていた。が、不思議なことに、森宅に通うようになってからしだいに元気がなくなってきた。

母親の知人も、首を傾《かし》げた。

「元気なひとやったのに、なんか笑顔も見せんようになってな。わしも、思わず声をかけたんや。『あんた、だいじょうぶなんか。顔色悪いで』って。そしたら、『ちょっと体がえらい（だるい）けど、かわいい孫にも会えるから、だいじょうぶや』っていうてた。わしも、そのときは、元気な孫の世話で疲れとんのやなと思っとったんやけど……」

そのうち母親は、その知人に体の不調を訴えた。

「体がえらい、えらい。食欲ものうて、何食べても、おいしくないんや。百合子のところに行ったら、いつもこうなる。あっちの水が、合わんのやろうか……」

母親は、平成八年八月に、定期的におこなっている病院での検査で白血病と見なされ、即入院した。

間もなく入院していた母親が急死する。

死因は、急性白血病であった。

だが、母親の葬式に出席した近所のひとたちは、みんな、「おかしいなぁ……」と、ささやき合った。

「あんなに元気やったのに、急性白血病いうて、くわしうは知らんけど、血の病気で亡くなったって聞いたけど、娘さんのところに行ったら元気がなくなるって聞いたひともいて、何かおかしいで……」

さらにささやく者もいた。

「娘が、お母さんを、毒殺したんじゃないの……」

百合子は、自分が所属している大光生命で、母親に一億円という高額保険を掛けていた。

契約のとき、母親が高齢だったため、掛け金は月額約十五万円とズバぬけて高く、他のふたつの保険を合わせると、月々の総額で三十五万円も掛けていた。合わせて一億四千万円もらえることになっていた。

母親に多額の保険がかかっていたことは、百合子の兄弟すら知らされていなかった。保険金が高額だったうえに、契約の切り換え期間などにも疑問があり、会社とはかなりもめていた。

しかし、二カ月後に保険金が下りると、さっさと会社を辞めた。百合子は上司から何度も呼ばれ、事情を聞かれた。

それ以降、支部には一度も顔を出していない。

一億四千万円を手に入れた百合子のはしゃぎぶりといったらなかった。

百合子がいま住んでいる家の前の持ち主で、「お母さん」と呼んで親しくしている古河麗子に、電話を入れた。

「お母さん！　一億円、ついに貯めたよ」

森邸には、その「お母さん」と呼ぶ彼女が残していった大金庫がある。百合子は、この家に引っ越した当時から、古河夫人によくいっていた。

「この金庫に、一億のお金を貯めるわよ」

引っ越してからわずか一年後に、「一億円貯めたのよ」と連絡を受け、古河夫人は信じられなかった。

「嘘！」

百合子は、屈託のないはずんだ声でいった。

「ほんま、ほんま」

古河夫人は、おもわず訊いた。

「現金で、一億円入れたん？」

「うん。現ナマ」

それからしばらくして、古河夫人は、百合子と喫茶店で会い、一葉の写真を見せられた。

「見て、見て」

古河夫人は、チラッと見た。

ガラス製のテーブルの上に札束がドンと載っていて、森の家族がピースサインして写っていた。

古河夫人が、不思議におもって訊いた。

「どうしてこんな大金、手に入れたの」

「主人は、四国のボンボン。高速道路ができるので、主人の持っていた土地が売れたの。そのカネを並べて、記念写真を撮ったの」

森も口裏を合わせ、同じように説明していた。

一億四千万円を得た百合子は、大型ショッピングセンターなどの開発のすすむ新興住宅地に三百平方メートル、二千万円の土地を購入した。

12

平成九年一月二十九日、森隆介は自宅で妻の百合子の揚げてくれた天麩羅《てんぷら》を食べたあと、麻雀仲間と行きつけのカラオケスナックに行った。

そこで、アイスコーヒーを飲んだ。

その後、小料理屋に立ち寄った。

そこで、十数回も吐いた。

すぐさま入院、急性胃腸炎と診断された。

医者はいった。

「もう危ない。親族を集めてください」

親戚の者が病院に駆けつけたときは、森は、だれが来たのかわからないほど意識が混濁していた。

病院の院長は、ほとほと困りはてていた。

「森さんは、いつもわけのわからん、けったいな病気になる」

昭和六十三年の初診で原因不明の「多発性神経炎」と診断されたあとも、平成七年、胃潰瘍、全身浮腫、肝炎など、いずれも手足の痺れをともなう病気になった。

大学病院に搬送したが、原因不明でさらに「多発性根神経炎」と診断され、小康状態のまま退院。

その後も、入退院をくり返していたのだ。

今回は、一時死線をさまよったが、一週間ほどで退院の目処《めど》がたった。

が、自宅から届けられた食物を食べたあと、ふたたび嘔吐した。

腎機能、肝機能低下、白血球が減少し、手足の痺れを訴えた。ヒ素中毒の症状と似ている。

森は、ふたたび、危篤状態にまで陥《おちい》った。

森は、病院に見舞いに来た友人にふと漏らした。

「わしも悪い人間やけど、嫁にはかなわん。あいつを怒らせると、何しよるかわからん。怖いで……」

森の従兄弟《いとこ》が森を見舞って思った。

〈昔、隆介はもっと痩せていたのに、いまはむくんだようになり、筋肉もごそっとえぐられたようになってしまった。まさか百合子さんが毒を……〉

そのような従兄弟の心を見透《みす》かしたように、森は、百合子のいる前で訊いた。

「おまえ、わしに毒を盛ったんか」

百合子は、笑っていった。

「なんで、わたしがそんなことすんねん」

森は、それから、また家に帰ったり、入院をしたりをくり返した。見舞いに来た友人に、脅《おび》えを口にした。

「家でメシ食うたら、気分が悪うなるんや」

森は、やがて入院先を移り、高度障害の認定を受けた。

昭和六十三年に一種一級を認定され、これで二度目である。

通常では回復が見こまれないが、森は高度障害から回復し、ふたたび高度障害になったと認定されたのである。

認定について、森側は、医師に、金銭や品物を贈り、便宜をはかってもらった。

森には、高度障害保険として、一億四千五百万円の大金が支払われた。

なお入院中は、ギプスを両脚に嵌《は》めて杖を突いていた。

森は、妻の百合子に心の底からおびえていた。

〈百合子は、今度は本当に、わしを殺そうと狙ったにちがいない。今回は命をとどめたが、いずれ、わしは百合子に殺される……〉

入院をしている森を尻目に、百合子のいっそうの散財がはじまった。

百合子は夫に無断で、自宅の玄関、台所の改造をし、何百万円もするサイドボードを買った。ショパール、ロレックスの腕時計、ミンクのコート……。

平成九年九月二十二日、森家の同居人で森夫妻の運転手をしていた木島信《きじましん》が、森邸で昼に食べたレトルトの牛丼の肉は変な味がした。

その後、具合が悪くなった。

木島は、二日後の二十四日、入院した。

のちの検査で、木島からヒ素が検出されている。

百合子によって、木島は自分の知らないうちに、大手生保、損保、簡保など計七社、一億三千万円の保険が掛けられていた。

いっぽう百合子の不倫相手の辻高雄は、平成十年の一月に離婚した。

辻ひとりが森宅の目と鼻の先にあるワンルームマンションに引っ越してきた。

平成九年十二月十二日の契約で、家賃は四万一千円した。

辻は、百合子の次兄の名を使って入居した。

家賃は振りこみであるが、ひそかに百合子が払っていた。

百合子は、赤いビューイックで辻のマンションに乗りつけた。

百合子は、合鍵でマンションの辻の部屋に入ると、お茶を飲む時間ももったいないようにただちに抱きあい、むさぼり合った。

「ツーさん、もう、あなたなしには、生きとれんのよ……」

百合子は、辻の妻よろしく、下着などの洗濯までし、ベランダで上半身裸のまま、洗濯物を干していたほどである。

百合子は、平成十年一月と三月に、約五百万円で家の玄関と台所を改築した。

百合子は、毛皮のロングコート姿で不動産屋をおとずれ、物件を物色している。

「一千五百万円くらいの予算で市内のマンションを買いたい。子供のために買うので、ピアノ可のマンションがいいな」

三月には、F市郊外にある人気リゾート地であるマリーナシティの高級リゾートマンションを、六千三百万円で購入する契約をむすんだ。

海を一望できる最上階の十四階の二軒しかない4LDKで、絶景の部屋である。

手付金として、六百万円を支払った。

ただし、百合子はマンション業者に釘を刺しておいた。

「夫には、あくまで内緒にしておいてください」

夫に内緒で、辻と別荘代わりに使おうと考えていたのだ。

平成十年三月、木島信が森邸で食事をした直後、バイクを運転していて転倒し、病院に担ぎこまれた。

その病院が検査のために採取した木島の骨髄液を不審に思い、捨てずに保存していた。のちに、亜ヒ酸が検出される。

平成十年五月、百合子の不倫相手の辻高雄は、森隆介、百合子と三人で大阪の病院を訪れた。

じつは、辻は、自分でも知らないうちに一億円の保険を掛けられていた。

病院内のレストランに入った。辻がトイレに立ち、席にもどってくるとアイスコーヒーが置かれていた。

飲んだところ、数分後、目眩《めまい》に襲われ意識を失った。

辻が病院で見てもらったところ、「一過性の貧血発作」と診断された。一カ月入院した。

七月一日、辻は百合子から喫茶店に呼び出された。

「木島さんが、あんたに話があるって」

辻が行ってみたところ、百合子がいるだけで木島信の姿はなかった。

このときも、席にアイスコーヒーが置かれていた。

辻はアイスコーヒーを飲み終え、木島を待った。

が、来ないので席を立った。

店の外の駐車場へ出た。

そこで、辻の意識がとぎれた。

辻は、翌日の七月二日午前三時、近くの橋の土手で倒れているのを発見された。

そのまま、市内の病院に担ぎこまれた。

辻は、後ろからパイプで頭部と肩の二カ所、殴られた傷があった。左の頬も切られ、カバンがなくなっていた。

医師は、喧嘩のような対人的な出来事による怪我と診断した。

辻は意識がぼんやりしてフラフラだったので、殴られたことすらよくおぼえていなかった。

辻は、見舞いに来た親戚にいった。

「よくおぼえてないが、殴られたような気がする……」

レントゲンなど検査のため一日入院した後、いったん退院した。

その後、また痛みを訴え、別の病院に再入院した。

捜査員は、首をひねった。

「発見場所の血痕の少なさから考えて犯行現場は違う。意識のない大男の辻を運ぶのは、ひとりでは難しい。森は、現場にはおらず、足が不自由なので、まず無理だ」

百合子は、かいがいしく辻の世話をした。

七月五日の夕方、森家ではいつものように麻雀大会がおこなわれた。

その席で百合子は、常連の麻雀仲間に冗談ぽくいった。

「木島では、ロクに保険で金取れへんかったわ。あんたに掛けといたらよかった」

13

百合子は七月七日、辻、木島、夫を被保険者に各一千万円の関東海上の損害保険の契約をあわただしく結んでいた。

さらに七月九日、辻と同じ麻雀仲間らを被保険者に各二千万円の契約を結んだ。

七月二十四日、百合子は、今度は秋山哲郎に三千万円の生命保険をかけた。

これらの契約はすべて百合子が勝手に契約した。

七月二十五日におこなわれる森家の属している自治区の夏祭りメニューが決定した七月以降、駆けこみ契約は計八件、その額は新規分だけで一億円を超えている。

祭りの前日の七月二十四日、百合子は麻雀大会のメンツ集めに奔走した。

まず、木島を誘った。二十二日に電話を入れ、喫茶店に呼び出した。

「損保の請求手続きで、印鑑がいるから持ってきて」

百合子は、森といっしょに待った。

木島は、三月のバイク事故の退院以降は家にもどっていて、一度も森家には行っていなかった。

やがて父親といっしょに木島は喫茶店に来た。そのため、百合子は、麻雀に誘うことができなかった。

このとき、木島の父親は気づいた。

〈請求額は低い。これまであちらが勝手にやっていたのだから、わざわざ会いに来るのは変な話だ。麻雀に誘いに来たにちがいない〉

二十四日のこの日も、喫茶店に誘った。

「生保の手続きでまた印鑑がいるから、持ってきて」

この日も、心配した木島の父親が同席したため、麻雀に誘うことはできなかった。

百合子はすぐ、次の行動に出た。

一週間前に、

「社員旅行に行くので、二十五日は参加できない」

と断わられていた影山一郎《かげやまいちろう》に再度アタックを試みた。

夫に誘いの電話を影山の職場にかけさせた。

が、その場で断わられた。

百合子は、秋山の新たな保険契約を結ぶため、年払い分の掛け金三十七万円を全額支払った。

その後、数年前から人工透析を受けている秋山に代わって、替え玉健康診断を受ける辻高雄を病院に車で迎えに行った。

森家の麻雀はサンマー（三人麻雀）と相場が決まっているので、森、秋山、辻の三人がいれば、麻雀はできる。

そして夏祭りのある二十五日午前、百合子はカレーの調理に参加するのを避け、市内の病院にわざわざ出向き、検診を受けた。

午前十一時五十分ごろ、すでに出来上がった百人分のカレーが保管してあった隣家のガレージに顔を出した。

その場にいた主婦から冷たい視線を浴びた。百合子は十分ほどですぐ、自宅にいったんもどった。

午後零時十五分ごろ、今度は紙コップを手に家を出た。

この時、ガレージ近くの自動販売機にジュースを買いに来た十代の若者にその姿を目撃された。

紙コップの色はピンクっぽいもので、百合子は重ねて持っていた。その紙コップは森家に前から置いてあったものである。

五分後の零時二十分ごろ、近所の若い女性が、ひとりで鍋の前にいた百合子が周囲をキョロキョロとうかがって鍋のまわりをうろつき、その後、鍋から白っぽい蒸気のようなものが上がったのを目撃している。

百合子は、交代にきた主婦に、「何もしてへん」とわざわざ弁解した。

それから、氷を集めると、そそくさとガレージから出た。

午後一時過ぎ、百合子は家に戻った。

が、辻、秋山のふたりとも来ていなかった。

森と子供たちが暇そうにしているだけだった。

秋山はこの日、たまたま別の場所で麻雀をやることになっていて、森家には立ち寄らなかった。

土曜は四時ごろから麻雀大会を始めることが多い。焦った百合子は、辻になんとか連絡を取ろうとした。

百合子は、辻の入院している病院に何度か電話を入れた。

が、辻につながらない。

じつは、辻はその時、ナースコールが届かない、検査室などの連絡のとれない場所にいた。

百合子は午後二時過ぎまで辻からの電話を待った。

が、連絡はなかった。

百合子は、麻雀大会中止の直後の午後二時半ごろ、一度しか面識のなかった七十三歳の女性宅に、わざわざ電話をかけた。

「先週行ったカラオケ喫茶『エコー』に、もう一度連れてって。六時ごろ、どう？」

店の都合で、午後七時に森、子供ふたりとともにカラオケ喫茶に行った。

なおこのとき、百合子は留守番の子供たちが祭りのカレーを食べないよう、レトルトのカレーまで用意して出かけた。

その後もスナック「あざみ」へとハシゴし、深夜を回るころ帰宅した。

いっぽう、午後六時ごろから、祭りに来たひとたちにカレーライスが配られた。十分もたたないうちに、カレーを食べた女子高生がお腹を抱えてしゃがみこみ、嘔吐しはじめた。

そのまわりのひとたちも、三口ほど食べたところで吐き出しはじめた。浴衣《ゆかた》姿や、団扇《うちわ》を手にした人々がうめき声をあげ、嘔吐とともにバタバタと倒れた。

一夜明けると、四人の死者、四十四人の入院患者など、被害者は六十七人にまで拡大する惨事となった。

司法解剖の結果、患者の吐瀉《としゃ》物、食べ残したカレーのポリ容器、さらに遺体の心臓の血と胃から青酸化合物が検出され、死因は青酸中毒と発表された。

ひとつの鍋に、祭りが始まる一時間前ぐらいに何者かによって青酸化合物が混入された。

県警は捜査本部を設置し、百五十人体制で殺人事件として捜査を開始した。

祭りに参加したのは六十五世帯、人口にしてわずか二百人前後。外部からの参加者はなかった。殺戮《さつりく》は半径五百メートル以内に住む住民の犯罪と断定された。

事件から六日後の八月二日、青酸中毒ではなくヒ素中毒であると訂正された。

容疑者の中に、森隆介、百合子夫婦の名があがった。

森は、祭りに参加しなかったことで疑われ、いち早くテレビのインタビューに応じた。

「確かにわしはみんなで群れて、チマチマしたつきあいをするのは好かん質《たち》や。あの夜もカラオケに出かけとった。でも、それだけのことで犯人扱いするんか。わしは脚を悪くして、まともに歩けん。そんな姿で、人前に出とうないんや。うちの娘ふたりは、昼過ぎにできあがったばかりのカレーをねぶっているんやで」

カレー事件の起きた四日後には、森夫妻は、マスコミを自宅に入れ、身の潔白を饒舌《じょうぜつ》な口調で弁解して見せた。

「わしは、十のうち八は余裕持ってるよ。それは、犯人やないからですよ」

「これは、わたしにとったらゲームですよ。この手、汚してないんやから」

近所のお好み焼き屋が、困惑しながらテレビで語った。

「あそことは、駐車している車のことで、いつか揉めたことがある。お客さんの車が邪魔だといって、お客さんが車をどけるまで、ダンナが自分の車のクラクションを鳴らしつづけて、『ジャマやぞー！』って怒鳴ったりしてね。一番困ったのは、ウチとこがヒ素を入れたんやないかっていいふらして。みんな気が立ってる時期やからね。本当に迷惑しましたよ。あげくのはてに、もっと大きなグループがからんでる、オウムのしわざやいうて」

八月二十一日午後七時、百合子は、森邸の前に集まった百人の報道陣めがけて、甲《かん》高《だか》い叫び声とともに、塀《へい》越しにホースで水をまきちらした。

「泥棒みたいな記者たちが塀に張りついているからねー。警察、警察！」

八月末、百合子の次兄が、捜査本部にかなりの量の亜ヒ酸を「森夫妻から預かった」と任意提出していた。

14

いっぽう海原一夫は、平成八年二月に再婚をし、苗字《みょうじ》も変えた。と同時に、それまで月に五万円支給されていた障害者年金の支給を辞退し、手帳を返上した。

新しい家族には、過去の忌《い》まわしい病気のことは、いっさい告げなかった。

減収となった五万円分を、昼間の仕事の他に夜のアルバイトで補った。妻や子供にひとなみの幸せを与えてやりたいと思った。

しかし、平成十年七月二十五日のカレー事件により、そのささやかな幸福は、突然ぶちこわされる。

　このカレー事件発生のとき、海原は、森夫婦がいまの地区に移っていることを知らなかった。

　しかし、カレー事件で死んだひとの死因が、青酸カリではなく、ヒ素だとわかったとき、森と百合子が関わっているのではないか、とピーンときた。

　そして、その予感のとおり、八月十八日、警察が事情聴取にやってきたのだった。

　八月下旬、マスコミは、海原のことを大々的に報道した。

　海原が、「森白アリ」の元従業員だったこと、十一年前、森夫婦にヒ素を盛られ、ヒ素中毒で下半身不随の身体になったことである。

　海原は、八月二十七日に、警察内で専門医によるヒ素検査を受けた。

　入院中のカルテ、ずっとつづいている症状の診察を受けた結果「ヒ素中毒の後遺症」と診断をされた。

　海原の足の裏は、大きく凹み、彎曲《わんきょく》している。足首の自由がきかない。九十度以下に曲がらないので、腰を落として座るとバランスがくずれ、後ろに倒れるという状態である。

　坂道では、転げないように、後ろを向いて歩くこともある。親指の爪には、ヒ素中毒の特徴であるミーズ線の跡が残っている。太ももやふくら脛は肉が削《そ》げ落ちている。

しかし、それでも、警察での専門医の「ヒ素中毒の後遺症」との診断を信じられなかった。

一〇〇パーセントそうだと告げられたにも拘《かかわ》らず、心のどこかで〇・一パーセントはちがうのではないか、と思った。認めたくないという気持ちがあった。

海原は、警察から聞かされた。

「森が平成九年、ひどい状態で倒れたとき、百合子にヒ素を盛られ、ヒ素中毒になった疑いがある」

そのとき、海原はおもった。

〈森社長も、哀れやな……〉

まだ海原と交渉があったころ、森は、海原が入院していたとき見舞いにきて、声をかけてくれた。

「おまえ、がんばれよ」

入院中も給与を払ってくれた。

が、百合子は、さっぱりしているが、ひとの痛みがわからない人間だと思っている。金も自分の見栄《みえ》や欲のためにつかい、すぐばれるような嘘を平気でつける。そのため、ゲーム感覚で、どんどんエスカレートしていったのではないか。

海原が、いま思うに、病院にかつぎこまれたとき、とっさにヒ素だと思わなかったのは、理由がある。

　海原が病院にかつぎこまれる一年前、海原の母親が風邪の菌が原因で心臓の手術をしたことがあったからである。だから、自分の病気も風邪の菌が神経を侵しているのだろうと連想したのである。

　カレー事件で、森夫婦の犯罪が次々に明るみに出なければ、海原は永久に気づかないままだったかもしれない、と思う。

　事件発生から二カ月、海原は事情聴取に応じるべきかどうか苦しみつづけた。

　検察庁は、しきりに海原をかき口説いた。

「ヒ素とカレー、ヒ素と森家、ヒ素と保険金を十一年前から結ぶため、どうしても立件したい」

　しかし、海原はためらった。

　警察は、海原の事例は、立件しないという。それを信じて、海原は事情聴取に応じた。警察は、その聴取にもとづきヒ素検査をするといっていた。

　が、検察官は、高飛車《たかびしや》に海原に迫った。

「森百合子のカレー事件の立件は、国民全体の総意だ。あなたの事件の立件は、国家、日本国が決めたことだ。国民なら、したがうのが義務ではないか」

　押し問答をくり返したすえ、海原は、十一月十日、被害調書にしぶしぶサインをした。

森夫婦との忌まわしい過去とも訣別《けつべつ》でき、カレー事件の解決を待つ被害者のひとたちの役に立つのなら、という思いが勝ったのであった。

そして、家族に迷惑のかからぬよう、離婚届も出し、十一年前当時の海原の姓にもどしてサインをした。

百合子は、逮捕前にマスコミに不倫相手であった辻高雄が何者かに睡眠薬入りのアイスコーヒーを飲まされ、車の運転中に気絶して入院した事件について、自分との関わりをきっぱりと否定してみせた。

「あれは、辻さんがベロンベロンに酔っ払っててね。自分で車ぶつけたんよ。いま、どこにおるかって？　金融屋からずいぶん借りとったから、マグロ漁船に乗っとんのとちゃうの」

平成十年十月四日午前六時七分、報道陣、野次馬が集まりごった返すなか、森隆介、百合子のふたりが逮捕された。

容疑は、百合子が海原一夫に計一億三千万円の保険金をかけたうえで、ヒ素入りの食事をさせ、殺害しようとした殺人未遂と詐欺容疑。

森は、百合子のやけどにからみ、入院給付金をだまし取った詐欺と詐欺未遂である。

森の前妻の恵子は、前日に、マスコミから逮捕を知らされた。

森の逮捕を見ながら、複雑な心境になった。

「嘘であってほしい。わたしとの子供の父親でもある。隆介さんは、ヒ素事件に関わっていないと信じたい……」

なお、逮捕の二日後、百合子が妊娠しており、七日に署内で流産。極秘で市内の産婦人科で手術を受けていたことがわかった。

百合子が七日に「お腹が痛い」と訴え、出血していたので、病院に連れて行くと、胎児は体内で四週間前にすでに死亡。死亡した胎児は、妊娠三カ月の状態で、病院で胎児を掻爬《そうは》した。

百合子の妊娠時期を逆算すると、六月下旬から七月上旬、この時期、森は、大阪府内の近大附属病院に入院中であった。

このことを森は知らされていなくて、今回教えられてひどく動揺した。

〈百合子のお腹の子は、いったいだれの子やろうか。初めのうちは、てっきり辻の子かと疑っていたが、百合子は辻にヒ素を盛ろうとしたし、辻は何者かに殴りつけられ、殺されかけている。とすると、辻を殺しかけたもうひとりの男が存在している。その男が、百合子のお腹の子の親やったのか……〉

森は、カレー事件のとき、もし麻雀大会をひらいていれば、百合子にいっしょに殺されていたと思い、あらためて全身の凍る思いがした。

〈初めて会ったころあんなにうぶだった百合子が、どうしてこんな悪魔のような女になってしまったのか。わしにも責任があるのやろうか……〉

　森といっしょに沈黙をつづけている森百合子は、十一月二日、およそ一カ月ぶりに公の場である地裁に姿を見せた。

　長椅子の上に脚をのばしたまま座り、意見陳述で取調べに対する不満をいいたいほうだい。

「脚を乗せている椅子を、刑事が何回も蹴り、ひっくり返りそうになった」
「子供の写真で、顔や体を二十回以上叩かれた」
「耳の横で、顔を近づけて大声で怒鳴る」
「暴力行為はやめてほしい」

　さらに訴えた。

「長時間の調べで疲れも出ているので、拘置所に移してほしい」

が、容疑事実に対する認否は、最後までなかった。

　十二月九日、森百合子は、ヒ素カレー事件の容疑者として県警捜査本部に殺人、殺人未遂容疑で逮捕された。

本書は一九九八年二月、徳間書店から刊行された『犯罪の女』、一九九九年四月、祥伝社から刊行された『悪魔の女』をもとに改題、再編集し、文庫化したものです。

なお本作品はフィクションであり、実在の個人・団体などとは一切関係がありません。

文芸社文庫

悪女の手帖

二〇一三年十二月十五日　初版第一刷発行

著　者　大下英治
発行者　瓜谷綱延
発行所　株式会社　文芸社
〒一六〇－〇〇二二
東京都新宿区新宿一－一〇－一
電話　〇三－五三六九－三〇六〇（編集）
〇三－五三六九－二二九九（販売）
印刷所　図書印刷株式会社
装幀者　三村淳

ISBN978-4-286-14937-0

［文芸社文庫　既刊本］

火の姫　茶々と信長
秋山香乃

兄・織田信長の命をうけ、浅井長政に嫁いだ於市は於茶々、於初、於江をもうけるが、やがて信長に滅ぼされる。於茶々たち親娘の命運は――？

火の姫　茶々と秀吉
秋山香乃

本能寺の変後、信長の家臣の羽柴秀吉が後継者となり、天下人となった。於市の死後、ひとり残された於茶々は、秀吉の側室に。後の淀殿であった。

火の姫　茶々と家康
秋山香乃

太閤死して、ひとり巨魁・徳川家康と対決する於茶々。母として女として政治家として、豊臣家を守り、火焔の大坂城で奮迅の戦いをつらぬく！

それからの三国志　上　烈風の巻
内田重久

稀代の軍師・孔明が五丈原で没したあと、三国志は新たなステージへ突入する。三国統一までのその後のヒーローたちを描いた感動の歴史大河！

それからの三国志　下　陽炎の巻
内田重久

孔明の遺志を継ぐ蜀の姜維と、魏を掌握する司馬一族の死闘の結末は？　覇権を握り三国を統一するのは誰なのか⁉　ファン必読の三国志完結編！

[文芸社文庫　既刊本]

トンデモ日本史の真相　史跡お宝編
原田　実
日本史上の奇説・珍説・異端とされる説を徹底検証！　文庫化にあたり、お江をめぐる奇説を含む2項目を追加。墨俣一夜城／ペトログラフ、他

トンデモ日本史の真相　人物伝承編
原田　実
日本史上でまことしやかに語られてきた奇説・珍説・伝承等を徹底検証！　文庫化にあたり、「福澤諭吉は侵略主義者だった？」を追加（解説・芦辺拓）。

戦国の世を生きた七人の女
由良弥生
「お家」のために犠牲となり、人質や政治上の駆け引きの道具にされた乱世の妻妾。悲しみに耐え、懸命に生き抜いた「江姫」らの姿を描く。

江戸暗殺史
森川哲郎
徳川家康の毒殺多用説から、坂本竜馬暗殺事件の謎まで、権力争いによる謀略、暗殺事件の数々。闇へと葬り去られた歴史の真相に迫る。

幕府検死官　玄庵　血闘
加野厚志
慈姑頭に仕込杖、無外流抜刀術の遣い手は、人を救う蘭医にして人斬り。南町奉行所付の「検死官」が、連続女殺しの下手人を追い、お江戸を走る！

［文芸社文庫　既刊本］

蒼龍の星㊤　若き清盛
篠　綾子

三代と名づけられた平忠盛の子、後の清盛の出生の秘密と親子三代にわたる愛憎劇。やがて「北天の王」となる清盛の波瀾の十代を描く本格歴史浪漫。

蒼龍の星㊥　清盛の野望
篠　綾子

権謀術数渦巻く貴族社会で、平清盛は権力者への道を。鳥羽院をついで即位した後白河は崇徳上皇と対立。清盛は後白河側につき武士の第一人者に。

蒼龍の星㊦　覇王清盛
篠　綾子

平氏新王朝樹立を夢見た清盛だったが後白河との仲が決裂、東国では源頼朝が挙兵する。まったく新しい清盛像を描いた「蒼龍の星」三部作、完結。

全力で、1ミリ進もう。
中谷彰宏

「勇気がわいてくる70のコトバ」――過去から積み上げた「今」を生きるより、未来から逆算した「今」を生きよう。みるみる活力がでる中谷式発想術。

贅沢なキスをしよう。
中谷彰宏

「快感で生まれ変われる」具体例。節約型のエッチではなく、幸福な人と、エッチしよう。心を開くだけで、感じるような、ヒントが満載の必携書。